MEMORY HOUSE
记忆坊文化

赵乾乾 著

舟而复始

The Sweet
Love Story

江苏凤凰文艺出版社
JIANGSU PHOENIX LITERATURE AND
ART PUBLISHING, LTD

图书在版编目（ＣＩＰ）数据

舟而复始 / 赵乾乾著. -- 南京 ：江苏凤凰文艺出
版社，2018.10
ISBN 978-7-5594-2588-1

Ⅰ. ①舟… Ⅱ. ①赵… Ⅲ. ①长篇小说－中国－当代
Ⅳ. ①I247.5

中国版本图书馆CIP数据核字(2018)第172699号

书　　　名	舟而复始
作　　　者	赵乾乾
选 题 策 划	北京记忆坊文化
责 任 编 辑	姚丽
特 约 策 划	虾球
特 约 编 辑	虾球　杨雪春
营 销 编 辑	杨迎
责 任 监 制	刘巍　江伟明
封 面 绘 图	花小白
封 面 设 计	80零·小贾
版 式 设 计	段文婷
出 版 发 行	江苏凤凰文艺出版社
出版社地址	南京市中央路165号，邮编：210009
出版社网址	http://www.jswenyi.com
印　　　刷	环球东方(北京)印务有限公司
开　　　本	880毫米×1230毫米　1/32
字　　　数	302千字
印　　　张	10
版　　　次	2018年10月第1版，2020年4月第6次印刷
标 准 书 号	ISBN 978-7-5594-2588-1
定　　　价	38.00元

影视版权抢订热线　　　010-57194853
江苏凤凰文艺版图书凡印刷、装订错误可随时向承印厂调换

目录
CONTENTS

作者序

The Sweet
Love Story

　　我想作为一名作者，最痛苦的事，就是回过头去看曾经写过的东西，尤其是在几年之后再回过头去看。《舟而复始》这本书写于二〇〇八年十一月，掰指一算，哟，快四年了……这位作者的算数非常不好，三以上的数字都要掰着手指算。如果你回过头去看你四年前写的东西，即使是给隔壁男生的一张小纸条，都会有想要掐死自己的冲动，何况是，我这么洋洋洒洒的二十来万字的小说……所以校稿期间，我就处于不停地掐死自己，又救活自己的状态了，如果仔细看，你会发现我的脖子上还有淡淡的瘀痕。（不要胡说八道啊这位作者……）

　　但也有美好的一面，就是，四年前你所想到的事情，写文时的思路，大部分又重新回忆了一遍。那个时候怎么会这么想呢？想这个的时候我在做什么呢？应该不是在蹲厕所吧？（真的是，求你了啊这位作者……）

　　严肃认真一点吧，这是我的第一部小说，我不想对当中的情节或者文笔有太多虚荣不诚实的夸耀，我只能说它很青涩可爱。我更愿意谈的是，它开启了一个梦想。还记得那时我赶着要去参加一个考试，匆匆忙忙写了几句话几百个字随手发到网上，没想到这就是梦开始的模样，我没想到我会继续往下写，我也没想到我会一直写到今天。也许梦想最初的模样，都是一时的不经意吧。你走进吉他社团，你不会想到将来你就真的成了乐队吉他手；你上课偷画坐在前排的那个女孩子，你不会想到将来你就成了漫画家；你坐在电视前哈哈大笑，你不会想到有一天你也会在上面表演……如果非要认真地对读者们说一些感性的话，我希望你们，不经意地去做很多的梦吧，有一天，有一个，它就实现了呢。

赵乾乾

第一章

"普通话有什么好考的，不就是话嘛，听得懂就行了，你说，普通话不能有港台腔，我从小就看港台片长大的，我普通话没有港台腔难道有东北腔啊？啊……我要疯了！"周筱一路走一路碎碎念。

旁边的室友忍不住翻了个白眼："一路上你都在骂，差不多了吧？"由于巨高无比，外加名字里有个"璐"字，所以室友外号小鹿。

"没骂够，对外汉语，我教个外国人中文还得念到博士！也不见外国人教我们英文的要念到博士……喂，干吗不走？"

周筱仰起头看小鹿，人长得高就是招人讨厌，讲个话脖子都痛，然后顺着她的视线看去——晴天霹雳应该就是这样用的吧。

赵泛舟居然还有脸出现在她面前，真是够了！

小鹿皱了皱眉，低头看了看周筱原本挽着她的手——那只手渐渐地收紧，已经有点泛白。小姐，跟你有仇的是他不是我吧？

"聊聊？"赵泛舟面无表情地说。

周筱的手抓得更紧了，一声不吭地绕过赵泛舟，像绕过马路中间的一个垃圾桶，小鹿几乎是被她拖着走的。小小的人儿，力气真不小。

泛舟瞄了一眼她们手上的准考证，本来要跟上去的脚步顿了下来。好，躲得了我一时，躲不了我一世。

候考室里，小鹿小心翼翼地看着诡异地沉默着的周筱，说："你还好吧？"

周筱一脸无辜地看她："什么东西还好？"

小鹿不再说话，你就装吧。

考完普通话出来，周筱说要去图书馆，图书馆的路和刚刚来考场的路是相反的方向。小鹿没说什么，反正大家心照不宣。

等到从图书馆出来的时候，天已经快黑了，她们准备回宿舍拿饭卡吃饭。一路上周筱的手还是紧紧地抓着小鹿的手，微微颤抖着。等到她们回到宿舍的时候，周筱微乎其微地叹了一口气，也不知道她是松了一口气还是失望。

拿了饭卡，她们匆匆下楼，快到下课的时间了，到时候食堂就不是用水泄不通可以形容的了，计划生育好歹也做出个成效给大学生看。

她们一下楼就看到了赵泛舟，他倚着柱子，面无表情得像是雕在柱子上的石像。

"一起吃饭？"他直直地看着周筱。啧……啧……啧……这普通话好啊，刚考完普通话的周筱现在最不想听的就是字正腔圆的普通话了，尤其是从他口里发出的。

她拉着小鹿绕过他，绕过今天的第二个垃圾桶。

他不再说什么，安静地跟在她们身后。周筱可以感觉他一直在她身后，不远不近，大概两米，他以为他在银行排队吗？吃饭时他就坐在她隔壁，她想换个位置，可是转念一想，又不动了。

一顿饭在安静中吃完，吃完饭后赵泛舟又跟在她们后面来到女生宿舍楼下，就在她们要上楼的时候，他说话了："周筱，我们聊聊吧。"周筱的脚步顿了一下，头也不回地上了楼。

"你真的不和他聊？"小鹿还是忍不住问了。

"没什么好聊的，傻一次就差不多了，而且……"周筱露出贱兮兮的表情，"我这么聪明，当年实在是鬼上身才会失足。"

小鹿翻了个白眼。算了，个人造业个人担。

　　周筱在阳台上收衣服，眼神不时地飘到楼下，他还在。小鹿在和男朋友打电话，声音断断续续地传来："不要啦……那么恶心谁要叫……嗯，那你先叫……好啦……"声音小了下去，但是还是可以听见一声低低的"老公"。周筱自己做了个想吐的表情，然后笑了，情侣之间总是有这样的小世界，亮晶晶的，只是旁边不小心被闪到的人会很想死就对了。

　　周筱以前也这么闹过赵泛舟："喂，小鹿她男朋友都叫她老婆的，你干吗老连名带姓地叫我？"

　　赵泛舟从书里抬起头来瞅了她一眼，一脸"懒得理你"的表情，又低下头去看书。

　　"喂，你干吗不理我啊……喂……你也太没礼貌了吧…喂……"边说还边扯他的袖子，他被她烦得受不了，没好气地说："你还不是也叫我喂。"

　　这样哦……原来有人也在计较嘛。

　　"好嘛，那你要我叫你什么？"

　　赵泛舟只是瞪她。

　　她一脸无辜："那我叫你相公好了，起码比老公复古。"

　　赵泛舟很无奈："我不会叫你娘子的。"

　　"那叫老婆、爱人，不然亲爱的、宝贝、达令都好。"

　　"叫你贱内要不要？"

　　真无趣，有人就是爱扮酷，扑克脸、僵尸脸。

　　好！我看你能装多久。周筱挨过去，用脸去蹭他的肩膀："老公……亲爱的……老公……老公。"

　　有人耳朵红了，接下来是脖子，然后是脸——关公就是这样炼成的。

　　赵泛舟的头突然迅速地一转，周筱感觉嘴唇一暖，回过神来的时候，赵泛舟已经转回头去，若无其事地看了书。很好，接下来关公换人当了。

　　"嗯，好啦，我已经吃了，byebye。"小鹿挂电话的声音把周筱拉回现实。她抑制住往楼下看的冲动，匆匆地把衣服收回宿舍。

接下来的一个星期里，赵泛舟总是不时地出现，默默地跟在周筱后面，完全像只背后灵。

星期天中午，周筱睡到十二点才下楼买午餐，她是个很能睡的人，好像身体有开关，想睡了关起来就好。以前赵泛舟老笑她像哆啦A梦，尾巴是开关，关了就可以睡。怎么又想到他了，今天一整天都没有见他，昨天有寒流，冷死人了，她看到他只穿了一件薄薄的毛衣站在楼下……

回到宿舍时刚好手机在响，周筱瞄了一眼发现是不认识的号码后就犹豫要不要接，她实在是大一的时候被一疯子吓怕了，那人不停地打电话给她，不停地说："我错了，原谅我。"怎么解释他都不听，一直说我认得你的声音，你不要骗我了，我知道错了。奇怪了，如果真的是这么爱的人，怎么会连声音都会认错？刚开始周筱还很可怜他，一直跟他解释，后面就直接用方言开骂了。再后来她存了他的电话，名字就叫"不要接"。有一次她洗个澡出来，发现"不要接"的未接电话居然有二十几个，还有十几二十条不知道在说什么的短信。有一次跟赵泛舟在一起的时候，电话突然响了，屏幕上就一直闪着"不要接"，她很尴尬地笑，然后按掉电话。赵泛舟奇怪地看着她说："你该不是红杏出墙吧？"

"我也想啊，但是暂时还没把爬墙技术练好。"

"小心我打断你的腿。"

"你不舍得。"

"你可以试试看。"

"……"

铃声停了，周筱耸耸肩，刚好不用烦恼要不要接。但是紧接着短信的声音就响了，周筱打开："我感冒了，发烧，给我买药。赵泛舟。"

啊，这世界还真是什么人都有。感冒才好，我让你耍帅！不理他不理他不理他不理他。

一个小时过去了，在床上看了很久天花板的周筱终于忍不住坐了起来，拿过手机，回复："你在哪里？"

半个小时后，她提着药站在一个很漂亮的小区前面。靠，有钱人就是变态。她进电梯，出电梯，站在门口的时候又郁闷了，怎么会来呢？他是死是活关我屁事啊？对啊，回去！就在她要转身去按电梯的时候，门突然开了，赵泛舟倚在门口，脸色有点苍白。"进来吧。"他的声音有点沙哑，看来是真的病了。周筱把药递给他，他没有伸手接："进来好吗？"是她听错了吗？他的声音居然那么小心翼翼。她绕过他进了门，把药放在桌上。她知道他的视线一直跟着她，于是叹了口气，说："吃药。"这是重逢后她跟他说的第一句话。

"好。"他的声音里有掩不住的雀跃。吃药有那么开心吗？哼！

某人吃完药，傻傻地看着她，她以前从没见过他有这样的表情，够傻的，看来感冒药吃多了会让人变傻。"看什么看！没见过美女啊？去睡觉。"

"不要。"

哟，某人还会反抗了。

"你不去睡我就回去了。"

"我去睡你也会回去。"

"你去睡我就不回去。"

他定定地看了她一会儿，说："那我醒了你听我把话说清楚？"学商的人果然奸诈，打蛇随棍上这招不是每个人都能驾驭得这么炉火纯青的。

"好。"

周筱轻轻地打开房门，站在床前静静地看着他——由于吃了药，他睡得很沉，瘦了一点，因为生病，脸色有点苍白，睫毛很长，嘴角总是保持着要笑不笑的样子……啧……啧……这孩子长得真是好看，想当年她可是一直很沉迷于他的美色。

记得有次在图书馆，赵泛舟很专注地在看书，周筱很专注地在看他，他的眼睛很好看，不大也不小，眼神很清澈，鼻子很挺，嘴巴很性感，周筱只觉得越看越想流口水。

"喂，你妈到底怎么生你的啊？长得这么人模人样？"

"反正和你妈生你的方法不一样。"难道这就是传说中的骂人不带脏字？

"你嘴巴好毒啊。"

"你试了这么多次也不见把你毒死。"

"你是在跟我说有色笑话吗？"

"……你就不能安静两秒钟？"

"谁叫你长那么好看？"

"……"

"你要保护好你的脸哦，毁容了我就不要你了。"

"……"

站在床边，周筱的脑袋里有两个声音在吵。

"你真的要听他解释？他说话多有说服力你又不是不知道。"

"可是不听要一直这样拖下去吗？"

"那你听了要原谅他吗？"

"不一定。"

"你根本就是想原谅他了，你忘了你在机场哭着叫他不要走的时候，他头也不回地走了吗？"

"可是他说不定有什么苦衷啊。"

"苦衷？你以为你在拍偶像剧啊，要不要来个什么他得了癌症要去国外治疗之类的？"

"说不定真的是嘛。"

"好，那和他一起登机的贾依淳呢？"

张弓，射箭，咻一下，正中红心。

周筱盯着他沉睡的脸，突然觉得火冒三丈。她俯下身子，恶狠狠地捏住他的脸，说："你给我起来！"

"嗯……"赵泛舟坐了起来，微微皱着眉，半眯着眼睛，头发乱乱的，要不是在气头上，周筱真想揉揉他的脑袋说你真可爱。

"你不是说要把话说清楚吗？现在说，说完我要回去了。"

赵泛舟迷糊的眼神忽然一下子就亮了："我们没有分手。"

　　"大少爷您真爱开玩笑，我们分手八个月零十三天了。"

　　"你这个数字怎么得出来的？"

　　"啊？嗯……瞎掰的。"周筱脸红了，早知道就不乱说了，她本来还以为说出具体的数字听起来比较有气势。

　　"我没说过要分手。"他一脸的笑意。

　　周筱看到他的笑就来火："你是没说，你只是突然不声不响地跟着一个女的跑了半年。"

　　他坐正了，伸手来拉她，她躲开。

　　"依淳是我的邻居，你知道的。"

　　"我不知道，我什么都不知道，我不知道你去哪个国家，不知道你去做什么，不知道你为什么和她一起去，不知道你什么时候回来，不知道你还会不会回来，不知道为什么你什么都没有跟我说……"她以为自己不会哭的，以为自己的眼泪在那一天就流光了。

　　"对不起。"赵泛舟下床，紧紧地搂住她，"对不起。"

　　她试图挣开他的怀抱，但动不了，于是改用捶的。早知道会有这天她就该加入武术社，好歹也让他捶个生活不能自理。

　　"你解释吧，说服我。"哭闹过后她有点累，头埋在他胸前低低地说。

　　"我去了加拿大，去看我奶奶，她突然中风，我想陪她度过她最后的一段日子。"

　　"那你为什么不跟我说？"

　　"因为我是去加拿大订婚。"

　　"什么？！"她猛抬头。

　　"你听我说完，"他把她的头按回胸前，"你知道依淳从小和我一起长大，奶奶一直很喜欢她，老说要她当我的媳妇。这次生病之后奶奶的意识越来越不清楚，但是一直吵着要我们结婚，所以我爸就让我和依淳过去，假装订个婚，让奶奶安心，也算冲冲喜，看能不能对奶奶的病情有所帮助。我们陪了奶奶两个多月，奶奶一过世我就和依淳解除了婚约，办完丧事我就回来了。"

……

太过安静的气氛让赵泛舟有点忐忑："你相信我吗？"

胸前的头点了一下。

"那你……"赵泛舟低下头拉开她，想看她的表情。

"你一定很难过吧，你说过你是奶奶带大的。"她抬起头，声音有点沙哑，刚刚哭太久了。

他感觉她的手环上了他的腰。

"嗯。"他把头埋进她的颈窝，熟悉的味道好温暖。

十分钟之后。

"好了，该算账了，"她退出他的怀抱，双手交叉在胸前，"为什么不对我实话实说？"

"怕你知道了之后会疑神疑鬼，毕竟我也不知道要和依淳订婚多久。"

"你觉得你这样和她走了之后我就不会疑神疑鬼？"靠，赵大少爷的脑袋是进水了吧。

"奶奶中风是很突发的事件，我没有太多时间考虑，对不起。"

"那你为什么不和我联系？"

"你手机号码换了，而且你也换宿舍了。"对哦，那天从机场回来的路上她失魂落魄的，把手机给落在出租车上了。

"你可以通过其他人联系我啊。"她不屈不挠。

"我试过了，你拒绝任何人在你面前提起我。而且我忙着照顾奶奶……也忙着订婚的事情，焦头烂额的。我也不想让其他人知道我和依淳订婚的事。"

果然，就说他很会说服人嘛。

"可是我还是很火。"算了，用耍赖的。

"我也很火。"他笑着说。

"你凭什么火啊？"

"我欲火焚身。"

半年不见，某人学会开黄腔了。

"那一起灭火？"要玩是不？要玩大家一起玩嘛。

他笑着靠近她，眼睛里是真的有火光在闪。她的心跳突然加快："啊！那个……天快黑了，我要回去了。"

想落荒而逃？他拉住她，越来越靠近，她眨巴着大眼睛："那个……我好饿了，我们去吃饭好吗？"

"好。"他更靠近了……

"啊……"她惊声尖叫。

他停下来，很无奈："你干吗叫？"

"和你很久没见了，不熟，你不要靠那么近。"某人绞着衣襟，有点委屈。

"不熟？"

真是的，瞪她干吗？

他牵过她的手，往门口走去："去哪里？"

"啊？"

"去哪里吃饭？"

"哦，我们去吃手撕鸡吧。"她在大二那年喜欢上学校门口的手撕鸡，从此只要去那家店吃饭，永远都是吃手撕鸡。赵泛舟暗自松了口气，还好她还是喜欢吃手撕鸡，他在国外半年没有跟她联系，赌的就是她的死心眼。

他安静地看着她吃饭，她吃饭的时候很专心，从来不东张西望，跟她平时的行为差很多。为什么总感觉她的东西比他的好吃很多呢？真不明白她，个头小小的，却吃那么多，还老是嚷着要减肥，以旁人的角度来看，她是有一点胖，脸圆圆的，眼睛圆圆的，鼻子也圆圆的，整个人好像是用圆规画出来的。离开了半年，她好像瘦了，瘦了好像好看一些，进门的时候第一桌的男生好像瞄了她一眼。

"你干吗啊？"周筱奇怪地看着他把盘子里大半的手撕鸡倒进她盘子里。

"我没胃口，你多吃点。"要快点把她养胖才行。

"你不是在生病吗？要多吃点。"她拿筷子敲他的盘子，一脸的不赞同。

他的眼神越过她看她后面的男生，还在瞄？

"那你喂我。"

"不是吧？"她有没有听错啊？这还是那个冷冰冰的赵泛舟吗？感冒真的是一种病毒，会侵蚀人的脑袋。

"你不是说不熟吗？所以要多熟悉。"他放下筷子。

这样说也是啦，她犹豫了一下就舀了一勺饭送到他嘴前，他张嘴吃下。

他再看一下她后面的男生，好，成功退敌。

她愣愣地顺着他的眼神转过头去，说："你在看什么？"

"没，快吃饭。"他拿起筷子来吃饭。周筱一头雾水。搞什么嘛！现在自己又会吃饭了，那刚刚手是断掉了吗？

又有男朋友了呢，虽然还是原来那一个，但就是很喜欢他啊。

赵泛舟回来之后有很多事要忙：办理重新入学入宿的手续，重新上手学生会的工作，补回之前落下的课，还有，和周筱"混熟"——没想到当时随口胡诌的一句话会给周筱带来那么多的麻烦，像现在，她傻傻地等在行政楼下，等他开什么会。以前都是她黏着他，只要他什么时候有空她就见缝插针，不过他有空的时候也实在不多。现在好了，他更没空，可是打着要"混熟"的借口，她却总是得陪他到处走，自习、办手续、买生活用品、开会。其他的倒也还好，但是开会这件事她实在是不能忍受，因为其他的事毕竟还是和他在一起，而开会她根本就是在外面等着发呆，她多想回去看综艺节目啊。明明接他电话前她一再告诉自己不要答应跟他一起去开会，但是不知道为什么，稀里糊涂的挂上电话的时候她就已经开始换衣服准备和他一起去了。

赵泛舟开完会出来，看她等到嘴都噘了起来，他也不想让她等，但不知道为什么，因为她的一句"不熟"，他一直都很不安，总想知道她每时每刻在干什么，总想一转身就可以看到她。

"可以了，我们去吃饭吧。"

"嗯。"她显得没精打采的。

"你想吃什么？"

"随便。"她对吃的有多认真他当然知道，可是她今天居然说随便。

吃饭的时候，周筱有一口没一口地吃着，不时戳一下白饭。其实她自己也蛮郁闷的，她以前很爱黏他，以前也等过他开会，而且常常一等就是好几个小时，可她都甘之如饴啊，现在等超过半个小时她就很想发火。

赵泛舟低头吃饭，但是眼睛的余光不时地在瞄她。看她那么心不在焉，他也有点无力，最近好像找不到能让两个人好好相处的方法，或者说是找不到以前的那种甜蜜和幸福了，到底是哪个环节出了问题？

一顿饭就这样默默地吃完了。他送她回宿舍，宿舍楼下总是有很多情侣在告别，拥抱的啊、吻别的啊，这好像是情侣的固定模式——每次道别都要把它当成生离死别。

"我上去了。"

他深深地看着她，点了点头。

她逃也似的上了楼，实在是受不了那种气氛。明明决定要原谅他，要好好地在一起，但是，她就是过不了心里那道坎啊，半年的不闻不问，有多少人能忍受？而且在这她看不到的半年里，有一个漂亮的女生在陪着他，虽然她很信任他的为人，但是……奶奶过世，他该多难过啊，那么脆弱的时候，感情是不是也特别容易被入侵呢？而且，他最难过的时候她没有陪他度过，或者说是他根本就没有给她陪伴的机会……她最气的应该就是这个吧，他把她应享有的女朋友的权利给了其他人。

赵泛舟在楼下站了一会儿，看着楼梯。她头也不回地上了楼呢，真不像她的风格啊，以前都是要他三催四催的她才依依不舍地上楼。

以前在宿舍楼下，他总要陪着她演一次次的依依不舍。

"你上去吧。"他说。

她不动，一脸的委屈。

"怎么了？还有事？"以前他也真的就是木头人。

"没有。"她还是带着一脸委屈站在那里一动不动。他也不知道是怎么回事，就这样两个人在那里杵了快五分钟，她终于忍不住了："你都不会抱一下人家……"第一次听她用这种撒娇的口气跟他说话，他记得他当时居然还呆了一下，然后他就轻轻地抱了她一下。

那时他们才刚交往不久吧，赵泛舟想到这里苦笑了一下，他都记得他当时回到宿舍，发了好久的呆，老觉得还可以感觉到她的体温。

第二章

　　天气渐渐转冷，南方的冬天比起北方来当然是小巫见大巫，但是周筱是特别怕冷的人，天稍微冷一点，她就把自己包成一个活动的大粽子。而这个城市的冷是湿冷，不管你包多少衣服，那种冷都会从骨子里散发出来。就像她和赵泛舟的关系，从里面冷出来，让两人都束手无策。

　　周筱站在宿舍楼下，手里揣着手机，犹豫了很久要不要打电话给赵泛舟。她昨天在图书馆碰到了贾依淳，她还是那么漂亮，柔柔弱弱的，好像随时会呕一两口血出来的样子，就连同是女孩子的她都忍不住想保护这样的人儿呢。

　　"打吧打吧，但是打了要说什么呢，说我遇见了贾依淳，你都没告诉我她回来了。可是她回来了又关我什么事呢？还是要说，我过两天要开始去做家教，可能没有很多时间陪你了？"周筱正想得出神，电话突然响了，吓了她一跳，低头一看，是家教的学生——李都佑，韩国留学生，长得有点像金在元，头发有点长，还有点卷，笑起来有个可爱的酒窝，很可爱的那种。她很好奇，是不是韩国人都爱把自己整得差不多一个样。

　　"喂，你好。"

"喂，老师？我是李……"他突然顿住了，又想不起自己的中文名字了吧。

"是，我知道你是李都佑，怎么了？"

"老师，上课，什么时候？"韩国人的宾语和主语总是会弄反。

"我还没安排好时间，安排好了告诉你。"她还没告诉赵泛舟呢。

"什么？听不懂。"

"我发短信告诉你。"差点忘了他那破烂的中文。

"短信？哦，是。"是你个头啦，又不是日本人。

"拜拜。"

"拜拜。"

挂了电话之后，她本来想打给赵泛舟的想法也没有了。算了，找朋友逛街去，不就是男人嘛，让他自生自灭去。

室友在试衣服，周筱无所事事地坐在外面等，不时翻翻手机，但总是等不到他的短信，他刚回来的时候一直在找她，现在突然又冷淡下来，好像又回到了他出国以前的样子。以前都是她满腔热血，但他突然不声不响地出国这件事真的很伤她，就好像烧得正旺的炭突然被浇了一桶冷水，滋的一声，只剩青烟。

"你觉得好看吗？"

"挺好看的。"

"你不觉得腿看起来很粗吗？"周筱很仔细地看了一下，很想一巴掌呼上去。死瘦子，这样也有脸说腿粗。女生就是这点让人郁闷，再瘦都觉得自己胖，社会真的给女人太多压力，搞得长肉都成罪恶了。

"没有，瘦得要死。"

"真的吗？我老是觉得我的腿和手臂应该再瘦一点。"她捏捏自己没几两肉的手臂和大腿。

"小姐，你好心留条活路给我们这种人吧。"周筱忍不住翻个白眼。

"好，那我买了。"她屁颠屁颠地跑去买单，如果没看错的话，那套衣服要六百多块，有钱人真变态。周筱突然想起来，上次在感叹有钱人变态的时候是在赵泛舟住的小区前面，他现在搬回学校了，那个小区的房子呢？是租的，还是买的？如果是买的，他家很有钱吗？他好像从来没提过他家的事，也是这次她才知道原来他奶奶在加拿大。

她突然觉得有点心慌，她好像根本就不知道他的事，不知道他家里有哪些人、在哪儿长大、读什么学校、小时候爱看什么动画片、崇拜过什么偶像、第一次喜欢人是几岁……而她跟他交往的第一天就几乎把家谱给他背了一遍，连小时候为了让老师表扬自己拾金不昧，自己掏了五毛钱交给老师，为了逼真还把钱埋在地里然后挖出来的故事都告诉了他。他听完这个故事的时候笑着说，原来你从小就这么奇怪。她当时还很郁闷，真相告诉他，重点是在童趣，不是在奇怪，没有童年的死小孩！

逛完街回来，她洗完澡趴在床上发呆，室友戴着耳机低低地哼着歌，是张靓颖的《画心》——"看不穿，是你失落的魂魄；猜不透，是你瞳孔的颜色……你的心到底被什么蛊惑……"她突然有一种时空错乱的感觉，好像灵魂跟着断断续续的歌声被抽离出来了。看不穿，猜不透啊，每个恋爱的人都会有这种感觉吗，还是只有自己而已？

赵泛舟站在窗前，手里捧着一杯茶，热茶热腾腾地冒着白烟，思绪随着白烟飘散。

最近天这么冷，某人该被冷得很生气吧？她是常常一冷就会发脾气的人，最近他没有找她，她该不会更生气了吧？他想说让彼此冷静一下，看看能不能找出问题的所在，结果就是他觉得很寂寞很寂寞，习惯了一转身就可以看到她，真的回忆不起没有她的那半年他是怎么度过的。不过他好像知道问题的所在了，在他们以前的关系里，几乎都是她在采取主动，而自从他回来之后，她好像不再愿意主动，然后他们的关系就陷入了泥沼，让人无法举足前进。他也试过由他来主动，但就是觉得有哪里不对，可能就是她主动的时候，他很配合，而他主动的时候，她却不配合吧。她为什么不主动了呢？她为什么不配合呢？

他们再次一起吃饭，已经是一个星期后的事了，在这一个星期里，赵泛舟办好了各种各样的复学手续，周筱已经开始固定在每天下午给李都佑上一个小时的课，在这期间她发短信跟赵泛舟说过这件事，赵泛舟只是回了个："好，我知道了。"

饭桌上，周筱若有所思地挑掉盘子里的胡萝卜，她讨厌胡萝卜，但是喜欢胡萝卜炒肉片的那个肉片。要是刚刚不是在食堂门口遇到，他是不是一直都不准备找她了？

"不吃胡萝卜你还打？"

"看不惯你就帮我吃啊。"

他把大勺子伸过来，真的把她挑开的红萝卜舀了回去。她呆了一下，随便你，反正以前你也没少吃我口水，想着想着，她突然觉得怎么有点色情呢。

"陪我回家拿东西。"走出食堂的时候他说。

"回家？"她一时反应不过来，她有个坏习惯，只要没反应过来就会重复对方的话。

"就你上次去看我的那个地方。"

"哦。"她其实有很多话想问，但不知道从何问起。

进了门，咔的一声，赵泛舟直接把门落锁了，然后直直地朝她走近，周筱的心咯噔了一下，不是吧？

"你锁门干吗？不是要对我怎么样吧？"转移注意力，转移注意力。

他瞪了她一眼："说吧。"

"说什么？"多说几个字会死吗？

"为什么躲我？"

"哪有躲你，你叫我出来我就出来，你没找我我就躲起来，你还想怎样？"不错不错，讲话很押韵，很有气势，就是眼神有点闪躲。

"你知道我在说什么！"靠，又是你知道，又不是十万个为什么，什么都知道。

"我不知道怎么说。"算了，还是坦白好了，某人太精，她玩不过他。

"直说。"直说是吧，那就别怪她不客气了。

"你跟你那青梅竹马的假酒到底有没有发生什么？"死了，嘴太快了。

"假酒？"他挑了挑眉毛。

"就贾依淳……假乙醇……就是假酒嘛……"声音越来越小。

"没有。"他很无奈。

"什么东西没有？没有假酒？"她又有点反应不过来。

"没有发生什么！"哦，有人生气了，声音好大。周筱吓了一跳，赶紧低下头。

看着她那小媳妇的模样，赵泛舟叹了口气，说："我一直都把她当成妹妹，我们绝对没有你脑子里想的那种关系。"最好是！每个男的都爱说我只把她当妹妹，那么缺妹妹不会回家叫你妈生吗？！

"不要走神！"他轻扯了一下她的头发。

"哦——"她低头，坚持把小媳妇精神发挥到淋漓尽致。

"少给我扮委屈，有什么话一次给我讲清楚！"他完全不吃她这一套。

"这房子是租的还是买的？家里是做什么的？你家里有什么人？你在哪里念书？你第一次喜欢人是几岁……"呼——好累，一次要讲那么多话。

"房子是我爸买的，家里有爸爸和妈妈，爸爸是商人，妈妈也是商人，都是卖衣服的，在H市长大念书，第一次喜欢人是十九岁。"

十九岁？这么纯情啊？等等，他现在二十岁，去年十九岁，他们在一起快一年了，所以——十九岁？

"十九岁？是我吗？"好想仰天长笑啊，哈哈！不行不行，要忍住，不然某人一定会翻脸。

他的脸浮上了可疑的绯红，一个身高一米八几的男生脸红，好可爱。

"你还有什么想知道的？"他清了一下声音。

"你小时候爱看什么动画片？"

"七龙珠。"他早就习惯了她不按常理出牌的习性了。

"我喜欢哆啦A梦哎，以前叫小叮当的，我还是觉得以前的名字比较平民化，更亲切一点……"

"闭嘴！"某人不耐烦了。

"为什么？"被打断的人也不高兴。

"因为我要亲你。"

"这样啊？好吧，来吧！"她摆出一个任君蹂躏的表情，那厚脸皮的死样子又回来了。

这样他都亲得下去！果然不是凡人……

一吻过后。

"你那么爱帮人取外号，你在背后叫我什么？"

她抬起头来，说："没有啊，你还在记恨我叫她假酒哦？你也太帮着她了吧？"

"少给我转移话题，到底叫我什么？"

"嗯……就那个……你的名字是泛舟嘛……泛舟就是……就是划船啊……所以……所以……"

"所以？"音调上扬，从音韵学的角度来看，应该是威胁的语气。

"破船。"早死早超生，脖子一伸，横也是一刀，竖也是一刀。

"你死定了！"

"啊——"凄厉的叫声响彻云霄，在小区里绕梁三日。

"甜蜜蜜……你笑得甜蜜蜜……好像花儿开在春风里……"

"大清早的，你发什么花痴啊，你不睡觉我们还想睡觉呢。"小鹿说。好像每个宿舍都有这么一个人，人平时挺好的，但就是从来不知道什么叫轻手轻脚，永远有办法把别人从睡梦中吵醒。要一起生活的时间很长，所以很多时候她们也只能带着开玩笑的口气抱怨。

唱歌的人是陶玲。陶玲是个独生女，一般独生女被套上的固定坏习惯她几乎都有——娇气、自私、不独立、自我中心……其实，只要不吵到周筱睡觉，她觉得陶玲还是个挺可爱的小女孩，就是典型地被保护得很好的女孩子，很单纯，做的一切事情都是无心的，让人无法对她生气。

陶玲蹦蹦跳跳地跑到周筱床前说："筱，我跟你说，我和我男朋友那个了。"

"哪个啊？"好困啊，神啊，救救她吧。

"不是吧？"小鹿的声音传来，带着点不可思议。

周筱突然清醒了过来："不是我想的那个吧？"

陶玲脸红地笑："就是那个啦，你们好讨厌哦。"

宿舍突然陷入了一片沉默之中，几乎每个人都清醒过来了。

"怎么了？你们干吗都不说话啊？"大姐，你想要大家说什么啊？

"那个——你们做了防护措施吗？"小鹿忍不住问了。

"什么防护措施？"陶玲眨巴着眼睛无辜地看着床上的周筱。周筱看她那样心里就明白了大半，什么年代了，至少健康教育也应该好好普及一下吧。

"嗯，就是你男朋友要戴那个……保险套。"周筱说。

"好像没有哎。"陶玲还是一脸无辜。

"那你吃药了吗？就是避孕药。"小鹿的声音有点大。

陶玲吓了一跳，可怜兮兮地看着周筱。周筱很无奈地坐起身，转过头去看睡隔壁的室长，室长罗微也坐了起来了。

"多久的事了？"罗微问。

"昨天晚上。"陶玲答。

"昨天晚上？你不是回宿舍睡觉了吗？"小鹿问。

"你们睡着之后，他发短信说很想我，我也很想他，所以……"陶玲准备一一道来。

"停！这个以后再说，你现在应该吃避孕药，现在有一种事后避孕药，应该还来得及。"周筱打断陶玲的话。

"你好厉害哦，知道那么多。"陶玲一脸崇拜。

翻白眼，这是一般人都有的常识吧。

四个女生浩浩荡荡地来到药店，面面相觑，没人敢去柜台那里问该买哪种药。

"怎么办啦？我不敢去问。"陶玲紧张地说，牙齿紧紧地咬着下嘴唇。

"不敢去问你还敢做！"小鹿没好气地说。

陶玲转过头来看着周筱。拜托，不要用那种小狗的表情，天哪，她到底是造了什么孽，怎么会摊上这么个主儿？

"你别凶她啦，我去问就是了。"周筱对小鹿说，心太软就是郁闷。

周筱缓慢地走向柜台，手心开始冒汗。

她站在柜台面前，对面是个中年妇女："阿姨，请问有没有那个……"

"你在这里干吗？病了？"熟悉的声音响起，周筱吓了一跳，神啊，把她变不见吧……她回头去找室友们，跑得一个不剩了，真是大难临头各自飞。

赵泛舟来到她面前，等她回答。

"那个，我肚子疼，买药。"周筱干笑。

"肚子疼？"她可能不知道，她只要一说谎就会开始很心虚地干笑。

"我陪你去看医生，不要乱买药。"赵泛舟过来牵她的手，"你的手心怎么都是汗？"

"肚子疼，很疼。"她接着干笑。

"肚子疼你不打电话给我？"他的声音里有火药味，惨了，某人快生气了，还是不要挑战他好了。

"你等一下我。"周筱挣脱他的手跑出去找室友们，那三个家伙就躲在门口，小心翼翼地往店里探头探脑。

"可以告诉赵泛舟吗？"她问陶玲，"然后让他帮你买？"

"他会肯吗？"陶玲有点犹豫。

"应该会吧。"周筱说，她其实也不知道要怎么开口跟他说。

"好吧。"陶玲一脸豁出去的样子，有这样的气魄不会自己去买？周筱心里在咆哮。

"嗯？"赵泛舟稳住匆匆跑进来的周筱。周筱拉着他到一个角落："陶玲你知道吧？"他点点头等她说下去。"她和她男朋友发生……关系了。"他没什么表情，只是示意她把话讲完。

"我们不敢去柜台问该吃哪种药，所以……"她偷瞄一下他的表情，呃……他还是没什么表情，"你去帮她买好不好？"讲完后心虚地瞄着自己的脚尖。

"她男朋友呢？"赵泛舟只是这样问，声音倒也没什么情绪。

"不知道。"她扯扯他的衣袖，"好不好？"

他瞪了她一眼："出去等我。"她如释重负，赶紧跑出药店找室友。她们在远远的地方看着他走向柜台，看着他低着头，药店的阿姨好像在说什么，然后付钱拿药。

"你男朋友看起来好帅啊。"陶玲突然幽幽地说。

小鹿抢白道："谁不比你那不负责任的男朋友帅。"

周筱推了推小鹿："你嘴巴不要那么贱。"

"哼！"小鹿很不以为然。

十分钟之后，他出来了，丢给她一盒药就径自往前走。丢脸死了，那药店阿姨还一直跟他说不能为了自己舒服就让女朋友吃药，药吃太多对身体不好……

周筱把药给了她们之后就赶紧跟上去，主动牵住他的手。他的脸好臭啊……臭水沟都没那么臭……

"对了，你刚刚去药店买什么东西？"周筱突然想起来。

"你还记得要关心我啊？"讲话不要那么酸嘛……

"才不是呢，我最关心你了，告诉我嘛。"她摇着他的手。

"买OK绷。"他酷酷地说。

"你哪里受伤了？哪里流血了？"周筱停下脚步，紧张兮兮地看着他。

"没有，钱包里的OK绷用完了，路过药店就顺便进去买。"其实他是路过看到她们几个在药店里鬼鬼祟祟的才进去的。

"她们都说你好帅啊，我好有面子哦。"周筱讨好地说。

"稀罕。"他还是爱理不理的样子，好欠揍啊！

"我也觉得你很帅耶，好爱你哦……怎么办？"

他嘴角有点微微上扬，还是没好气地说："稀罕。"又不稀罕，最好是啦。

"好嘛，不稀罕就不稀罕。我们去吃早餐吧，我都没吃早餐，好饿啊。"死鸭子嘴硬，姐姐不跟你计较。

"这么晚都不吃早餐？早上没课你本来准备睡到中午的对不？我早上打电话给你，你还给我关机。"这人是神算子，什么都知道，要是不关机的话不就被他的电话闹起来了？

"没有啦，我们去吃早餐啦，快饿死了，你好啰唆哦。"她打着哈哈。

"吃什么？"

她松了一口气，总算过关了，这人跟007似的。她笑得跟朵花一样："去门口吃蒸饺，我要吃韭菜馅儿的。"

他想了一下说："不要吃韭菜的。"

"为什么啊？"

"嘴巴会臭。"

"我嘴巴臭又不是你嘴巴臭，你管那么多。"

"亲你的是我不是你。"

……要这样说也是很有道理的啦。

与一般的学生情侣无异，赵泛舟和周筱相遇在奸情丛生的图书馆。

某个阳光明媚的下午，赵泛舟在图书馆自习，他喜欢挑靠窗边的位置，大片的落地玻璃，看窗外的阳光透过树叶洒在水泥地上，碎成一地斑驳，看书，喝茶，自有一份宁静的惬意。但这份惬意很快就被两个女生破坏了。对面的桌子坐下了两个女生，很妙的对比，一个瘦瘦的、高高的，一脸清秀；一个肉肉的、小小的，一脸顽皮——顽皮，他也不知道为什么脑子里会浮现出这个词。后面发生的事，让他觉得他的第六感真是准啊。

赵泛舟重新低下头去看书。沙沙……沙沙——塑料袋的声音，哗哗……哗哗——倒水的声音，哒……哒——转笔的声音。就算赵泛舟再好的脾气也火了，他抬起头来，瞪了个子小小的女生很久，但是有点泄气，人家根本就没在看他，所以他瞪了半天也是白瞪。反而是她旁边高高的女生发现了，用手肘撞了她一下，小声地说："吵到别人了。"她抬起头看向赵泛舟的方向，有点不好意思地笑，低下头去安静地看书。赵泛舟也低下头去看书，但不小心瞄到她朝他偷偷地做了个鬼脸。他有点气又有点好笑，什么人嘛！

安静了一会儿，突然砰的一声，他反射性抬头，看到那个女生手忙脚乱地收拾着桌子，打翻杯子了。唉——看来今天这个下午应该是毁了。他掏出一包纸巾，递过去，那女生接过纸巾感激地对他一笑，接着阻止水在桌子上蔓延。收拾完之后她突然趴在桌子上，肩膀一直在抖动，赵泛舟吓了一跳，该不会这样就哭了吧？等到她抬起头来的时候，他才发现，她的眼睛亮晶晶的，脸上带着大大的笑容，忍笑忍得很辛苦的样子，有那么好笑吗？

果然，整个下午他就看着她在对面不停地掉这个东西、掉那个东西，去厕所，去借书，去倒水。每次她做了什么发出声音的事情就会很心虚地瞄一下四周，然后低头安静十分钟。

"泛舟，晚上一起吃饭？贾依淳。"手机小声地震了一下，他拿起来看，同时听到对面的那个矮个子女孩小声地跟另一个女孩说："震动的声音好像放屁啊。"另一个女孩推了她一下，两人开始捂着嘴笑。

"好，食堂门口见。"他回了条短信，然后收一下东西准备离开，临走前还看了那个女生一眼，她低着头，很认真的样子，完全没注意到他的离开。

食堂门口见了贾依淳，她笑着说，你每天这样学习当心成书呆子，上次借给你的《证券投资分析》看完了吗。他才想起，一个下午他都在研究对面那个女孩子，几乎没看什么书，于是笑了笑，摇头。

两天之后，学校的英语中心，赵泛舟看到了正和一个外国人讲得眉飞色舞的她，小小的个子站在外国人旁边，显得很滑稽，她好像都跟一些高个子在一起呢。她回过头来，好像感受到了赵泛舟的视线，但是她的视线在教室里转了一圈，又回过头跟那个外国人讲话去了。赵泛舟有点小小的失望，他不是自负到觉得她一定要记得他，但也仅仅是两天不见，两天前，他忍了她的嘈杂一个下午，她对他做了鬼脸，他还给她递了纸巾，现在她居然连两秒钟的眼神停留都没有，他就这么没有记忆点啊？

真是个奇怪的现象，当你注意到一个人的时候，你好像老是会不小心遇到她。

这么大的一个学校，他好像老是可以遇到她：食堂，她就在他左前方的那排桌子前吃饭；图书馆，她刚好就排在他前面第三个等待还书；书报亭，她就站在他旁边翻杂志；超市，她推着车子走过他身边……更让他觉得气馁的是，她从来就没有发现过他的存在。他至少也算是人模人样吧，从小到大情书也收了不少，怎么在她面前就成了路人脸？

第三章

没道理只有我注意着你，你却当我是空气。

星期天下午，周筱上完家教，上了公交车，车上人不太多，但还是没有空的座位，这个城市的公交车常常可以吓死人，尤其是上下班期间，大有不把你挤死不罢休的气势。周筱还记得有一次她被挤到整个人都贴在门的玻璃上，那场景还真是要多电影就多电影。还好今天没有很多人，她松了一口气，上了三个小时的家教，她真的不想再被挤成沙丁鱼。

上了车，她扶着一根柱子，整个人都倚在上面，累死了，好想睡，但那司机把车开得各种摇晃，颠得她越来越想吐。

她是怎么搞的，为什么脸色发青？坐在旁边的赵泛舟从她上车就注意到她了。

"同学，你还好吧？"赵泛舟忍不住问。

周筱转过头去，是在跟她讲话吗？哪来的同学？现在的人都爱在车上认同学的吗？她警惕地看着他，挺帅的，但毛主席说过，要小心敌人的糖衣炮弹。

看她那副小红帽的表情，赵泛舟就知道她一定没有认出他。

他无奈地指着她的包包，上面有她学校的校徽，是某一次班级活动的时候别上的，后来就忘了取下来，说："我也是 X 大的，经贸学院。"

周筱不好意思地笑笑，好像太过草木皆兵了点，摇摇头说："没事。"

"你脸色很青，位置给你坐吧。"他说完就站了起来。

"啊？不用了，不用了……"周筱有点受宠若惊，连连摆手。

他不再说什么，就是拉着吊环站在那儿，人长得高就是好，哪像她，每次拉环都要踮脚。既然他坚持，她也就不好再给脸不要脸，说了声谢谢就坐下了。

果然，坐下后她整个人舒服很多，也开始有心情到处乱瞄。他长得好帅啊，真难得，这种货色都给她遇到了，来搭个讪吧，没事调戏帅哥也是人生一大乐事。

"同学，你是几年级的？"

"大三。"

"好巧啊，我也大三。"说完她就恨不得把舌头咬下来，这有什么好巧的？

他看着她一脸懊恼的表情，有点好笑："你哪个学院的？"

"中文学院。"

其实他早就知道她是中文学院的了，从第三次在教学楼走廊上遇到她，他就注意了一下她走进哪个课室，后来查了一下学校的教室安排，就知道她是中文学院的，查的时候他自己也挺郁闷，没事查这个干吗？

"赵泛舟。你呢？"周筱反应了一下才知道他在问名字，这人讲话怎么这么节省啊，不想问可以不用问嘛，干吗一副好像人家欠了他八百块的口气。

"周筱。竹字头的那个筱，不是大小的小，也不是日字旁的晓。"看她，讲话多仔细，惭愧吧？

接下来就是沉默，直到下车周筱和他说了声拜拜，他点了点头，就分道扬镳。

两天后，周筱从图书馆抱回一堆小说走在路上，迎面来了一对金童玉女，她正在感叹上帝的不公平，为什么人家就郎才女貌，她就只能认识一堆豺狼虎豹？不对，那男的好像是上次在公交车上给她让位的帅哥，叫什么来着？赵……算了，不要考验自己的脑容量。要不要打招呼啊？搞不好他已经忘了她吧，而且人家有那么漂亮的女朋友，乱打招呼也不好吧，算了，当不认识。

又见到她了呢，其实赵泛舟已经大概掌握了她的生活习性，什么时候会出现在哪个地方他大概都知道了。他看着她低头想从他身边走过，真的有点火了，又没认出他？"周同学。"周筱的脚步顿了一下，该不会是在叫她吧？

"认识的同学？"贾依淳疑惑地看着他，很少看到他主动和别人打招呼，况且还是个女孩子。

周筱小心地抬起头，看到他们俩都看着她，赶紧挤出一个笑脸："啊，是赵同学啊，你好，吃饭了没？"这是中国人的习性，一开口就问人家吃饭了没。

"没，你要请吃饭吗？"他是在开玩笑吧？周筱小心翼翼地看着他的脸色，实在看不出个所以然来，死人脸哦！真的要请吗？上次他好像是给她让了个位置，但也没严重到要请吃饭的地步吧？

贾依淳脑中警铃大作，女生的第六感让她觉得面前的女生有威胁。她回过头去对赵泛舟说："别开玩笑了，你吓到小学妹了。"什么学妹！她也是大三的！不要歧视娃娃脸！

"呵呵，下次，下次一定请。"赔笑赔笑。

"下次是什么时候？"

"……"

"手机拿来。"

她愣愣地把手机拿出来，他接了过去后手开始在上面快速地按着。这个时候周筱才反应过来，她怎么就这样傻傻地把手机交给他了呢？这不是什么新的诈骗手法吧？要是的话也真算有心了，先是在公交车上给她让个位置，然后在学校路上骗她手机，而且还要找来俊男美女，真是下足了本钱啊！真的被抢了的话她会不会上报？标题是某大三女生学校路上被骗手机……

"还你……你发什么呆？"有点不满的声音传来，打断了她的胡思乱想。

"哦，好，谢谢。"不对！她干吗说谢谢？

"你有我的手机号码了，什么时候请吃饭就打电话给我。"

"好。"这次她除了说好真的不知道说什么了，他到底是有多饿啊？女朋友都不给他饭吃的吗？她瞄瞄旁边的女生，看起来不像不给男朋友吃饭的样子啊。她男朋友到处叫人请吃饭她也不管的吗？

"那……下次见，byebye。"周筱小声地说。

"嗯。"他们头也不回地走了，剩下周筱一个人傻傻地站在原地，她刚刚是被敲诈了吗？

贾依淳边走边偷偷地看赵泛舟，他的嘴角是在上扬吗？"刚刚的女孩子是……"

"朋友。"

他的朋友她几乎都认识，她以为她把他守得滴水不漏的。

"什么样子的朋友？"她知道她这样问显得很多事，但她还是忍不住要问。

他奇怪地看了她一眼，没再说什么，她也不敢再问。

这一夜。

周筱疑惑地看着手机里赵泛舟的电话号码。怎么办？真的要约他出来吃饭？烦恼了十分钟之后，她决定睡觉最大，关机睡觉。

赵泛舟第一百零一次看手机，没未接来电，也没短信。算了，他今天好像是有点霸道和冒进，不会吓到她了吧？

贾依淳失眠了。躺在床上翻来覆去都是赵泛舟嘴角微微上扬的样子，她突然心慌得想哭。

抱着完成任务的想法，周筱硬着头皮去和赵泛舟吃饭。跟帅哥吃饭是不错啦，但是跟一个有妇之夫的帅哥吃饭感觉就有点怪怪的了。

他好狠啊，选这么贵的餐厅，早知道她那天就该死撑着不要坐那个位置的。

咬着牙点完菜后，她默默地吃饭，懒得跟一个敲诈犯多言。

赵泛舟看着她那不情不愿的脸，很无语，他真的有那么讨人厌吗？

　　"麻烦买单。"周筱心想，总算可以结束了。

　　"小姐，这位先生已经买过单了。"周筱疑惑地看着赵泛舟。

　　赵泛舟站起来说："走吧。"

　　周筱赶紧跟着站起来，有点不好意思，刚刚她好像以小人之心度君子之腹了。不对不对，他为什么要请她吃饭？难道——他想玩劈腿？不对不对，玩劈腿为什么要找上她，这个学校大把女生啊，而且他长得这么人模人样，应该蛮多机会的吧？啊——她好想仰天长啸，烦死啦！

　　赵泛舟看着她的表情不停地变化着，觉得很好笑。

　　"唉——"坐在电脑前的周筱一声长叹。

　　"叹一口气会衰三年的。"陶玲经过她身边的时候说。

　　"切！你上次说打破镜子也会衰三年。"周筱无所谓地说。

　　"你叹什么气？"小鹿从蚊帐中伸出头来问。

　　"上次不是跟你们说过我在公交车上遇到一个帅哥吗？后来我们一起吃了顿饭，然后我就给了他我的QQ号码，然后……"

　　"然后他一直跟你聊天？"

　　"也不是啦，他偶尔才会冒出来说两句话，也没有特别的内容。"

　　"那你是在烦什么？"

　　"他有女朋友啊，这样不好吧？"

　　"你是不是有点想太多了？"

　　"倒也是哦，但我还是有一种做了什么坏事的感觉。"

　　"你的道德感也太泛滥了吧？"

　　"我本来就是很有道德的圣女。"其他人集体翻白眼，圣女？圣女小西红柿还差不多，你个小西红柿！

　　"哒啦啦啦啦……"短信的声音响起，周筱打开短信。

　　赵泛舟：你在干吗？

周筱快速地按键盘："自习。"发完有点心虚，说是自习，她其实只是找个安静一点的教室看小说。

赵泛舟：哪个教室？

她跑出去看了一下教室门牌，回来按手机："一教一零九，你要来吗？"

等了五分钟，他没回短信，她心里有点小不爽，又低下头去看书。

赵泛舟进到教室的时候，就看到她在专心致志地看小说，她看得入神，随手把垂在眼睛旁边的几缕发丝塞到耳后，很快那几根头发又掉了下来。她有点烦躁地轻甩头发，眼睛一直没有离开小说。

他轻声走近她，帮她把头发塞回耳后。她吓了一跳，抬头看他，他站在她面前，背光，光在他白色的毛线衣上晕开一圈很淡很淡的黄色光晕，看上去好温暖，她忽然觉得心跳似乎漏了一拍。

破船儿 22:33:08

饿吗？要不要给你买消夜？

周筱 22:33:17

不饿，但你要给我买我也没意见的。

破船儿 22:33:26

想吃什么？

周筱 22:35:36

等等，我想一下。

周筱在电脑前发呆。怎么办？他对她好好啊，而且上次他也跟她说了，那个漂亮的女孩叫贾依淳，是他的邻居，不是他女朋友，但是他又没有表白，会不会搞半天只是她一厢情愿啊？

周筱 22:36:45

小鹿，小鹿。

小鹿 22:37:29

你叫魂啊。

周筱 22:37:33

你不要这么凶嘛。

小鹿 22:37:35

你叫我干吗啊？一个宿舍的还要聊QQ。

周筱 22:37:37

我不好意思说出来给大家听啊。

小鹿22:37:39

你思春啊？

周筱 22:37:42

那个……赵泛舟问我要吃什么消夜。

小鹿 22:38:08

他不是有女朋友吗，没事献什么殷勤？

周筱 22:38:12

他说那只是他邻居，不是女朋友。

小鹿 22:38:32

你确定？男人都这样说的，每个都只是干妹妹哦。

周筱 22:38:35

你对男人是有多不满，哎呀，这不是重点啦。

小鹿 22:38:43

那重点是什么？

破船儿 22:39:08

想好了要吃什么没？

周筱 22:39:33

重点是，赵泛舟好像对我很好哎，我好像有点喜欢他了，怎么办？但是他都没跟我说过什么，真是的，是不是男人啊？喜不喜欢不能给我讲清楚说明白吗？害我一直猜，累死了。

破船儿 22:39:45

呃……我是赵泛舟，你好像发错信息了。

周筱 22:39:53

啊——小鹿，杀了我吧，我把要发给你的信息发给赵泛舟了，我在里面表白了……

破船儿 22:40:05

呃……我很不想跟你说的，但是……你又发错了。

小鹿 22:40:25

你干吗一直不说话啊？

周筱 22:40:36

我要疯了，我不管我发给谁了，一刀给我个痛快吧。

小鹿 22:40:39

你在说什么啊？发生什么事了？我怎么看不懂？

破船儿 22:42:00

十分钟后我在你们楼下等你，我们一起吃消夜？

周筱 22:43:07

随便。

赵泛舟坐在电脑前一直笑一直笑，他越来越喜欢她了呢，而且她好像帮他解决了最麻烦的表白这一关，该怎么谢谢她呢？

十分钟后。

赵泛舟微笑着看着匆匆忙忙冲下楼的周筱："小心点，我不会跑的。"

周筱刚想瞪他，却对上了他微笑着的眼睛，她耳朵里突然就回想起范玮琪的一首歌："你眼睛会笑，弯成一座桥……"

后面发生了什么事周筱都不记得了，反正她就记得她的脸一直都很烫，心一直都跳很快。

然后她就莫名其妙地成为赵泛舟的女朋友了。

很久以后她回想起来都觉得很奇怪，她怎么好像得了失忆症一样，只记得他微笑的眼睛？

夜里，周筱被一阵抽泣声吵醒，她按亮了床头的手机，三点。现在是闹什么？半夜三更的，谁在演鬼片？抽泣声从阳台传来，混合着风声，断断续续的，越听越让人毛骨悚然。

周筱听到隔壁床的室长翻了一个身，她小声地问："室长，醒着吗？"

"你也被吵醒了？吓死我啦，谁在哭啊？"从室长的声音可以听出她把自己蒙在了被子里。

"我也醒着。"小鹿的声音从另一个角落里传来。很明显，大家都知道哭的人是谁了。

大家沉默了一会儿，宿舍回荡着低低的抽泣声。

"你去看看她怎么了吧，她跟你比较好。"小鹿打破了沉默。

周筱叹了口气，从床上坐起，掀开被子的时候感觉身上的每根汗毛都立起来了。唉，她上辈子一定是杀人放火了，不然老天不会惩罚她在这么冷的天离开温暖的被窝。

周筱敲敲阳台的门问："陶玲，你怎么了？"

哭声停了，但一直没有人回答。

"怎么了？你不回答我，我开门进来啦？"随着她开门的声音，寝室内床上的人都坐起来了。

周筱看到陶玲双手抱膝坐在地上，外面路灯的光透进来，映出她满脸的泪水。周筱那一点点的起床气马上就消了，取而代之的是心疼和害怕，她隐隐约约觉得好像发生了什么事。

周筱走近她，蹲下去跟她平视，问："怎么了？"陶玲突然扑过来紧紧地搂着她，放声大哭。室长和小鹿也出来了，跟着蹲下来，四个人抱成一团，虽然她们都还不知道发生什么事了，但是就算不能帮她分担，她们至少可以和她一起哭。

陶玲冷静下来以后告诉她们，她男朋友要和她分手，而且，她怀孕了。

室长问："你男朋友知道你怀孕的事吗？"

陶玲点点头："他……叫我拿掉。"

"那就拿掉吧。"室长异常冷静，甚至让人觉得有点冷血无情，每个人都很诧异地看着她，眼神都带着谴责。

室长突然激动起来："不然呢？你休学，把孩子生下来？然后你爸妈被你气得要死，说不定还会不认你这个女儿，然后你带着一个没有爸爸的孩子，由于大学没毕业，你只能拿微薄的薪水，每天又要上班又要带孩子，还要操心孩子的奶粉钱、学费，然后被生活折磨得过早衰老，不再年轻漂亮，又带着个拖油瓶的你找不到一个好的结婚对象，最后把生活对你的不公平都怪在孩子的身上！"

说到最后，室长的声音交织着愤怒、不甘和……伤痛，大家都怔住了。过了一会儿陶玲才反应过来，激动地吼："你怎么可以这样？他是我的孩子啊，你怎么可以说这样的话，他也是一条生命啊！"

室长用力闭了一下眼睛，好像是要调整一下情绪，然后缓缓地说："我只是……只是不想让你的孩子走我走过的路。"

周筱从来没有想过，一向与世无争的室长背后有这么个令人不舍的故事。周筱扯扯室长的衣袖，说："让她自己做决定吧，我们都没权用我们的人生经历去帮她做任何决定。"

室长沉默了一会儿，叹了一口气，拍拍陶玲的背："陶玲，你不要介意我刚刚说的话，我的人生不一定就会是你孩子的人生，你自己好好想清楚，不管你做什么决定，我们都会尽我们最大的努力帮你的。"

第二天天刚亮，她们整个宿舍的人就悄悄地坐车前往市医院。一路上都没有人说话，陶玲坐在靠窗的位置，漠然地看着窗外，手里紧紧地攥着手机。周筱看着她的侧脸，几次动了动嘴唇，最终却什么都没说。

妇科门口的长凳子上，陶玲的手紧紧地握着室长的手，指甲都陷进了室长的掌心里。四个人从来都没觉得时间过得如此缓慢，缓慢得好像电影的慢动作，每个人的每个表情都那么清晰。

"下一个，莉莉。"护士小姐面无表情地叫。没人反应。

"莉莉！"护士提高了声音，周筱突然反应过来，这是她们刚刚瞎掰的名字，她推了推室长，室长好像也是突然回过神来，扶起陶玲说："到你了。"

陶玲一脸苍白地走进了手术室，护士站在旁边翻了个白眼，小声地嘀咕："刚刚是聋了吗？"小鹿冲上去想跟她理论，周筱拉住了她。室长想跟着陶玲进手术室，被护士拦了下来："手术室不准进。"

门关上的那一秒，她们都看到陶玲惊恐无措的求救眼神，周筱在那一刻很想去拉着她，说："没事了，我们回去。"但是她没有，她只是狼狈地别开了眼。

没有人知道时间过了多久，门再一次打开的时候，陶玲扶着门往外走，室长冲过去扶住她。

回程的车上，陶玲闭着眼睛，脸色苍白得像一张纸，眼泪缓缓地从眼角流下来："我看到我的孩子了，他是一团血肉模糊的肉，被丢在冰凉的盆子里。"周筱不知道说什么，只是轻轻地握住了她颤抖着的手。

周筱还记得大一开学的时候陶玲蹦蹦跳跳地跑到她面前，端着明媚的笑脸问她："同学，我叫陶玲，我爸爸妈妈已经回家了，他们忘了帮我挂蚊帐。你能告诉我蚊帐要怎么挂上去吗？"她还只是个孩子啊！为什么要经历这一切呢？陶玲明媚的笑脸和闭着眼睛苍白的脸不停地在周筱的眼前交替浮现，她突然心酸得想哭。

第四章

　　"老师，我们今天不上课好吗？"李都佑问周筱。不上课不早说，骗她干吗啊，害她都没有去跟赵泛舟约会。

　　"为什么？不上课那我就回去了哦。"

　　"不是，不是，是聊天，嗯——对，练口语。"

　　"好吧。"随便他，反正付钱的人是老大。

　　"那聊什么呢？"周筱最怕找话题跟人家闲聊了。

　　"随便啊。"笑得那么灿烂！牙齿白啊？

　　"你为什么想学中文啊？"

　　"在韩国，很多人学中文的。"奇怪，不是中国人在迷韩剧吗，怎么会是韩国人爱学中文呢？一定是他们终于明白中国文化的博大精深了，把我们的端午节还给我们，不然拿粽子噎死你！周筱脑海里开始幻想拿粽子噎李都佑的情景，忍不住笑了出来。

　　"老师，你笑什么？你笑起来好卡哇伊。"韩国人撂什么日语！对于他的夸奖，她刚开始的时候还会害羞，后来就免疫了，这人的夸奖太不值钱了，什么都可以夸一下，记得有一次他跟她说："老师，外面，非常美丽的小鸟。"她看出去的时候就看到一只黑乎乎的小鸟停在电线上，根据她那少得可怜的生物知识判断，那应该是麻雀想变凤凰的那种麻雀。

"老师，你思春期的时候干什么？"

什么？！要不是他一脸的天真善良，她真的很怀疑他是不是在调戏她。

"你说什么期？"

"思春期。"好吧，原谅外国友人的中文程度，周筱深呼吸深呼吸："你的思春期是什么意思？"

他一脸的疑惑："你不知道思春期？你不是教汉语的吗？"

周筱很无奈："我当然知道思春期，但我估计我知道的意思和你知道的意思不一样。"

"为什么不一样？老师，你汉语不好哦……"

天哪！不要逼她掐死他！"你把字典拿出来，查给我看。"

搞了半天，字典把韩语的青春期翻成思春期或青春期，敢情韩国的孩子青春期都在思春？跟他解释半天他终于明白了二者的区别，她真是太佩服自己了！

两人鸡同鸭讲了很久之后终于结束了，周筱瞄了一下手表，四点半，她跟赵泛舟约了四点在留学生部楼下等的，她急匆匆要往下赶。"老师！"李都佑又突然叫住她，"我也下去，一起。"

她只得和他一起往下走，过了楼梯转角就看到赵泛舟，他正在讲电话。周筱指着赵泛舟对李都佑说："那个在打电话的人是我男朋友。"言下之意就是，我要和我男朋友去约会了，你快点有多远滚多远吧。

李都佑只是点点头，就跟着她一起到了赵泛舟跟前。

赵泛舟从他们一下楼就注意到了，这是他第一次看到她教的学生，他都不知道她教的是一个长得这么……嗯……这么韩剧的男生。"我会去的。她来了，拜拜。"他收了电话，看着他们，等她介绍。两张娃娃脸站在一起，倒是挺配的啊！他之前问她学生长得怎么样的时候她只是含糊地回了个很普通，而现在不仅迟到还知情不报，罪加一等，看他怎么收拾她！

她可以感觉到空气中散发着火药味，迟到半个小时而已嘛，用不用这样啊？人家小鹿每次都在宿舍里慢慢化妆，让她男朋友在外面等到结蜘蛛丝的，欺负她贤妻良母啊。

"嗯，他是李都佑，他是赵泛舟。"周筱很不想介绍的，李都佑啊，一日为师终身为父不知道你听过没有，你老师现在有危险了，麻烦你快点走吧，不要给老师添乱了。

"你好。""你好。"两个人很礼貌地握了手。

然后气氛突然僵住，李都佑没有要离开的意思，赵泛舟也没有，两个人好像都在等她表态。她只好有点尴尬地跟李都佑说："我们走了，再见。"

"明天见。"李都佑突然送她一个灿烂得不得了的笑容，吓了她一跳，她又没借他钱，不用笑得跟见了衣食父母似的吧。

一路上周筱都小心翼翼地看着赵泛舟的表情，虽然说他向来都是面无表情一族的，但是她还是觉得他现在的面无表情很可怕："好嘛，对不起啦，我迟到了，你不要生气。"

赵泛舟瞅了她一眼说："我没生气。"

"好啦，你没生气……我们去吃东西吧。"她摇摇他的手有点撒娇地说。

赵泛舟没有回答，心里正盘算着有什么办法让她辞了这份家教。

她看他没什么反应，觉得有点自讨无趣，不就等了半个小时嘛，摆什么臭脸嘛，也不想想他平时在开什么破烂会的时候她等他都等到海枯石烂了。

吃饭的时候他还是摆着一张臭脸，周筱好几次想缓和一下气氛都没得到他的响应，只得默默吃饭。

"你是我心内的一首歌，心间开起花一朵……"他的手机铃声响了，呵呵，是她上次设的，他听了一直翻白眼，想要改，但是被她用武力镇压了。

她瞄了一眼，上面闪着贾依淳的名字，她突然有点后悔她设的铃声。

赵泛舟接起电话，喂了一声就站起来往外走。不就是听个电话嘛，用不用那么神秘，小心你酒精中毒！

她看着他站在门口接电话时专注的样子，突然就觉得很火大，把东西收一收提着包就走了出去，路过他身边的时候听到他说："你先不要哭，冷静点。"语气里是她很少听到的温柔。她以为他没看到她，哪知他一手拉住她，瞪了她一眼，捂住话筒说："你去哪里？"

"你不是要接电话吗？我先回去了，免得听到不该听的。"

"你无理取闹什么？"他的声音中酝酿着火气和不耐烦。

好啊，对别人就柔情似水，对她就这么不耐烦。无理取闹是吧？他还没见过真的无理取闹吧，今天就让他看看什么叫无理取闹。

她突然一把夺过他的手机，咔的一声把盖子合上："这才叫无理取闹，现在你知道了吧？""你发什么神经啊？"他抢过手机一手开始拨号一手紧紧抓着，她突然低下头去咬了他的手一口，他没料到她会来这一招，一吃痛就松了手。她咻一下冲了出去，要是高中的时候考八百米有这个速度，她也就不用补考那么多次了。

赵泛舟呆了两秒之后盖上手机也跟着追了上去。

在周筱快跑上宿舍楼的时候，赵泛舟终于追上了她，他用力地扯住她的手，有点喘："你到底怎么了？"

"放手，我现在不想跟你说话。"扯什么扯，他以为他在演偶像剧啊！

"你至少给我个理由。"哪里来那么多理由，她就是不爽，就是在无理取闹，生理期到了，不行啊？

"你从刚刚到现在都在摆脸色给我看，这个理由够了吧？不够的话，你在你女朋友面前接另一个女生的电话要走开去接，这个理由怎么样？"

"我什么时候摆脸色给你看了？我只是在想一些事情。我接电话出去接是因为里面太吵了，贾依淳是我邻居！"

"邻居？我受够了你的邻居了，你对你邻居比对我温柔多了。算了，我不想跟你吵，你让我回去。"

"你到底要在她的问题上纠缠多久？我都说了，我们从小一起长大，她就跟我妹妹一样。"

"算了吧，除了在学校路上碰到你们的那一次，你什么时候想过要给我介绍一下你的'妹妹'？"

他沉默了一会儿，说："我以为你不想认识她的。"其实，他真的不想让她们认识。

"随便你了，我现在说我不想跟你讲话你不是听不懂就对了，放开我，我要回去。"

他犹豫了一下就放开了手："你冷静下来我们再聊一聊。"这人怎么这么喜欢聊啊？烦死了，这么喜欢聊不会去当陪聊啊！

她瞪了他一眼就扭头上了楼，走的时候特别用力，纯粹是把楼梯当他的脸踩。

赵泛舟看她头也不回地往上跑，也有点火大，迟到的是她，跟帅哥待一个下午而且明天还要见面的也是她，她凭什么发脾气啊？女人有时真的是不可理喻！

熄灯了，周筱再一次看手机，没有短信，也没有未接电话，气死她了，她用力按下关机键。两天了，他都不跟她联系，现在是和她比谁拽谁有耐性吗？她有那么过分吗，不就是挂了他的电话而已嘛，嗯……好像还咬了他……她只是太生气了啊，他用不用气那么久？她又没有多用力……好像蛮用力的……那么大的一个人，咬一下会死啊！

周筱在床上翻来覆去地滚，睡下铺的陶玲不乐意了："周筱，你床上有虱子啊，滚那么久了，还让不让人睡啊？"最近陶玲讲话都很冲，大家心疼她受到的伤害就都让着她，早上小鹿还差点跟她吵了起来。周筱嗯了一声，静止下来。但陶玲还在得理不饶人："有时至少要考虑一下别人的感受，不要自己睡不着就要大家陪着你睡不着……"

"你有完没完啊？"小鹿突然跳出来说话，"不要以为大家都让着你，你就来劲儿了。"

陶玲的声音突然提高了："你什么意思啊你！"

"都不要吵了，快睡觉，明天还有课呢。"室长试图打圆场。

"要不是她翻来翻去，我会说什么吗？"

好了，现在又绕回她身上来了，周筱叹了口气："我不动了，刚刚是我没注意到，你们快睡吧。"

"周筱，你跟她那么客气干吗，对不起她的是她那个烂人男朋友，凭什么我们都要看她的脸色做人？"小鹿今天好像也吃了火药似的。

"朱璐！你要是对我有什么意见你就直说，不用阴阳怪气的！"

朱璐是小鹿的本名，又是猪又是鹿的，她们平时都笑她是动物园，她很不喜欢人家叫她这个名字，所以大家才都叫她小鹿的。

"我是对你有意见啊，我这样子还不够直说吗？"

"我哪里招你惹你了？"

"很明显不是吗？你每天摆臭脸给我们看就算了，昨天你摔坏电话，因为它吵到你午睡；今天早上你打破我的漱口杯，连句对不起都没有，还说我的漱口杯放得太靠外面了；下午你又把室长的衣服弄掉在地上也不捡起来……你觉得我们有必要这样忍你吗？"

"我叫你们忍我了吗？我只是心情不好……"陶玲的声音带了哭腔。

"你少给我哭，现在是怎样？我欺负你了吗？"小鹿的声音也开始有点哽咽。

唉，要不是因为她也是这个宿舍的，周筱还真的想拿包瓜子在一旁坐着边嗑边看戏。

"你们俩都给我闭嘴！"一向柔柔弱弱的室长突然发飙了，"陶玲，你最近真是太过分了，对不起你的是你男朋友，不是我们，我们陪你买避孕药，陪你哭，陪你堕胎……朋友做到我们这个分儿也差不多了，如果你还是摆出一副大家都对不起你的样子，你就给我搬出去；还有你，小鹿，陶玲她经历了这么多事情，情绪不好也是正常的，你有什么非得跟她计较？"

室长这么一发火，两个人都不敢说话了。而经过这么一闹，周筱也忘了和赵泛舟的事，宿舍里一片安静，每个人都怀着各自的心事沉沉地睡去。

第二天起床，宿舍里每个人的表情都有点不自在，大概都在为昨天晚上的事不好意思。刷牙的时候，陶玲看着小鹿手里端着喝水的杯子，犹豫了一下说："对不起啊，我打破了你的杯子，我待会儿买一个赔给你。"

"不用啦，我知道你是无心的。"小鹿尴尬地一笑。

周筱刚好在收毛巾，回过头看她们："现在上演一笑泯恩仇的戏码了啊……"

陶玲推了她一下，小鹿瞪了她一眼说："对啊，我们等下还要沆瀣一气，把你宰了，看你睡觉还翻不翻身！"大家嘻嘻哈哈的，很快就把昨晚的不愉快抛一边去了。

　　匆匆忙忙赶去上课的时候周筱犹豫了一下要不要爬上床去拿手机，后来室友催得急，她也就匆匆走了。

　　课上到十二点，她胡乱吃了点饭又很急地跑往留学生部，她跟李都佑约了一点钟上课。

　　上课的时候她有点心不在焉的，李都佑一个人在那边念课文，念着念着突然停了下来："老师，你没有听。"

　　"啊？对不起，我会认真听的。"周筱有点不好意思。

　　上完课之后，李都佑说要请她吃饭，但是她现在实在没什么心情跟他social，所以就找个借口推掉了，她的借口也很好笑——我有事，十万火急，火烧眉毛，迫在眉睫，千钧一发……直到她离开了教室，她还听到李都佑自己在里面嘟囔着，火……眉……发。所以说嘛，对付外国人就是要用伟大的成语来轰炸他们，让他们深觉中国文化的博大精深，让他们自叹不如，让他们自卑到回去把自己的国家炸了。

　　出了留学生部大楼，她就看到了赵泛舟，她本来想假装看不到地走开，脚挪了几步又朝着他走去："你来干吗？"

　　"你为什么不接我电话？"

　　"早两天你又不打，我今天忘了带手机。"她的口气里已经带有示弱的成分了，赵泛舟伸过手来牵她，她意思意思地挣扎了两下就任他牵着了。

　　她用指甲很用力地抠了他手一下。

　　"干吗？会痛。"

　　"谁叫你到今天才来找我。"

　　"等你气消啊。"

　　她又很用力地抠了他手一下，说："你下次给我试试看，超过三天看我还理不理你。"

　　他低下头靠近她："知道了。"

　　这么乖？不像他的作风哦，她狐疑地看着他，推开他的脸："不要靠那么近啦。你是不是做了什么对不起我的事，今天那么好说话。"

他笑得一脸高深莫测。

一个星期之后，周筱就听说学生会提出要和留学生加强交流，所以搞了一个什么"一帮一"的计划，让有兴趣学其他语言的同学和留学生两人一组，互相交流语言。李都佑和一个学韩语的漂亮女生分到了一组，每天都要到语言中心去交流，和周筱的课也就停了。周筱很郁闷，这样一份额外的收入就没了，学生会的人怎么尽干断人财路的事啊，她偷偷在心里诅咒学生会的人，完全忘了她男朋友也是学生会一员，而且还是学生会副主席。

上完最后一节课的时候，李都佑死活都要请她吃饭，他们才在餐厅坐下没多久，就刚好看到和学生会的同学来庆祝"一帮一"活动顺利开展的赵泛舟，赵泛舟和其他人低声交代了几声，就加入周筱和李都佑这一桌。

吃饭的时候周筱隐隐约约听到学生会那一桌有人在说，刚刚是小赵硬说要出来庆祝，这饭店也是他提议的，但刚来他居然就走了，果然是有异性没人性……她诧异地看着赵泛舟，赵泛舟耸耸肩，一脸的不置可否。

这顿饭吃得很闷，饭桌上三个人都不知道要说什么。

回宿舍的路上，赵泛舟心情大好，突然说要给她买花，吓了她一跳。他们交往那么久，她从没指望过他会送花给她，用他的话说是，花是长得奇怪的草。而她也觉得花的味道很臭，就随着他去了，没想到今天他居然说要给她送花，爱送就送呗。

周筱捧着一大束花在宿舍阳台上转来转去，实在找不到地方安置它们。她老觉得什么地方不对劲，可是又讲不出个所以然来，好像有什么东西跟赵泛舟和李都佑有关，但是始终不得要领，算了算了，找个地方安置这一大束花才是当务之急。

快放寒假了，以前大概离放假还有一个月，周筱就开始欢天喜地地准备回家的东西。但这次放假她却提不起劲，她和赵泛舟还没分开过那么久呢——除了他出国的那一次。而且，他一回家不就要天天对着那个邻居贾依淳？想到这，她心里就没底儿，那个酒精同学长得实在是好啊，要是笑一笑就是"回眸一笑百媚生"，要是掉几滴眼泪就是"梨花一枝春带雨"。这天天抬头不见低头见的，要是赵泛舟突然发现贾依淳比她漂亮很多怎么办？叫她怎能不担心呢？但她这点小心眼又不敢让赵泛舟知道，显得她多不大方啊，她可是新时代新女性。

赵泛舟这边也在发愁放假的事，他一想到要回家就一个头两个大，不久前他家里人已经打电话来叫他带女朋友回家了，他怎么能带周筱回家呢？怎么能让她去面对他大妈和……他的家庭。

周筱在宿舍上网的时候，小鹿突然兴致勃勃地从外面冲进来，说："我们要去旅行了。"

"和你男人吗？去哪里？"周筱感兴趣地问。

"是啊，我们去桂林。"

"小心两个人去，三个人回来。"周筱坏心地说。

小鹿路过她身边的时候踹了她一脚："去你的，我让他买好一打保险套带去。"

周筱边揉脚边说："不是吧，这么饥渴？"

"那是，我们可是两个燃烧着的小宇宙。"

她们宿舍的话题常常生冷不禁，估计录起来给学校的老师教授们听可以把他们吓得口吐白沫。周筱翻了个白眼："你不要脸的程度可真是随着时间的推移而越来越炉火纯青啊。"

小鹿做了个鬼脸之后就跑到阳台上去晾衣服了。周筱坐在位置上想了一会儿之后忍不住也跟着跑到阳台去："嗯，说正经的，你们要真的干什么的话千万小心，上次那件事我可真的是怕了。"

小鹿边晾衣服边回过头来说："放心吧，他要敢对我怎么样，我就让他……"她腾出手来做了一个剪刀的姿势，周筱替她男友打了个冷战。

周筱挽着赵泛舟的手走在路上，说："小鹿要和他男朋友去桂林玩哦。"

旅游？好像是个不错的提议，不用放假就分开，然后还可以跟家里人说他们出去旅游花太多时间，她没时间跟他回家见家长。赵泛舟突然说："我们也去旅游好不好？"

"旅游？"这人还真是听风就是雨啊。

"对啊，我们去旅游吧，你有没有什么特别想去的地方？"

周筱疑惑地看了他一会儿说："真的要去吗？""对！"

周筱开始暗自盘算银行卡里的余额，但想到头都破了也想不起来里面到底有多少钱。

"你想去哪里啊？"赵泛舟又问。

"你等我回去确认一下我的卡里有多少钱再说嘛。"

"钱我有，你只要说你想去哪里就好了。"

"我知道你有钱，但你的钱又不是我的钱。"周筱脱口而出。

赵泛舟瞪她，她吐了吐舌头，小声地说："我想花自己的钱嘛。"

"不管你卡里有没有钱，我们都要去旅游，你卡里没钱的话我就借你，什么时候有钱了就什么时候还。"哪有人这么霸道的，她不去难道他还能绑着她去啊？

"好嘛，我们去云南好不好？"不是怕他！是让他，是让他！

"好，一放假我们就去，机票和酒店的事我会搞定。"这人都不用再考虑一下哦，去云南讲得好像去隔壁巷子一样简单。

于是……寒假第二天，她和赵泛舟就坐在飞机上了，一路她都是傻傻的，傻傻地办手续，傻傻地登机，傻傻地坐在座位上东张西望。她是第一次坐飞机，感觉很新鲜，眼睛骨碌骨碌转着，很想站起来到处看看。赵泛舟笑着看她，握住她的手："你给我好好待着，不要乱动。"

"可这是我第一次坐飞机呢。"她好想去看看飞机里的厕所长什么样。

"快起飞了，你把安全带系好，等下起飞的时候你耳朵可能会疼，用力咽一下口水就会好很多……"

他边说边俯过身来帮她系安全带，靠得好近啊……她的脸突然红了，不要这样子，明明就老夫老妻了，更亲密的都有过，现在是在扮什么纯情啊！他好像也感觉到暧昧的气氛，系好安全带抬起头来看她："这样就脸红了？"

她看着他那挑高眉头、嘴角带笑的样子就生气，用力地别过头不理他。他居然还笑出声音来，她伸过手去用力捏他大腿，他抓住她的手，突然用迅雷不及掩耳的速度在她嘴上啄了一口，她用另一只手捂着嘴，用控诉的眼神看着他，他挑衅地看回去，一脸奉陪到底的死样子。

"各位旅客，飞机马上起飞，请系好你们的安全带。"空姐的声音打断了他们这边的对峙。周筱转过头去看空姐，这年头美女真多，漫天遍野都是美女。

周筱安静地度过起飞的时间，又开始想动来动去了，她看看旁边闭着眼睛的赵泛舟，推推他，说："喂，你是猪哦，一上飞机就睡觉，外面的云好漂亮哦。"

他不为所动，继续睡觉。

"刚刚的空姐好漂亮哦，你有没有看到？"

"空姐都很漂亮，这是常识，没有必要大惊小怪。"他闭着眼睛回她。

偷看漂亮女生还扮什么酷？"那同理可证，空少也一定很帅，空少都待在哪儿啊？我要去看帅哥。"

他懒洋洋地睁开眼睛，瞅了她一眼："这家航空公司没有空少。"

怎么会这样？这么多家航空公司，她刚刚好就坐到没有空少的："真的吗？你怎么知道？那总有飞行员吧？我要去看飞行员。"

他怎么知道？他当然是乱说的啊："你觉得乘客进得去驾驶舱里面吗？"

这人真的很讨人厌，一句话就打碎了她的少女梦，一点也不手软。

第五章

怎么办？怎么办？怎么办？

周筱急得要死，她之前都没想过旅游时的住宿问题，当看到赵泛舟从服务生手上接过一张房卡的时候她就快哭了。

一张房卡！一张房卡！居然是一张房卡！

赵泛舟看着她一副想要撞墙的样子，没好气地说："你放心，我没有要把你怎么样，我订的是双人房。"双人房也是一间房啊，她要是睡觉打呼他还是听得到啊，不对，谁在说打呼的问题，是安全问题，他要是半夜兽性大发怎么办？

他开了房门径自走了进去，她只得很无奈地跟着走了进去，边走还边嘟囔着："干吗不订两间房啊……"

"你如果不想被我听到的话，就麻烦说小声一点。"赵泛舟走着走着突然停了下来，周筱没刹住脚步撞了上去。

"你没事停下来干吗？"

"你刚刚说什么——"赵泛舟警告地看着她。

周筱摸着撞疼了的鼻子，嘿嘿傻笑："没有，没有，我是说你靠边停的时候要说一声。"赵泛舟瞪她一眼之后去放行李。

打点好一切之后，周筱坐在其中一张床上，而赵泛舟突然从包里变出一个PSP，也在同一张床上躺下，周筱吓了一跳，偷偷往旁边挪了挪，赵泛舟看都不看她一眼，开始玩起游戏来。

过了十几分钟，周筱发现他真的在认真玩游戏，松了口气，也躺了下来，开始胡思乱想。她和他在同一张床上，他在玩游戏，难道……这就是传说中的"床戏"？呵呵，好害羞啊……想着想着……好想睡啊……过不久她就迷迷糊糊地进入睡梦中了。赵泛舟放下手中的PSP，叹了口气，在精神高度紧张的状态下，她果然很快就累了，只是……用不用防他跟防贼似的啊？他帮她把被子盖上，在她唇边轻轻地亲了一口，然后躺在她旁边接着玩游戏。

她还真能睡啊，赵泛舟第二次放下PSP，无奈地看看墙上的钟，都快十点了，叫她起来洗澡吧。他半趴在她身上："喂，起床了，起来洗澡。"

周筱迷迷糊糊地睁开眼睛，被眼前放大的人头吓了一跳："啊！你要干什么？"

赵泛舟翻了个白眼："没干什么，叫你起床洗澡。"

还好还好，不是兽性大发，周筱再一次松了一口气，推了推压在自己身上的他："那你让我起来。"

"不要。"赵泛舟把全身的力量都压向她，"反正你都把我当色狼了，我干吗跟你客气。"

"哪有啊？你绝对是误会了，我怎么会觉得你是色狼呢？我都不知道我有多崇拜你，你绝对就是一坐怀不乱的柳下惠。"她讨好地说。

"真的？"

"真的！"

"好吧，"他从她身上翻下来，"你快点去洗澡。"

她迅速地从床上跳起来，手忙脚乱地拿衣服，然后冲进浴室。而赵泛舟把手交叉着枕在脑后，悠闲地看着她火烧屁股似的转来转去。

等到浴室里水声响起，赵泛舟从床上坐起来。嗯……她在里面洗澡……他突然觉得有点口渴，灌下一大杯冷水，总算好点了。

过了很久，周筱总算从浴室里出来了，轮到赵泛舟松了一口气。她莫名其妙地看着他突然拿着衣服冲进浴室。怎么了？有那么急着洗澡吗？干吗不早说？她可以让他先洗的啊。

赵泛舟在浴室里待了大半个钟头，周筱拿起他丢在床上的PSP玩，心里很奇怪，男生洗澡都那么久吗？难道他要在里面保养皮肤？她开始想象他在里面擦乳液的样子，忍不住笑了出来。

赵泛舟一出来就看到周筱拿着PSP在傻笑，头发还滴着水，他又转身回浴室拿了条毛巾出来，丢给她："把头发擦干。"她接到毛巾就放一边去，接着玩游戏："等一下啦，我把它打完。"

他瞪了她一会儿之后发现她完全没反应，只得认命地走过去拿起毛巾帮她擦头发。

"哎呀……撞到了撞到了……哎……死了。"周筱火大地放下PSP，"什么烂游戏嘛。"她顺手要接过他手里的毛巾，赵泛舟挥开她的手："我来。"

她耸耸肩，随便他。

"这么贴心？你以后会不会一直对我这么好啊？"

他懒得理她，继续擦着她的头发："明天我们去泸沽湖吧？"

"是那个摩梭族的泸沽湖吗？"

"嗯。"头发差不多干了，他把毛巾拿回浴室挂起来。

他再出来时看到她已经把被子盖好，准备睡觉了，他走向她的床。本来已经躺下去的周筱突然从床上弹了起来："那个……你的床在那边啊……"

"我觉得这张床看起来比较舒服。"赵泛舟不怀好意地笑。

"哪有？都一样的。"她扯紧身上的被子，救命啊……他还是一步一步靠近她和她的床。

"好好好，这张床让给你睡，我去睡另外一张。"好女不跟色男斗，她掀开被子要下床，就在她的脚要踏上地板的前一秒钟，突然间翻天覆地，赵泛舟把她拦腰抱起丢在床上："不用了，这张床够两个人睡。"他压在她身上，说话的时候吐气在她耳边，她痒得受不了，忍不住边扭动着脖子边求饶："有话好好说，你让我先起来嘛。""我是好好地说啊。"他那个气呼进吐出的，搞得她快疯了，她用力地推着他的脸："不要压着我说话！""不要。"赵泛舟拒绝得理直气壮。不要？她脑海里突然闪过小鹿的夺命剪刀手。她冷笑一声凑上去，冲着他的脖子用力地咬了一口。"你是狗啊！那么爱咬人。"赵泛舟从她身上翻下来，揉着脖子吼。知道痛了吧？哼！常在江湖飘，哪能不挨刀？让大刀劈向色狼的脖子吧！她翻身想下床，赵泛舟大手从她背后一捞，紧紧扣住她的腰，让她哪儿也去不了。她挣扎了两下，发现真的动不了，没办法，只得很辛苦地转过头去跟他讲道理："这是单人床，两个人睡很不舒服的。""你刚刚咬我。"他的语气居然带着小孩子的赖皮劲儿。不咬你你会放开我啊？周筱心里一堆埋怨，但是又不敢说出来，只好跟他说："你今天累了一天了，赶快睡，我也要去睡了。""你睡啊。"他一手搂着她的腰，一手去捞被子，然后用被子盖住两个人。这人是外星人是不是？听不懂地球话啊！"我是说，我要去另一张床睡啊。""为什么要去另一张床睡？"扮什么无辜，谁不知道你那点狼子野心？"因为另一张床空着很浪费，而且这样睡比较舒服。""我觉得这样睡最舒服。"他用力搂紧她，脸贴近她的脖子。"我不要。"她的声音突然变得闷闷的。好像玩过火了？赵泛舟有点被吓到，把她翻过来面对自己，说："怎么了？"她把头死命往被子里钻，就是不抬头看他。"怎么了啊？"他试图把她的头挖出来。

她的头被挖了出来，眼神却躲来躲去不敢看他："我会怕。""你刚刚不是说我是柳下惠吗？你还怕什么？""……""知道了！你放心睡吧。我胃口没那么好！"他实在是没好气。

什么嘛，什么叫胃口没那么好？她有那么差吗？她想反驳，想想算了，好汉不吃眼前亏。五分钟过去了，她还是被困在他的怀里，她戳戳他的胸口："喂……"

"不要乱动！"

哼，这么凶！

第二个五分钟过去了，她瞄了瞄他紧闭的眼睛，又戳戳他的胸口："喂……"

"都说叫你不要乱动了，干吗啊？"好凶哦。

"不是啊，我要去那张床睡。"她小声地说。

"闭嘴！我都说不会把你怎么样了，你再吵我就不客气了。"赵泛舟快抓狂了，她难道认为他没感觉吗，戳什么戳啊！

"哦。"周筱不敢吱声了。

五分钟，五分钟，五分钟……不行！她忍不住了，小手偷偷靠近，戳戳戳……

"你又怎么了？"他睁开眼睛狠狠地瞪着她。

哎哟，瞪她干吗啊，她也不想的啊。

"我是想说哦，那个……睡觉的话……灯是不是该关一关？"她小心翼翼地说。

"……"

"如果你习惯开着灯睡觉我也是可以配合的。"她很没种地补上一句。

赵泛舟坐了起来，伸手把灯给关了，又躺了下来。这回他仰躺着，没再抱她，她很轻很轻地转过身去背对着他，尽量离他远一点，但毕竟是单人床，她还是可以感觉他的热气源源不绝地传过来。

黑暗中，她和他的呼吸声好像都放大了，她偷偷咽了一下口水，快睡着吧，快睡着吧。早知道刚刚就不睡了，现在这么有精神怎么办？

赵泛舟这边也好不到哪里去，她身上若有若无的沐浴乳味道一直传过来，搞得他心神不宁，明明用的都是旅馆里的沐浴乳，为什么在她身上就那么好闻？

他还是忍不住了，轻轻靠近她，手环上她的腰，身体贴近她的背，脸埋进她的脖子，用力吸了一口气。她很明显地身体一僵，更加动都不敢动。

"我保证什么都不做，快睡。"他的声音在黑暗中很有磁性，很……魅惑。

长夜漫漫，孤枕难眠，双枕更不好眠。

当清晨的第一缕阳光打进来的时候，周筱就醒了，她还在赵泛舟怀里，不过已经从背对转成了面对面，按照她那烂得不能再烂的睡品，估计他也花了不少力气把她定在怀里。

早晨的阳光暖洋洋的，打在他脸上，眼睫毛在他脸上投下淡淡的阴影。她再一次感叹一下，这孩子长得还真是人模人样啊，怎么就被她碰上了呢？难道是她妈妈求神拜佛多了，神明保佑？不管是哪路神明，真是谢谢你显灵啊。

阳光开始有点刺眼，赵泛舟的眼睑动了动，周筱赶紧把眼睛闭起来，假装还没睡醒。

赵泛舟睁开眼睛，嗯……手臂有点麻，看看枕在他手臂上的周筱，阳光给她脸上细细的绒毛镀上了一层金黄色，看起来好想咬一口啊。

他怎么觉得她的眼球在眼皮下微微颤动？他凑近她的脸，在她脸颊上不重不轻地咬了一口："还装，给我起来。"

"啊！你怎么咬人啊？"好的不学，尽学坏的。

"不然你以为只有你有牙齿啊？"他痞痞地回她，"我知道你垂涎我很久了，再装就不像了。"

神啊，佛啊，她要收回刚刚的话，这人虽然长得人模人样，但是不讲人话，空有一副皮囊，真是金玉其外败絮其中啊。

"快点起来，我们今天要去泸沽湖的。"赵泛舟把她从床上拉起来，她又躺回去，死赖着不肯动。

"你先去洗脸刷牙，我再躺一下嘛，我动作很快的。"她哀求着。

"不行。起来！"

"真的嘛，反正浴室只有一个，你先洗脸刷牙，然后我再去嘛。"她闭着眼睛说。

"……"

怎么这么安静？难道生气了？周筱用力撑开眼睛，哇！又来这招，这脸就算再帅，但是每次都放这么大在她面前，她早晚会死于心脏病的。

"现在清醒了吧？起来换衣服。"他说完就转身去刷牙了。

哼，这个人，就爱耍这种贱招！周筱没办法，只得爬起来换衣服。

昨天到云南时已经太晚了，她根本就没有好好看过四周的景色，再加上当时很当心有些人可能会兽性大发，所以她根本就没有真的意识到自己身处云南。现在走在路上她才开始兴奋起来，四周都是以前只能在电脑上看到的景色。她抱着赵泛舟的手臂，抬头问他："我们是不是要跟团啊？还是我们要跟其他的旅客一起去玩？"

"我以前来过云南，我知道哪些地方好玩，所以我们自己去玩就行。"

"你来过？那你为什么不说啊？你都来过了，那多没意思啊。"周筱有点失望。

"不会没意思。"他淡淡地说。

"什么啊，怎么可能不会？"

"你是白痴啊？我说不会就是不会，以前又不是和你一起来的。"他推了她脑袋一下。事实上，他几乎走遍了大半个中国，以前他常常自己背上行囊去旅行，但是从来没有一次旅行让他这么的快乐和……安心。

"你也会说甜言蜜语哦。"周筱又开始兴奋了。

他的确是什么都安排好了，他们在街上晃荡了一个多小时之后就有一辆车来接他们，上了车之后周筱看着窗外一路都在感叹祖国江山一片美好，看得她连眼睛都不舍得眨一下。哪像有些人啊，上了车就靠在她肩膀上呼呼大睡，还说什么不会没意思。

下了车之后他们又坐上了船，赵泛舟说那叫"猪槽船"，是摩梭人独特的交通工具，但她怎么看都觉得那就是独木舟，而且，名字取得实在不怎么样，他们坐在这船上，要么他们就是猪，要么他们就是要给猪吃的食物，怎么都觉得别扭。

他们在摩梭人的村庄里走来走去，摩梭人习惯了来来往往的旅客，倒是她什么都觉得新奇，什么都要问上一问："他们真的是母系社会吗？""他们真的可以不结婚吗？""走婚是因为晚上偷情的时候走太多路所以叫走婚吗？"问到这个的时候，赵泛舟捂住她的嘴："不要乱说话，那不叫偷情。"这家伙哪天在路上被路人打他一点都不会觉得奇怪，那么爱乱说。

她点点头，示意他放手："那女的真的可以有很多个男朋友吗？"她放低声音，眼睛还偷偷乱瞄，搞得好像在进行什么不法勾当似的。

赵泛舟忍下翻白眼的冲动："他们的关系叫结交阿肖，阿肖关系是一对一的，只是阿肖关系的解除较为自由，一般不需要什么手续。一段阿肖关系的结束才能重新开始另一段阿肖关系。"

"原来是这样啊，我还以为能同时交好几个男朋友呢，害我差点就想留下来，搞半天还不是都差不多。"周筱一脸兴趣缺缺的样子。

"留下来是吧？好啊，我回去把机票撕了，你就安心地在这里走婚，看你走到什么时候能走回家。"

"开玩笑的啦，我最爱你了，一千个男朋友都比不上一个你。"妈妈说，该狗腿时要狗腿。

他哼了一声，一脸的不屑："我倒是觉得一千个女朋友绝对比你好。"

周筱叹气，心里盘算着过失杀人要判几年。

"哎，为什么她们力气这么大啊？"周筱看到很多摩梭族女人，背后都背着一个大篓筐，里面是各式各样的东西，甚至有的里面坐了一个男人。

"她们从小就是这样背的，习惯了。"

"这都能习惯？那我什么时候能习惯你的毒舌，练到百毒不侵呢？"她一脸求知欲旺盛地看着他。

"……"

周筱很郁闷，手里偷偷攥着一粒扣子。她走路的时候很喜欢扯着赵泛舟的衣服，有时候扯他衣服的下摆，有时候扯他袖口。但是，还没试过把扣子扯下来呢，她瞄瞄手里的扣子，再瞄瞄他袖子上的线头。好端端的袖子为什么要有扣子呢？要不要告诉他呢？算了，还是回去后等他去洗澡的时候偷偷补上好了，问题是——上哪儿去找针线？

赵泛舟很奇怪，怎么一进房间周筱就一直赶他去洗澡，难道是终于发现他男性的魅力而开始迫不及待吗？

他一进浴室，周筱就冲去服务台那里借针线，服务人员似乎很少碰到有人借针线的状况，找了半天才找出针线来。她坐在床沿缝那颗扣子，拜她从小爱给洋娃娃缝衣服所赐，她的针线活真的没话说，缝一粒扣子大概花不了五分钟。

赵泛舟从浴室出来时就刚好看到她很认真地在缝着什么东西。"你在干吗？"周筱吓了一跳，怎么这么快？她下意识地想把衣服往后藏，哪知手里的针在慌乱之中扎了她的手一下，条件反射之下她拎着衣服跳了起来，一拉一扯之间，针就在指尖拉出一道细细的口子。

赵泛舟无奈地摇摇头，这家伙怎么这么毛毛躁躁啊？他走了过去，说："给我看看扎到哪儿了？"她扁着嘴，举起扎到的手，一脸可怜兮兮。

他看了看她的手，哼了一声，转身去桌子上拿钱包，从钱包里掏出OK绷，上次买的，总算派上用场了。

周筱看到一个什么东西在他抽OK绷的时候从钱包里掉了下来，刚想说，但看他一脸严肃地正准备训人的样子，就把话缩了回来。

"贴上。"赵泛舟把创可贴递给她。

"你帮我贴嘛。"周筱把手举到他面前，很委屈地说。

"你刚刚在做什么？如果我没看错，这是我的衣服吧？"他边贴边问。

"我把你袖子上的扣子扯掉了。"这种时候就是要装无辜，有多无辜就多无辜，她眨巴着大眼睛看着他，就差没来个泪水汪汪了。

"掉了就掉了，为什么要躲起来缝？现在好了，扎到自己的手了吧，你说你什么时候做事能不要这么毛躁啊……（以下省略五百字某人的碎碎念）"毛躁个鬼！你是头发啊？我还分叉呢。

周筱扁着嘴巴，心想：为什么要躲起来缝？还不就怕你跟现在一样碎碎念嘛。

……嗯……某人还在念……为什么这种时候他一点都不惜字如金呢？她多怀念那个讲话很简洁的赵泛舟啊。

"不是，其实……你快点贴好，我就能很快把扣子缝好。"周筱忍不住打断他。

他瞪了她一眼，这才迅速地把OK绷贴好："你少在心里偷偷骂我。"

针在她手里很快地穿梭着，最后她帅气地打了个结，利落地用牙齿咬断线。赵泛舟在旁边看得啧啧称奇："真是难得你也有那么手脚利落的时候。"

"你是不是看傻了啊？觉得很崇拜我？觉得我真是一个贤妻良母？很想把我娶回家？"周筱嚣张起来。

"那样子的话就不是看到傻了，是看到瞎了。"为什么会有这么一种人呢？他一开口，你就忍不住想扁他。

"去服务台还针线。"她咬牙切齿地说。冷静，冷静，支开他，一定得支开他，不然等下她一定会忍不住让他血溅百米。

"为什么是我去还？""因为我现在很想用针把你扎个千疮百孔，你要是不快点把凶器拿走，后果自负。"

他撇撇嘴，乖乖的拿着针线去还。

他出去之后，周筱就开始准备换洗的衣物，路过桌子旁的时候眼睛刚好扫到刚刚从赵泛舟钱包里掉在地上的东西，什么东西啊？她蹲下去捡，她有轻微的近视，所以等捡到手里了，她才知道那是什么东西。她发誓，如果她知道那是什么东西的话，她一定不会去捡！如果她知道她一捡起来赵泛舟就刚好回来，她也一定不会去捡！

两个人像被雷劈中一样，呆呆地对视，半天都不知道该怎么反应。

"嗯……可以还给我吗？"赵泛舟先反应过来，讲完他吞了一下口水，脸涨红了。

周筱也反应过来了，飞快地把东西丢给他，逃命似的冲到浴室里，砰的一声把门关上，再用力锁上。

她靠在浴室的门后，捂着胸口，心好像要从嗓子眼里跳出来似的。他……他……的钱包里……居然……有……有保险套……她的脑子跟糨糊一样，完全没办法思考了。

赵泛舟手里拿着她丢给他的保险套，手足无措。天地可鉴啊，那只是他要出门前他的室友开玩笑地丢给他的，当时他也没想那么多就随手放进钱包了，而且自从她室友出了那件事之后，他一直都觉得有些事应该让男生来负责任，再说……他怎么说也是个男的啊，和女朋友出门旅游又住一间房，带着以备不时之需也是人之常情吧？这些理由怎么都很苍白呢？怎么办？她会不会以为他是色狼？她会不会以为他预谋了很久要把她怎么样？她会不会不理他啊？看着紧闭着的浴室门，他好头疼，生平第一次，他觉得百口莫辩。

第六章

　　周筱坐在浴缸沿，她现在真的是骑虎难下了，出去也不是，不出去也不是。不知道其他人捡到男朋友的保险套都是怎么办的？不过应该没有人会冲到浴室里把自己关起来吧？她要是平安过了这一关，一定要写一篇文章，题目就叫"捡到男朋友的保险套了，怎么办"，给遇到这种事的女性同胞点一盏指明灯……

　　赵泛舟在房间里转来转去，第一千零一次在浴室门口停下，终于敲了一下浴室的门。

　　叩叩的声音响起，吓了正在胡思乱想的周筱一跳，差点摔下浴缸来。

　　"干吗……"她小心地问。

　　"你进去很久了，怎么了？"他还好意思问怎么了？就是被他吓到了啊！不然呢？难道是便秘啊？

　　"没事，我在洗澡。"她绝对是疯了，衣服还在外面，洗什么澡？

　　"你的衣服没带进去。"

　　"……"她知道，不用他来说！

　　"出来好不好？"赵泛舟用商量的口气说。

"不好。"谁知道出去会不会连渣都不剩。

"难道你要一个晚上都待在里面？"

"……"也对哦，好像是不可以一个晚上都待在里面的。

"我又没有对你怎么样！出来！"还是凶一点好了，这样她会被唬住，会比较听话。

他还有脸凶她？什么嘛……

她很委屈地打开门，慢吞吞地踱着步子出来，走到他面前，眼睛看着脚尖，也不说话，心想，这人就是有这么个无耻的本事——明明错的是他，但是他就是有办法让对的人觉得心虚。

赵泛舟看她低头站在面前，一副小媳妇的模样，手伸过去想去牵她，但她手一缩，他没牵到。

"你干吗这样？"他也不是故意要凶她的，只是顺着刚刚的语气，一时没有把语气转过来。

还凶她？凶上瘾了是不？周筱觉得有一把火从脚底板开始往上蹿，老娘跟你示弱你还来劲了是不？

"不然呢？我出去再帮你多买两个？然后躺床上等你，跟你说谢谢请慢用？"她是属于平时没什么脾气，脑袋也转得不快，但一火起来思维特别清晰，讲话特别冷静，讲话内容特别尖酸刻薄的那种人，小鹿常常说她要是生在古代，那绝对是一资深老鸨。

一听她那阴森森的语调，赵泛舟就知道糟了，她真的生气了。

"……"他也不知道要怎么回她的话，只能转移话题，"你还没洗澡。"

周筱狠狠地瞪他一眼。没洗澡？难道要洗干净才能躺床上伺候他啊？当然，有些话还是留在心里就好，讲出来就不好听了。她绕过他，去收拾衣服洗澡，赵泛舟想跟上去说点什么，她回过头给他一个警告的眼神，大有老娘现在心情不好，十米之内格杀勿论的气势。赵泛舟乖乖地坐在床沿，默默地看着她走来走去地拿衣服。

周筱这人脾气来得快去得也快，在浴室里水一冲，火也就消了大半，冷静下来开始想那个保险套的事。书上好像说男生都是下半身思考的动物，他是不是真的很想啊？她该怎么办？其实她是相信他的，如果她不点头，他绝对不敢乱来。但是，她这样子会不会很不人道？会不会害他很辛苦？可是她真的不敢啊……

赵泛舟听着水声哗啦啦地响，心惊肉跳的，早知道就不要用生气来先发制人了，这下好了，不知道要怎么收场了。

吱的一声，周筱开门走了出来，本来还半趴在床上的赵泛舟赶紧正襟危坐。周筱瞥一眼他，哼，这副样子，紧张了是吧？别指望我会给你好脸色。她面无表情地挑了另外一张床坐下，开始擦头发。

气氛诡异而凝重，只听到毛巾和头发摩擦的沙沙声……

赵泛舟不敢说什么，而周筱是不想说什么。她擦完头发就拉好被子准备睡觉，她现在懒得照顾他的心情，少来惹她。

他下床去门口关灯，然后尽量放轻声音走近她的床，就在他要爬上她的床时，冷冷的声音传来："你爬上来试试看！"

他顿了一下脚步，无奈地转身回刚刚的床上躺下。

他在床上翻来翻去，怎么也睡不着，还是跟她道歉吧？毕竟是他先凶她的："对不起。"

"……"她没有反应，其实她现在比较怕他要真的想跟她怎么样的话要怎么办。

"我刚刚不是故意要凶你的。"

"嗯。"他都先低头了，她只好顺着台阶下。

又是十分钟的沉默。

"那我可以过去跟你一起睡吗？"他发誓，他绝对没有要怎么样的意思，只是……抱着她睡觉很舒服，而且……这种机会也实在不多。

"……"她先是听到脚步声，被子被掀开来，然后感觉床的另一边沉了下来。她很想往旁边挪，但是，"敌不动，我不动"这个基本战略她还是懂的。

赵泛舟翻了个身，周筱吓得差点没从床上蹦起来，敌若动，我快蹦。

他在黑暗中翻了个很大的白眼，坏心地故意又往她身边挪了一下。

"你够了哦！"她真的从床上蹦起来，叉着腰居高临下地看着他，黑暗中她看不清楚他的表情，只能看到他的眼睛，在黑暗中炯炯发光，好像闪闪的星星，这么干净清澈闪亮的眼神让她觉得自己实在想太多，思想太邪恶。

她蹭一下跳下床，跑去门口开灯。突然亮起来的灯光让他俩都忍不住把眼睛眯成一条线。

"开灯干吗？"赵泛舟拿手挡在眼睛前。

"……"嗯，她也忘了为什么要开灯，好像是因为……因为黑暗中他的眼睛看起来让她……心神不定。

她就傻傻地站在门口的开关那里，也不知道下一步要怎么办。赵泛舟瞧瞧她那傻样，叹了口气，算了，这样下去今晚谁都别想睡。他掀开被子也下了床，走到开关那里，看了她一眼，按掉灯，然后径自走到另外一张床上去躺好盖上被子。

她在黑暗中呆呆地站了几分钟，他去另外一张床睡了？他又没有要怎么样，她就直接把他当色狼，不对！他钱包里有保险套不就是想怎么样吗？但是……他们是男女朋友，就算是他想怎么样好像也是无可厚非，她这样会不会太过分？他会不会生气了？

"你生气了吗？"周筱还是忍不住问了。

他在黑暗中翻了个身背对着她："没有，快去睡。"

她想走回床去，但黑暗中好像被她乱放的球鞋绊了一脚，她哎呀叫了一声，好不容易稳住差点与地板亲密接触的身体。啪的一声灯光又亮了，赵泛舟已经坐起来伸手开了灯。

对哦，明明床头就有开关，那刚刚两人是在要什么白痴，爬上爬下很好玩啊？

"有没有事？"他作势要下床来看她，她赶紧摇头，做好要被他训一顿的心理准备。是啦是啦，她做事毛手毛脚……她等了一会儿，发现他居然没有要训她的意思，于是奇怪地看着他，转性了？

"你还不快上床？我要关灯了。"他的手已伸向开关。

"哦。"她三步并作两步地跳上他的床。

"上我的床干吗？"他没有关灯，没好气地问她。

"我觉得这张床看起来比较舒服。"

赵泛舟鄙视地看着她，盗用他的理由，周大小姐会不会太没创意了一点啊？

干吗用这种看苍蝇的眼神看着她？她自己躺好，把被子拉好，说："关灯，关灯，我要睡觉了。"

"回去你的床。"赵泛舟知道她根本就不想和他躺一张床，何必勉强？

"不要。"当她什么啊？呼之则来，挥之即去的。

"你送上门的，不要后悔！"他开始吓唬她。

"拜托，这么老套的对白你是从哪里学来的，还送上门呢……我可不是快递，送货上门。我是送上床，你想怎样？"她突然觉得她之前是在瞎担心，他根本就是有色心没色胆。

"你……"他一口气堵住，不知道要说什么。

"这个'你……你……'也很老套。"她抢白，然后一脸你奈我何的样子看着他。

他瞪了她一眼，泄气地关了灯，躺下，用力扯好被子，自己生自己的闷气。

周筱自己靠过去，搂住他的腰，用脸去蹭他的手臂，他衣服的布料真好，蹭起来好舒服啊。

他心里的那么一点点不爽都被她给蹭没了。

一抹淡淡的笑意扯动他的嘴角，他转过身去把她整个圈进怀里，说："你不用怕我，你不愿意，我就不会乱来。"他决定还是把话跟她讲明白。

"我知道你会尊重我的。"她用软软的声音说。

"最好是知道。之前是谁吓得快哭了？"

"没有啊，谁？谁吓哭了？"她开始装傻，突然不怀好意地说，"不过，我很好奇一件事哦，你让我问一下好不好？"

"不好。"他压根儿不想知道她会问什么东西，反正一定不是什么好东西。

"孩子，人不是这样做的，你这样不对，给我问一下又不会怎么样。"某人开始调皮起来。

"你很吵，快点睡觉。"

"让我问一下嘛。"她扯他衣服。

"不要。"他可是很有原则的。

"问一下嘛，问一下嘛，问一下嘛……"她的手环在他背后，边说边用手指去戳他的背。

烦死了，怎么会有这么烦的女人啊？他翻身压住她，用头定住她的头，用力吻下去，他炽热的唇从她的唇蔓延到耳朵，然后是脖子，然后是胸口……

空气中弥漫着暧昧的激情，黑暗中两个人急促的呼吸声让整个房间的温度都上升了起来。他的手开始从她衣服的下摆伸进去，冰凉的手一触到她的温暖肌肤，她很明显地颤抖了一下。

赵泛舟呼吸凌乱地在还有理智之前停下来，把手从她衣服下抽出来，额头抵住她的额头，声音沙哑低沉："你现在知道要闭嘴了吧？"

周筱被吻得晕头转向，眼神涣散，气喘吁吁，一声都不敢吭，她和他从来都没有这么……这么激情过。

他替她拉好被他扯得有点凌乱的衣服，说："以后不准戳我，不然后果自负。还有，再不睡我真的不客气了。"

她头点得都快掉下来，生怕黑暗中他看不到，然后马上闭上眼睛，表示她马上就睡，马上！

赵泛舟低低地笑，搂住她，努力压抑住情潮暗涌，闭上眼睛，但愿他能睡着，阿门！

周筱偷偷睁开眼睛，看一下他，还好，他闭上眼睛了，刚刚她想问什么来着？对，她想逗他是不是用欲擒故纵、以进为退骗她心软？现在答案很明显了嘛。也是这个时候她才发现，如果他不停下来，她根本就没有制止他的理智，幸好幸好。

第二天早晨，周筱在浴室里对着镜子迷迷糊糊地刷牙，镜子里的人怎么看起来有点不对劲呢？她眯着眼睛凑近镜子，脖子上那红红的星星点点是什么东西？该不会被什么虫子咬了吧？突然脑袋雷光电闪，昨晚的某些激情画面劈进她的脑袋。传说中的吻痕——台湾叫种草莓，香港叫咖喱鸡，英语叫hickey——她会不会太有才华了点？

她用力搓了脖子几下，发现更红了，好想把某人的头扭下来当球踢啊！

她黑着脸走出浴室，顺脚踹了正蹲在地上找鞋子的赵泛舟一脚。他回过头看她，无辜得要死："踢我干吗？"

她想说理由，可是讲出来就意味着提醒他昨晚的画面，气死她了："没有，今天看你特别面目可憎。"

"你更年期啊。"他找到鞋子了，昨晚某人把他的鞋子都踢到床底下去了。

"你才发情期。"换作平时，她可能还会顾及那一点点少得可怜的形象不乱说话，可现在她一肚子火，叫她等下穿什么衣服出门！等一下，她忘了她有没有带高领毛衣了！

他一脸莫名其妙地看着她突然向旅行箱冲去，这女人今天怎么了，难道吃了炸药？

"没有，没有，没有，怎么会没有呢？"周筱七手八脚地翻着旅行箱里的衣服，"对对对，围巾，围巾，我记得我带了围巾的，在哪里呢……围巾……出来……围巾出来……啊……我要疯了！"

赵泛舟一边穿鞋子一边看得心惊肉跳的，怎么了啊这是？

她突然蹦到他面前，双手叉腰："出去给我买围巾！"他脑袋里闪过鲁迅文章里的那个圆规形象。

"买围巾？为什么要买围巾？"他真的是摸不着头脑，她到底怎么了，怎么一觉醒来就变母夜叉了？

"叫你去买就去买。"她很用力很用力地瞪着他。

"那等下出去我们一起去买吧，我也不知道你喜欢什么样子的啊。"算了，他让步，不是说女人一个月都会有那么几天不可理喻吗，估计那几天来了。

"不行，我不挑的，你现在就给我出去买。"

"现在去？"神经病啊这是，不挑干吗还围围巾，又没多冷。

她用力地点头！

"你一大早是故意要跟我吵架吗？"奇怪，突然叫他去哪儿买围巾啊？

"谁要和你吵架？你有被害妄想症啊？"

"那就等下出门的时候一起去买。"他下了个结论。

她怎么出门啊？白痴！没眼睛看是不是？脖子上的星星点点是哪个王八蛋干的好事？她在心里圈圈叉叉地骂了一堆。

"你一定要出去帮我买围巾啦。"她只能用撒娇的了。

"给我理由我就去帮你买。"他两手交叉在胸口，冷静地看着她，别给他来这一套，他不吃的。

"烦死了，我脖子……你是没眼睛是吧？"她把脖子凑上去。

赵泛舟疑惑地盯着她的脖子，一秒，两秒，三秒，叮！终于开窍了。他脸红地跑去拿钱包，撂下一句"我马上回来"就冲出门外。

两人走在大街上，周筱不时地扯一扯脖子上的围巾然后顺便瞪他一眼，买这么丑的围巾！赵泛舟理亏在先，只得假装没看到，不是说不挑的吗？他临时上哪儿去给她买好看的围巾啊？有就不错了。

还好接下来云南各式各样民族特色的商品分散了她的注意力，她在挑礼物回去给同学，今天是他们旅行的最后一天了，明天他们就得回学校收拾东西各自回家过寒假。

"你看这个好不好看？"她手里举着一个木刻的面具很兴奋地问他。

他承认是挺有艺术感的，但是，她买回去送给谁？"你觉得你哪个朋友收到这个会高兴？"

她很认真地想了一下，再看看面具，挺好看的啊，就是有点……狰狞，但现在不是流行非主流之类的吗？那些奇奇怪怪的孩子更狰狞呢。算了，应该没人会高兴收到这个，买回去挂在宿舍驱邪还差不多。她无趣地放下面具，好想买啊……咦？她又开始想作怪了。

"我买来送你好不好？"她问在旁边冷眼旁观的赵泛舟。

"我人在这里，我要不会自己买啊？"他才不要这种东西，旅游带纪念品是他觉得最蠢的事之一。

"我送你的，意义不一样嘛。"

"哪里不一样？"少拿他来当乱买东西的借口。

"唉……今天天气这么热，我还得戴围巾，怎么会这么衰呢？"她边说边扯围巾，让脖子透透气。

"买。"他咬牙切齿地说，脸却很不争气地红了。

啊哈！险胜一招。

赵泛舟这时还不知道，这个畸形的面具居然会成为他往后三年的时光里唯一可以睹物思人的东西。

寒假已经放了快两个星期，学校里冷冷清清的，只有两三只小猫游荡来游荡去，连食堂都不开门了。回宿舍的时候周筱就预想应该不会有人在，但奇怪的是阳台上还晾了几件衣服。开始她还以为是谁忘了收，收下来一看，还没干，真的有人还没回去哦？是谁啊？她们宿舍谁开始改穿穿布料这么少的衣服了？

更奇怪的是，当晚一直都没有人回来，她给每个室友都发了短信，但是都没有人回她。怎么那么诡异啊？她都要回家了，不想当校园鬼故事的女主角啊。

中午她和赵泛舟在学校外面的小餐馆吃饭，她和他讲这件事的时候她最最最不想见到的人突然出现了——贾依淳。她穿着一件白色的毛线连衣裙和一件长的粉红色及膝外套，谈不上花枝招展，但绝对清新脱俗。周筱瞧瞧她再瞧瞧自己身上起毛球的黑色毛衣外套和两天没洗的牛仔裤，很想找个洞钻进去，但找个洞钻进去之前要先找个洞把眼前这男人给埋了，谁让他问贾依淳要不要一起吃饭的！

赵泛舟这会儿被瞪得莫名其妙，上次也是她说想认识贾依淳的，择日不如撞日，刚好吃饭不就认识了？

贾依淳落落大方地坐下来，对着周筱点了个头，微笑着说："嗨。"

周筱也微笑着点头，甜甜地说了声"嗨"。

"常常听泛舟提起你，这一次还真算是我们第一次碰面呢。"她的声音软软的，很好听，吴侬软语讲的就是她这种吧？

周筱但笑不语，她虽然神经大条，但不笨，不会听不出"常常"这两个字想要跟她透露的信息。

"你吃什么？"赵泛舟赶紧插进来问，他不是没有注意到两人之间的微妙气氛。

"排骨饭。"贾依淳说。

周筱心里在冷笑，长得这么不食人间烟火，原来也得吃饭啊，还以为你是吃花长大的呢。

不知道是不是自己多心，周筱老觉得贾依淳在处处蓄意挑衅，像现在就是。

"咦？你不是不吃胡萝卜的吗？"贾依淳很纯洁地问。

周筱往赵泛舟盘子里挑胡萝卜的手定在半空，他都帮她吃了大半年的胡萝卜了，现在才告诉她他不吃？

"我现在吃。"赵泛舟淡淡地说，动手把周筱盘子里的胡萝卜挑到自己盘里。

"这样啊，我还记得小时候你奶奶硬逼着你吃胡萝卜，你还跑到厕所去吐呢。"她用一种回忆往事的口吻说。

是啦是啦，她不了解自己男朋友，又会虐待男朋友，这样行了吧，可以闭嘴吃饭了吧？周筱在内心咆哮，然后默念着不要生气，不要生气，面上微笑："是哦，看不出来他小时候那么挑食。"

"对啊，他小时候常常把赵奶奶放他碗里的胡萝卜倒掉，不然就是求我帮他吃掉。"

微笑……微笑……拈花微笑而已嘛，谁不会啊？

周筱微笑到脸都快僵了，他们才吃完那顿饭，她本来下午要和赵泛舟去买礼物带回家的，现在也没什么心情，就先回宿舍收行李了。

周筱在转动钥匙的时候，门就从里面打开了，原来是陶玲。

"旅游回来了啊？"陶玲的态度稍显冷淡。

"对啊对啊，你怎么没回家呢？我昨晚就回来了，看到衣服还想说是谁的呢。"周筱对她这种忽冷忽热的态度早就免疫了，还是很兴奋地跟她说话。

"我现在要出去，回来再和你说。"陶玲说完，也不等她回应，就径自出去了。

"哦。"周筱看着她匆匆忙忙的背影说。

一个人在宿舍收东西，她突然想起，为什么贾依淳还没回去呢？

这么重要的问题她居然忘了问,白痴啊!

半个钟头不到,陶玲又风风火火地回来了,一进来就很用力地甩门,然后突然蹲在地上号啕大哭,吓得正在收东西的周筱一愣一愣的,现在是在演哪出戏啊?

"怎么了这是?"周筱试图把她从地上拽起来,哪知陶玲一个反身就死命抱着她,差点没把她勒死。

"他和别的女人吃饭。"陶玲一边哭一边说。

"他?哪个他?"这话没头没尾的,谁听得懂啊?

"阿伟。"阿伟是陶玲之前的男朋友。

"你们不是分手了吗?"上次不是哭得要死要活说分了吗?

"后来和好了。"因为女朋友怀孕要分手的人她都能和好?真是服了她啊。

"那现在是怎么了?"周筱努力让自己的声音听起来没那么郁闷。

"我看到他和一个学妹一起去吃饭。"

"只是吃饭?"吃饭而已嘛,民生大事,谁不吃饭啊,她刚刚还和赵泛舟的青梅竹马假酒女士一起吃呢……

"不是,你不懂。"

"……"

废话,她当然不懂,她都不知道那种烂男人有什么值得留恋的,换成是她,就上去跟那个学妹说:"谢谢你的慧眼识英雄,为了表达对你把这种烂男人带离我的世界的谢意,我决定推出买一送一优惠,看你是想要手机储值卡还是手机吊饰。"

呃……陶玲哭得死去活来的,她还在这里想这种风凉的事情,有一点不厚道哦。

"他们眉来眼去的,而且他还喝了那个女人的饮料。"陶玲气愤地说。

"这么贱?"这样不大卫生吧?而且……他到底是有多渴啊?

"你陪我去找他好不好?"陶玲用一种小狗的眼神看着她。

"找他干吗?"千万不要叫她去打架,她武功很差的;也不要叫她去泼硫酸，她瞄准率很低的。

"我想问清楚。"

"好吧。"奇怪，问清楚为什么要两个人去问，又不是两副耳朵会听得比较清楚。

二十分钟之后，周筱就后悔她的心软了，陶玲哪里用人陪啊，她根本就是一强悍的母狮子，她气势汹汹地冲到餐厅，拿起那杯饮料就往那女生头上倒，那气势、那动作，真叫一个一气呵成，唬得周筱一愣一愣的，这人根本就是一武术指导吧？不过，按理说，这饮料应该往阿伟头上倒吧？

阿伟气急败坏地拽着陶玲："你疯了吗？"

"我就是疯了！"陶玲反手要去甩阿伟巴掌，被他拦住了。

那小学妹顶着一头五颜六色的果汁，吓傻了，回过神之后开始小声地抽泣。

现在好了，怎么收拾？虽然放假，餐厅里人不是特别多，但是每个人都在看着他们，眼神里都闪烁着兴奋的光芒，也不能怪他们，谁看到这种状况不会幸灾乐祸？

周筱真的很想找个地缝钻进去，她没事跟着来蹚什么浑水啊？这个风头出得也太无辜了吧？

"你们冷静点，有什么事好好说。"她试图劝他们。

阿伟恶狠狠地瞪了她一眼，然后扯住陶玲的手就把她往餐厅外拖。

周筱本来已经要跟上去了，却不小心瞄到哭得脸上眼泪鼻涕都有的小学妹，她叹了口气，止住脚步，从口袋里掏出纸巾拍拍她的肩膀递给她。小师妹泪眼汪汪地接过纸巾，还不忘跟她说一句谢谢。周筱心想，其实也是挺有礼貌的一个孩子，不过是刚考上大学的小女生，谁知道学长请客吃饭会吃到这种结局？陶玲何必这样糟蹋人呢？要打要杀找她男人去啊，干吗跟人家小女生过不去？

周筱再拍拍她的肩膀："出去吧。这儿人多。"她乖乖地跟着周筱走出餐厅。

"你回宿舍洗个澡去吧。"看那小学妹一直傻傻地跟着自己走，周筱忍不住说。

"我宿舍里有人……我不想这样回去。"唉，这年头，这些小孩子们放假不回家，留在学校里干吗啊？想当年，她上午考完试，下午就撒腿走人了。

"……好吧，我想想办法。"也不能带她回宿舍啊，要是好死不死陶玲回来了，那还不灭了她们？

"我带你去我男朋友宿舍好不好？"

小学妹用力点头，那果汁顺着她的动作在空中飞溅。

周筱打个电话跟赵泛舟简单说明了状况之后就带着她去男生宿舍。

路上周筱终于搞懂了怎么回事，这孩子是大一的，叫袁阮阮，刚进学生会，阿伟很照顾她，她也不知道阿伟有女朋友，所以就顺理成章地和他搞起了暧昧。对于这种事，周筱也不知道要怎么说，只能保持沉默。

"学姐，那个是我们学生会的副主席，很帅吧？很多女生喜欢他的。他好像有女朋友了，不过据说长得一般。"这孩子真厉害，这么快就恢复精力了？

"我知道。"

"你怎么知道的？你是学生会的吗？我怎么没见过你啊？原来学长那么有名哦？"

"我不是学生会的。"

袁阮阮用疑惑的眼神盯着她。

周筱很无奈，是她逼自己说的哦："我就是那个据说长得一般的女朋友。"

气氛陷入无边无际的尴尬之中。

还好这个时候救苦救难的赵泛舟走了过来，说："你好，我叫赵泛舟。"

"学长好，我叫袁阮阮。"这两个人真是有礼貌啊。

"走吧，我带你们上去，你身上有没有证件？"他问周筱。

周筱摇头。

"那我先去跟舍监阿姨打声招呼。"

"好。"

他走开了，气氛再一次陷入无边无际的尴尬之中。

"学姐……对不起，我不是那个意思。"袁阮阮很小声地说。

周筱苦笑着摇摇头："没关系，我知道。"

"好了，我们上去吧。"他走回来说。

袁阮阮在浴室里洗澡，水声哗啦啦的，隐约还有抽泣的声音。

外面的周筱自身难保，也没办法去关心她了。

"你干吗跟着去干这种事情？要是打起来了怎么办？"赵泛舟黑着个脸说。双面人，在小学妹面前那么知书达理……

"又不是我要跟去的。死了，我要不要打个电话给她啊，不知道会不会有事。"

"你少给我岔开话题，下次不准跟着去做这种无聊事！"

"知道啦，我又不是白痴。"

"你本来就是白痴。"他很不屑地说。

"……"她做了个鬼脸，懒得理他。

她开始左顾右盼，她之前其实很少上他宿舍，所以跟他宿舍的人都不是很熟。好像他宿舍里的人都回去了啊，她记得他宿舍有一个长得很帅的，叫什么来着？

"你们宿舍那个帅哥叫什么名字啊？"

"谢逸星。"

"他回去了啊？"

"关你什么事，把口水擦一擦，难看死了。"哟，帅哥妒忌的脸孔真是丑恶啊，还迷倒学生会一票女生呢，切……

"你起床居然没叠被子？真是难得啊。"周筱刚好看到他的床，啧啧称奇，这人根本就是有洁癖的，之前住酒店的时候每天早上起来都硬要把酒店的被子铺好才肯走。

"去帮我叠被子。"

"为什么要帮你叠被子啊？"自己不会叠啊？她又不是女佣！

"你不觉得你至少要尽一点点女朋友的义务吗？"

什么嘛，叠就叠，何必话中带话呢？"叠被子还成了女朋友的义务……"她爬上床去一边叠一边碎碎念。

赵泛舟在下面笑得跟黄鼠狼似的，他就是爱看她为他忙活。

"学长，嗯……学姐呢？"袁阮阮从里面出来，这孩子把身上那七彩的果汁洗掉之后能看出来长得还是挺可爱的，难怪会招惹到阿伟这种色狼。

"我在这儿呢。"周筱从蚊帐里伸出头来。

"嗯……哦。"袁阮阮表情尴尬，好像误会了什么。

"我在帮他叠被子。"周筱突然觉得好像有必要解释一下。

"哦。"小学妹的表情怯生生的，一脸你说是就是的样子。

周筱觉得真是百口莫辩，看向赵泛舟，他只是笑得一脸高深莫测。真想拿枕头丢他！

"拿吹风机给小学妹啦。"周筱看袁阮阮的头发一直滴着水，忍不住说。

周筱回到宿舍时陶玲还没回来，电话也打不通，她不知道发生了什么事，有些担心，阿伟不会打她吧？周筱跟阿伟的接触不是很多，但隐约觉得他不是个好人，但是人家的男朋友，她也不好多说什么，后来陶玲和他分手的时候她还替陶玲松了一口气，没想到……唉，今天过得还真是跌宕起伏啊。

她想了一会儿之后觉得算了，管人家那么多干吗，还是好好收拾回家的行李吧。

第七章

　　周筱在洗澡的时候听到外面传来开门的声音，然后是砰的一声，好像有什么东西掉到地上了。她吓了一跳："陶玲，是你吗？""陶玲？陶玲？你不要吓我啊！"周筱在浴室里大叫，但是没有人回答她，怎么办啊现在，她都不敢出去了，唉，寒假的校园怎么这么危险啊？

　　最终她还是鼓起勇气踏了出去，地上躺着一具类似陶玲但散发着浓烈酒味的生物。还好，还好，起码不是坏人。

　　"陶玲，陶玲。"周筱蹲下去摇摇她，"醒醒啊。"

　　"起来啦，你不起来我没办法扶起你。喂，陶玲！唉，你有力气走回宿舍就应该撑着爬上床啊。"周筱接着摇她，恨不得把她给摇碎了好捡到床上去。

　　"我是造了什么孽啊？"她自怨自艾，认命地想扛起躺地上的陶玲，然而她换了几个角度，试了几次都没办法把陶玲从地上拖起来。她泄气地蹲在地上，要不是天气太冷，她真想就让陶玲在地上睡好了。

　　她去隔壁几个宿舍转了一下，想找个人帮忙，可是居然都是黑灯瞎火的。楼下小一届的学妹的宿舍倒是亮着灯，但陶玲对这些小学妹向来都不假以辞色，要是让她们来帮忙的话，她醒过来后非杀自己灭口不可。不然去找舍监阿姨？不行，等下舍监阿姨告到学院领导那儿去怎么办？那……只能再找泛舟了。

"喂。"

"嗯？"赵泛舟接到她的电话有点意外，这个时间点她很少打电话给他的，因为这个时候她一般都在网上看没营养的偶像剧。

"你可不可以过来我宿舍？"

"过去干吗？"

"陶玲喝醉了，我没办法把她弄到床上去。"

"好吧，十分钟后你下来接我。"

"好。"

十分钟后，周筱随便在睡衣外面套了件外套就下楼去接赵泛舟，舍监阿姨一直用有色的眼睛盯着他们，审查了半天才让他们上去，还一再强调半个小时就得下来。

上楼的时候赵泛舟仔细地看了她的穿着，不赞同地道："你穿这什么东西出来？"

周筱认真地看了自己一下，说："睡衣啊，可是我加了外套的。"

"以后不要穿这种衣服跑出来。"他皱了一下眉头，连住旅馆时她都只是穿着运动服睡觉，他都没看过她穿睡衣的样子，居然还给他穿出来乱跑。

周筱相当无辜，哪种衣服啊？这睡衣包得严严实实的，上面还有一只可爱的熊猫呢，哪里有问题了啊？

赵泛舟三两下就把陶玲丢上了床，说"丢"还真是不夸张，他啪的一声把陶玲丢到床上去，像甩掉什么垃圾似的，周筱在旁边看着都替陶玲觉得好痛。

丢完了人之后，赵泛舟开始环顾四周，他是第一次进周筱的宿舍："哪张桌子是你的？"周筱这才想到，她的桌子乱得兵荒马乱。

"嗯……那个，你要不要下去了，阿姨说不能超过半个小时。"

"现在才过了五分钟，你过河拆桥会不会拆得太快了一点。"他瞥了她一眼。

"哦，那你要不要喝茶，我给你泡茶喝，潮汕工夫茶哦。"她真的不想让他看到她那壮观的桌子。

"茶就算了，最乱的那张桌子是你的吧？"他凉凉地说。

"……"

"真是不想娶你。"他叹一口气说。

圈圈你个叉叉，谁想嫁他了？

"我也没有想嫁给你。"周筱忍不住顶嘴。

"再说一次？"他眉挑得高高的。

"我才不想嫁给你呢。"说就说，谁怕谁啊，姐姐可不是被吓大的！

"那不如我来个生米煮成熟饭吧？免得夜长梦多。"他一步一步靠近，她一步一步退后，最后某人把另一人堵在墙角。

周筱两手抵在胸前，推着他，不让他再贴近。

"你觉得怎么样，嗯？"他什么时候学会笑得这么邪恶了啊？

"没有啦，刚刚开玩笑的，我都不知道多么想嫁给你啊。"识时务者为俊杰。

"真的？"

"真的。"

"那先亲一下。"

"啊？"他是怎么把话转到这来的啊？

他先是轻轻啄了一下她的唇，手环上她的腰，然后是火辣辣的辗转吮吸，她脑袋变成了一片空白，两手从推着他变成无力地搭在他胸口，脚也开始发软，最后，灵魂慢悠悠地飘出了外层空间。

……

他咬了一下她的下嘴唇，离开她的嘴唇，然后把头抵在她的颈窝上："真不想放你回家。"

"……"她的灵魂好不容易才降落地球，晕头转向的，天哪！怎么觉得他的技术一天比一天突飞猛进啊？

"我回去了。"他放开她之前在她头顶落下一个吻，就走了。

就走了？周筱突然觉得有种被吃完擦擦嘴走人的感觉。

陶玲翻了个身，发出呓语一样的声音，周筱开始脸红，他们刚刚在陶玲面前kiss？啊……

第二天一早，周筱在陶玲的呻吟中醒来："陶玲，怎么了？"

"我头好痛啊，好像要裂开了一样。"废话，不痛才奇怪。

"我有止痛药，你要不要吃？"

"不要，止得了头痛，止不了心痛。"

周筱被雷到了，这么琼瑶阿姨的话居然是从二十一世纪的大学生嘴巴里吐出的？

"那你喝点热水吧，可能会好点。"

"我和阿伟分手了。"恭喜恭喜，希望这次是真的分了。

"……怎么会？"周筱当然不可能跟她说恭喜。

"他说我无理取闹。"

"嗯，不要太难过。"

"都是那个女的！明知道他有女朋友还勾引他！"

"……"

周筱开始反省：谈恋爱的人都这么盲目吗？会不会我对贾依淳的讨厌其实也是这么的……刻薄？但是，她为什么还没回家？

周筱从床上爬下来，换好衣服，然后去洗脸刷牙。她满嘴泡沫的时候陶玲突然跑过来塞了个手机在她手里："帮我保管一下手机。"

"为什么？"由于嘴巴都是泡沫，她讲话含含糊糊的。

"我怕我忍不住接阿伟的电话或者打电话给他。"

"哦。"周筱把嘴巴里的泡沫吐出来，顺手把手机放在洗衣台上。

"你收好藏起来啊。"陶玲急了。

"马上收，马上收。"周筱无奈地摇摇头，漱了一下口就把手机拿去放抽屉里，陶玲一直跟在她后面，看她把手机放抽屉里又说："锁起来，然后你把钥匙藏好。"

"好好好，你别着急。"周筱把抽屉锁了，钥匙就顺便放衣服口袋里。

"我要和赵泛舟去吃早餐，要不要给你带点？"

"不要了，我没胃口。"陶玲失魂落魄的，看起来挺让人害怕的。

"好吧，那我出去了。"

周筱一边下楼一边思考：嗯，宿舍在四楼，跳下来不死也残废；宿舍里有两把水果刀，钝是钝了点，用力割应该也是可以割破血管的；还有小鹿开学的时候买了一瓶漂白水，混着洗衣粉喝喝个肠穿肚烂也是没问题的……

周筱下楼的时候赵泛舟也刚好到楼下。她冲过去抱着他的手臂，用撒娇的口气说："泛舟……"

"干吗？"没事献殷勤，非奸即盗。

"帮我买早餐好不好？"

"不是说好一起去吃吗？"

"陶玲一个人在宿舍，我不放心。"

"吃什么？"他的脸黑了一半，有点不情愿。

"你买两份肠粉就好。"

"等下我打你电话，你就下来拿。"他说完就走人了，脸那叫一个臭啊！

周筱飞速回到宿舍，看到陶玲呆呆地坐在床上，就走了过去，也盘腿在床上坐下，说："我让赵泛舟去买肠粉了，你等下多少吃点。"

沉默啊沉默，不在沉默中爆发，就在沉默中灭亡……

十分钟后。

"把手机还给我。"陶玲突然说。

"你不是说要我收起来吗？"

"给我好不好？"她突然哭了起来。

"好好好。我这就去拿给你。"唉，耍她啊这是？

周筱从裤袋里掏出钥匙正要去开抽屉的时候，手机响了，她一手接电话，一手开锁："喂？"

"把手机还给我——"陶玲突然撕心裂肺地大叫起来，吓得周筱手一抖，差点把钥匙掉到地上去。哎呀，怎么了这是？她匆匆挂了电话，打开锁，把手机找出来给陶玲。

陶玲接过手机之后就走进阳台打电话，周筱在宿舍里听着她声泪俱下地打电话，突然觉得超想笑，她掐了一下自己的大腿才忍住不笑，这个时候她的电话又响了，死了，她这才想起，她刚刚好像挂了赵泛舟的电话。

"喂。"

"刚刚发生什么事了？我怎么听到很大声的尖叫？"

"陶玲发神经。"

"你挂我电话。"他的声音冷冷的，带着控诉。

"我不小心按到的。"

"最好是，下来拿早餐。"

周筱又一次匆匆跑下楼，跑得太快还差一点绊倒。

赵泛舟看到她差点摔倒，急忙跑上去稳住她："你就不能慢点走路吗？"

"呵呵。"她傻笑。

"呵你个头，早餐拿去，我回去了。"她不是笨蛋，看得出他生气了，只是还不知道他在气什么。

"等等嘛。"她扯住他的袖子。

他停下脚步，也不说话，就瞅着她。

"你在生气？"

"你说呢？"

"对不起嘛。"虽然不知道知道他在气什么，但是先道歉总是没错的。

"道歉干吗？你连我生什么气都不知道，何必道歉？"她不道歉还好，一道歉他更不是滋味。

"……"男人心，海底针。

"算了，我回去了。你什么时候有空就打电话给我好了。"他转身要走，她拉着他的袖子就是不放手。

"你后天就要回家了你知不知道？"他用冒火的眸子盯着她。

"知道。"这跟他生气有什么关系啊？

"那你这两天找过我几次？有几次是顺便的？"

"那你告诉我贾依淳为什么没回家？"她的话突然就这样丢出去了，说完之后她恨不得把自己的舌头咬下来。

"你非得每次都扯上她吗？"他的语气淡淡的，但是脸色整个沉了下来。

周筱心里咯噔了一下，她怎么那么管不住自己的嘴巴呢？

"……我不是那个意思。"

"是不是你心里有数。"

周筱觉得很委屈，干吗这样啊？就不能给她个台阶下吗？

"放手，我回去了。"周筱把手松开，他头也不回地走了。哼，你就要狠吧！

陶玲跟她男人和好了；周筱明天早上十点的车；赵泛舟一直没出现。

"你打个电话给他不就行了，男人嘛，哄哄就得了，像我和阿伟还不是一样。"陶玲的声音居然带着点幸灾乐祸。

周筱不吭声，以为每个人都跟你们这对奸夫淫妇一样啊。

"女孩子要懂得适时示弱，不然男人很快就会移情别恋了。你别以为你们家赵泛舟比其他男人有什么了不起，男人就是那样的。"陶玲看她没反应就接着说。

"你现在是怎样？唯恐天下不乱？"周筱瞪了她一眼。陶玲太太，知道你阅男无数，行了吧？

"没有啦，我也只是好心。"陶玲自以为调皮地吐吐舌头。

"那真是谢谢你了。"

算了，还是出去好了，再跟她待在一个空间，周筱都不敢保证会不会发生命案了。

周筱拿了手机和钱包就出门了，本来计划要给妈妈买件外套的事一拖再拖，干脆就今天去买吧，反正明天回家了，赵泛舟那死男人不知道什么时候才发完神经。

　　她坐了半个钟头的车到了步行街，自己逛起街来。其实她心里也很难受，但是要她主动去找赵泛舟她又做不到，一直待在宿舍等他来找又觉得度秒如年，干脆找点事情给自己忙好了。

　　周筱看中了一件大衣，但不知道妈妈喜欢什么颜色，就打了个电话回去，接电话的是妈妈。

　　"妈。"

　　"怎么了，怎么突然打电话回家？是不是有什么事？钱不够用吗？买了车票吗？什么时候回来……"

　　"妈，你慢点讲，一下子问这么多问题，我怎么回答啊。"周筱赶紧打断妈妈的话。

　　"你这孩子，什么时候回家啊，订了车票没？"

　　"订了，明天的票。"

　　"订了票怎么也不打电话回家？你最近怎么那么少打电话回来啊？是不是学习很忙？还是家教很忙？很忙就不要做了，爸妈不缺你赚的那点钱……"

　　"妈……"周筱有点哽咽，她是个坏孩子，谈个恋爱就忘了家人，只有难过的时候才想起他们。

　　"怎么了，声音怎么怪怪的？是不是感冒了？"妈妈的声音有点着急。

　　"没有，我在外面逛街，周围声音很吵，我是要问你，给你买件大衣，你要什么颜色的？"周筱努力让自己平静下来。

　　"不用啦，妈有衣服穿，你把钱留着给自己买衣服。"

　　"哎哟，你别管我啦，我还有钱，你告诉我喜欢什么颜色就是了。"

　　"这孩子，不听话的啊，那就黑色的吧。"妈妈的埋怨带着浓浓的喜悦，父母是这个世界上最容易取悦的人。

　　"好，那我挂了啊。"

　　"你不要买太贵的啊，明天上车的时候要打个电话回家啊。"

　　"知道了。"

挂了电话后周筱就挑了件黑色的大衣去柜台付账，在掏钱的时候电话响了，她低头一看，是赵泛舟。

"喂。"

"喂。"

"……"短暂的沉默。

"小姐，谢谢，249元。"

"哦，好。"周筱把手机夹在耳朵和肩膀之间就掏出钱包付账。等到她付完钱拿到东西的时候才发现电话那边一直是沉默的，她拿下手机一看，唉，她夹住手机的时候碰到了挂断的按键……唉，她怎么老是会阴错阳差地挂了他电话呢，要是她真的是故意挂断也就罢了，但明明不是，每次却都要背负挂断电话的罪名，连她自己都很想问，怎么这么巧啊？唉，要不要回拨给他啊？正在犹豫间电话又响了，周筱赶紧接起来。

"喂。"

"你在哪里？"居然不骂她挂他电话，真是难得。

"步行街。"

"去干吗？"

"给我妈买衣服。"

"什么时候回来？"

"待会儿。"

"什么时候？"

"现在去坐车，大概四十分钟吧。"

"四十分钟后我在车站等你。"

"哦。"

"挂了。"

"哦。"

"嘟……嘟……"

他每次都来这套，气消了就当什么都没发生过一样，周筱很想不理他，但是硬不起心肠，还是匆匆忙忙赶去坐车。

一下车周筱就看到了赵泛舟，他还是那张冷冰冰的脸，活像每个人都欠了他钱没还一样。

"走吧。"他丢下一句话之后就自顾自地往前走。

他以为他在叫狗啊？狗都没那么听话！她心里在骂，但脚步还是乖乖跟上。

他七拐八拐地转了很多的巷子，越走周筱心里是越发毛，他该不会突然觉得她实在很讨人厌决定杀她灭口？还是决定先奸后杀？

"你的脑袋瓜子给我停下来。"赵泛舟停下来看她有没有跟上来的时候看她一脸呆样就知道她又在胡思乱想了。

"停下来我就死掉了。"她软软地顶回他的话。

"这样会死我就陪你殉情。"他确定，有一天他会被她气死！

她不吱声了，反正两人现在也还没和好，她没有必要附和他的每一句话。

"到了。"赵泛舟在一间房子的门口停下，房子虽说不上很漂亮，但也看得出房子的主人精心装潢过。

"这是哪里？"周筱好奇地问。

"我妈家。"赵泛舟掏出钥匙开门，说话的口气很平淡，听不出个所以然来。

他妈家？他爸爸和妈妈离婚了吗？他很少跟她说起他家里人的事，她只知道他爸爸妈妈是商人，家在 H 市，其他的就都不知道了。

赵泛舟转过身来要牵住周筱往屋里走，周筱不肯。

"怎么了？"他皱着眉问。

"我不要见你妈妈。"哪有人就这样来见家长的啊？她连个礼物都没带，手上还提着给自己妈妈买的大衣，而且两人还在吵架期间。

"你放心，我妈不在。"

周筱还是不动，她被搞糊涂了，完全不知道他葫芦里卖的什么药，不讲清楚别指望她会踏进这间屋子。

"你先进来，我告诉你所有的故事。"赵泛舟有点无奈。

周筱考虑了一下，就跟着进去了。房子看起来很久没人住了，但还是可以想象当年住在这里的人的用心。赵泛舟带着她进了一间房间，好像是个小男孩的房间，墙壁上还贴了一张《七龙珠》的海报。

"我十岁之前都和我妈住在这里，我爸大概一个月会回来两三次，他很疼我，每次都给我买很多玩具。我爸妈很恩爱，爸爸回来的时候会帮妈妈做饭，陪妈妈散步，和我一起看卡通、玩游戏。每次爸爸要走的时候，妈妈都会牵着我站在门口看着爸爸走，一直到看不到爸爸的背影为止。"赵泛舟的眼神直直地落在墙上的海报上，整个人都沉浸在她不能理解的忧伤之中。

"有一天，我放学回家，发现家里来了一个慈祥的老太太和一个戴着很多珠宝的女人。她们说老太太是我奶奶，女人是我爸爸的老婆。后来她们带着我和妈妈坐了很久的车和飞机，然后我很累，就睡着了，醒来的时候我在一个很漂亮的房间里，有很多的玩具、很多的零食，但就是没有妈妈。老太太让我叫那个女人妈妈，那个女人看着我笑，但是我没有叫。"故事讲到这里，周筱大概已经明白是什么样的故事了，她靠近他想抱住他，他后退一步。

"你听我把故事讲完。我就留在了那间很大很漂亮的房子里生活，他们对我都很好，但是我很想我妈妈，有一天我一个人在院子里哭的时候，隔壁有个小女孩听到了就跟着我一起哭，甚至哭得比我还厉害，我很好奇，就翻过墙去找她。我问她为什么哭，她说她听到我哭就哭了。她真的是一个很爱哭的女孩子，什么事都会哭，被妈妈骂要哭、被狗吠了要哭，摔倒了要哭，作业做不完要哭，连看到我哭也会跟着哭。"周筱听他这么认真而伤感地叙述着另一个女孩，心里百感交集。

"认识她以后，我就再也不哭了，我多了一种哥哥的使命感，我要保护这个很爱哭的女孩。也正是她，陪我度过了没有妈妈陪伴的日日夜夜。你现在明白了吗？贾依淳是我生命中很重要的人，你能不能为了我，试着理解她的存在？"

"那你们为什么没有在一起？"周筱很冷静地问，不带感情色彩的，她知道贾依淳一定是喜欢他的。

"她是我妹妹，我会疼她保护她，但仅限于此。"他的回答很坚定。

周筱认真考虑了好几分钟之后跟他说："我不敢保证我能不能理解，但是我会尽量的，这样可以吗？"

"这样就够了。我带你去看我妈的照片。"他到另一个房间里拿出一本相册。

相册里的照片并不多，大多是一个漂亮清瘦的女子，抱着一个小婴儿，笑得一脸幸福。

"你妈妈好漂亮哦。"周筱说，"你还没告诉我你妈妈去了哪里。"

"她和我爸爸在一起，他们一起在外面做生意，一年会回来看我一两次。"赵泛舟说。

好吧，她承认，她不懂他们家的相处模式，他能不能解释清楚点啊？

"我奶奶当年给了我妈两个选择，一是我跟着我妈过，但是从此我妈必须和我爸切断关系；二是我入籍赵家，由奶奶与赵家媳妇带着，我妈和我爸的事他们从此不再过问。我妈选择了后者。"赵泛舟看她满脸的问号就干脆讲清楚。

"那他们结婚了吗？"

"没有，我爸跟我大妈没有离婚，我户籍上母亲一栏填的也是大妈的名字。"

"大妈？"

"我爸的老婆，我不想叫她妈妈，后来就叫她大妈。"

"她有没有虐待你？"

"没有，你电视剧看太多了，她对我很好。"

"对你很好你还叫人家大妈。"她小声地说，"这称呼真难听。"

"你不在意吗？"赵泛舟其实有点担心。

"在意什么？"

"我的家庭很复杂。"

"这有什么好在意的？你之前一直不告诉我该不会是怕我会在意吧？"

他点头。

"切，把我看得那么肤浅。"周筱很不以为意，"你恨他们吗？"

"小时候恨过，长大后就觉得那是他们自己的选择，也就没什么恨不恨的了。"

"这样啊……说真的，大妈这个称呼真的很难听，你还是换一个吧。"她一脸严肃，但眼神里闪烁着调皮。

"你这么不正经……我告诉你，我大妈觉得我是她牺牲婚姻换来的，对我要求很严格，所以……作为我的女朋友的你皮还是绷紧一点吧。"

"现在分手还来不来得及？"她故作沉思状。

"来得及啊，要不要？"他睨了她一眼。

"算了，算了，天将降大任于斯人也，必先苦其心志，劳其筋骨，饿其体肤，空乏其身，行拂乱其所为，所以动心忍性，曾益其所不能。我很有才华吧？"她讨好地说。

"你见风转舵倒是挺快的嘛。"

"好说好说……你知不知道，你今天说的话比你跟我交往到现在所说过的话全部加起来还多？当然，要扣除你训我的时候，你训人的话那还真是老太婆的裹脚布，又臭又长啊。"

"……"

"你干吗不理我？"

"懒得理你。"

"我明天就回家了哎，你还懒得理我？我怎么这么命苦啊？"

"白痴。"

"……"又骂她白痴？

"过来。"他招招手，靠，他以为他在叫小狗啊？

"干吗？"周筱没好气。

"抱一下。"

"哦。"她拖拖拉拉地走过去，他用力扯她入怀。

"赵先生，不要那么用力，我快被你勒死了，我知道你很饥渴，但是请你冷静点。"

他更用力地收紧手臂，嘴角却忍不住上扬，她对这一切的反应都让他松了口气，真是个贴心的女朋友。

"喂喂喂喂……真的勒死啦，你想换女朋友你就说啊，不用勒死我啊，你不要别人还可以循环利用啊，现在讲究环保啊……"

"你再吵我们就接吻。"这女朋友哪里贴心了？闹心还差不多。

周筱安静了，这家伙最近技术太卓越，她不想等下脚软回不了学校。

第八章

"你每天都要发短信给我哦。"周筱在跳上车前还抓着赵泛舟的手叮咛。

"好。快上车，司机在瞪人了。"赵泛舟很是无奈。

"让他瞪，他妒忌你有这么年轻貌美的女朋友。"

"你脸皮可以再厚一点。"

"真的可以吗？再厚一点我怕你顶不住。"

"少给我贫嘴，快上车，路上小心点，到了给我电话。"他真的拿她没办法。

"你干吗一直赶人家走啊？抱一下嘛。我们有一个多月不能见面了呢。"周筱说什么都不上车。

"……"他很敷衍地抱了她一下，"去吧。"

"那我走了哦，你将有一个月抱不到我这样的温香暖玉哦。"周筱还在磨蹭。

旁边已经有人在窃笑，赵泛舟恼羞成怒："上去！"

"上去就上去，凶什么凶嘛。"周筱嘟囔着，加快脚步上车。

赵泛舟站在车站上看车开走。唉，真的要一个月见不到她了呢，他心里其实难免也有点失落。

"小伙子，你的小女朋友很可爱哦。"旁边来送人的老太太说。

"谢谢。让你见笑了。"赵泛舟回过头去对她微笑。

"年轻真好。"老太太下了一个注解之后就笑着离开了。

赵泛舟还在公交车上就接到了周筱的电话。

"喂，怎么了，落下了什么东西吗？"

"没有啦，我想说趁着还没出S市，电话还不算长途就赶紧打一会儿电话。"

"你倒是勤俭持家啊。"赵泛舟嘴角带笑。

"那是。你说我怎么办啦？"

"什么怎么办？"

"我已经开始想你啦。"她的声音变得软软的，带着浓浓的撒娇的意味。她其实不常用这样的声音讲话，除了平时想闹他的时候。

"……"

"算了，讲完我自己都觉得好恶心。我挂了。"声音一落就传来嘟嘟的声音。

赵泛舟笑着摇摇头，把手机拿在手上，一分钟内她一定会发短信过来的。

果然，不到一分钟手机就在手上震了起来，他翻开短信：

发件人 筱

你都没有说你会想我，我好亏。

他正准备回短信，又有短信进来：

发件人 筱

快点，说你会想我想到夜不能寐、昼不能寝。

她的性子真是千年如一日的急啊，他干脆就不按手机了，等她第三条短信：

发件人 筱

不回？没看懂是吧？来，让姐姐告诉你"夜不能寐、昼不能寝"的意思。就是说啊，一个人心里有事，就会睡不着。针对你的情况，心里有事就是在想我，然后你就一直一直睡不着，白天也睡不着，晚上也睡不着，明白了吗？

两分钟后。

发件人 筱

居然不回我短信，是不是人啊你？

第二个两分钟后。

发件人 筱

真的不回了啊？不要嘛，回我短信啦。

他又等了两分钟，才按下按键"会"，发送。

两分钟后。

发件人 筱

会什么？

赵泛舟对天翻了个大白眼，得寸进尺的女人！

周筱在车上，昏昏欲睡，他回个短信真慢啊，总算来了：

发件人 破船

会想你。

呵呵……她可以安心睡了……

经过了五六个钟头的颠沛流离，周筱终于回到家了，妈妈和弟弟在楼下夹道欢迎她的回归，架势比当年他们迎接香港澳门回归要热烈得多，不对，香港回归的时候弟弟还没出生。弟弟抢着帮忙提东西，妈妈一直问她要吃什么。哈，回家感觉真好……

妈妈在厨房里忙着给她张罗吃的，她坐在饭桌旁悄悄给赵泛舟打电话。

"喂，我到家了。"她很小声地用气音讲话。

"哦，你干吗那么小声讲话？"

"我怕被我妈听到啊。"

"听到了会怎么样？"

"我会被扒皮抽筋。"

"你家管那么严？"

"那是，我家可是书香世家，我就是个大家闺秀。"

"……能把你养成这样也不容易。"

"你什么意思？"

"筱啊，你在给谁打电话呢？"妈妈端着汤从厨房出来。

"啊？没有，我同学，他之前送我上车，我打个电话跟他说一声。"

"男的还是女的？"

"女的。"回完了妈妈的话之后周筱赶紧跟赵泛舟说："挂了哦，拜拜。"

在宿舍这边的赵泛舟听得是一头雾水，她们家那种语言乍一听像日语，仔细听像阿拉伯语，真是鸟语花香啊。

周筱挂了电话之后就高高兴兴地享用起妈妈牌爱心大餐。

妈妈坐在旁边看她吃东西，一个劲儿地说："多吃点多吃点，看你，都瘦了。"

周筱掐了自己腰上的肉一下："一圈一圈的，哪里瘦了啊？妈，你那是什么眼神儿啊？"

"妈，你去我黑色的包里找我给你买的外套出来试试看合适不。"

妈妈小跑着去找出外套，穿上了之后就在她面前晃来晃去，笑得合不拢嘴："看我像不像电视上的模特儿？"弟弟眼睛盯着电视，头也不抬地说："模特没那么胖。"哟，小小年纪，还会损人了。

周筱嘴里咬着一块骨头，点头如捣蒜："很好看。"

妈妈真好看。

"你回来这几天，怎么一天到晚都拿着手机一直按？"在看报纸的爸爸突然抬头问周筱。

周筱发信息的手抖了一下，故作镇定地说："没有啊，哪里有，只是室友最近失恋，所以安慰一下她。"在看电视的弟弟也跟着说："对啊，姐姐都不肯把手机借给我玩游戏。"死小孩，你不说话没人把你当哑巴！

"我怕你把我的按键按坏啊。"周筱捏着弟弟的脸说。

"那你以前回来也给我玩游戏啊？"死小孩，这么多年，白疼你了！

"就是一直给你玩游戏，所以现在有一些按键不是很灵。"

爸爸又埋下头去看报纸，周筱才松了一口气，哪知埋在报纸后面的爸爸突然冒出一句："反正你不要做对不起爸妈的事就好了。"

周筱脸上狂冒冷汗，这是什么意思啊？什么叫对不起爸妈的事？爸，你会不会太夸张了一点？有没有这么严重啊？

"筱啊，刚刚你阿姨打电话过来，说让你明天开始去给你表弟表妹补习。"妈妈挂了电话说。

"又来？每次寒假暑假都这样，我在学校当家教，回家也要当家教，哪有人这样的啊？"周筱很不爽，那两个小孩子烦死了，又不听话，又不爱学习，在学校教还可以拿钱，回家教只能受气。

"妈，我可不可以不去？"

"去吧，不要让妈妈难做人。"妈妈最奸诈了，用这种口气！让她只能乖乖去教。

不过去阿姨家教孩子也有个好处，虽然两家离得不远，但她可以趁在路上的那一小段时间给赵泛舟打电话，这么久没听到他那冷冰冰的声音了，真怀念呢。

"喂。"

"我家的大家闺秀还是小家碧玉总算可以打电话了。"都说了他的声音是冷冰冰的那种，果然。

"不要这样说嘛，我也很想给你打电话啊，但我爸妈跟福尔摩斯似的，我不敢打啊。"

"那现在怎么可以打了？"

"我在去给我表弟表妹上课的路上。"

"上课？"

"唉，我被当免费劳力用啦。"说到这个，周筱就很想叹气。

"两个孩子多大了？"

"一个念初二，一个念初三。不说他们啦，你什么时候回你的大宅门啊？"

"大宅门？"

"就是你家啊，你不觉得你家的故事比《大宅门》还荡气回肠、催人泪下吗？"

"……"

"哎呀，我阿姨家到了，你要回去的时候记得给我发个信息，还有，记住，我有空会给你打电话，你千万不能给我打电话啊……挂了哦。"周筱挂了电话之后开始按阿姨家的门铃。

赵泛舟很无奈。大宅门？亏她想得出来。

来开门的表妹把周筱吓得够呛，这孩子穿得真的是，真的是——光明磊落，该露的都露了，不该露的也露得差不多了，现在初中的孩子发育得真好啊，那小胸脯饱满得，都快爆满了。周筱意识到她变成色姐姐了，赶紧把目光投回她脸上，唉，那个脸涂得真的是，真的是——七彩斑斓。

"你不冷吗？"虽说汕头比较暖和，但这孩子穿得跟要去夏威夷度假似的应该也会冷吧？

"还好，我等下要跟朋友出去，表姐，你那课就上快一点吧。"

"……把数学练习题拿出来吧。"死小孩，她也很想早点走。

"错了错了，这道题先要想清楚把辅助线添加在哪里，不要随便乱画辅助线。"

"那画哪里啊？"

"画这里啊，你看，它要求面积，这个图里差什么？差高啊，你把高添上去，求出来就行了嘛。"

"哦。表姐呀，你看不看漫画啊？"表妹开始扯开话题。

"以前看，现在看得比较少了。你认真点。"周筱也经历过她这个年龄，知道她这是不想学习了。

"哦，那你是萝莉控还是正太控，还是御姐控？"表妹还在兴致勃勃地问。

"什么？"拜托，不要跟她讲这些新人类的名词，她老了，听不懂，除了遥控，她什么控都不知道。

"表姐，你真是跟不上时代哎。"表妹一脸的不屑。

"是，我跟不上时代，你不把这页题目做完，你看看我会不会让你出去跟朋友玩。"周筱凶她。

"表姐，不要这样嘛。"

"快做！"

"哦。"

唉，送完了一个女瘟神，再来一个男的，周筱的表弟很拽地从房间走出来，虽然经历过他妹妹的洗礼，但周筱还是被他的打扮彻底地雷了一场。

他那头发太有型了——简直是变身后的超级赛亚人，耳朵上叮叮当当挂满了一堆金属，全身上下衣服的颜色少说也有五种，周筱突然觉得表妹刚刚穿得实在是朴素。

表弟一在书桌旁坐下就撩起袖子，不撩不知道，一撩吓了周筱一跳，他右手的手臂上刺了一个红色的血淋淋的"恨"字。奇怪了，这孩子饭来张口、衣来伸手的，他是在恨什么啊？

"嗯……你这个恨，是在恨什么啊？"周筱忍不住好奇还是问了。

"我恨俗人对我们投以异样的眼光。"他用苦大仇深的语气说。

"……哦，原来是这样啊，哈哈，我们做题目吧。"周筱小心地遣词造句，避免伤害这幼小的心灵。

唉，好吧，她也是个俗人，但是，要求地球人看到超级赛亚人不惊讶会不会太强人所难了一点啊？

走出阿姨家的时候，周筱快虚脱了，这两个孩子，一个比一个难搞，教上一个寒假，她应该会短命十年吧。

寄件人破船

我回大宅门了。到了给你短信。

周筱打开短信，赵泛舟回家了啊？她想打个电话给他，唉，还是算了，最近妈妈虎视眈眈，还是等到要去教表弟表妹的路上再给他打电话好了。

拨不通？周筱在路中央停下，搞什么鬼啊？他的电话怎么都打不通啊？算了，去上完课的路上再打。

"喂？"

"喂，我是赵泛舟的妈妈，你是？"电话那头传来了一个中年妇女的声音，周筱吓得差点把电话摔出去。

"哦，阿姨，你好，我叫周筱，我是他的……嗯……同学。"惨了，惨了，他的妈妈，呃？哪个妈妈啊？大妈还是二妈？还是要说养母还是生母？唉，就说嘛，他家的故事跟大宅门似的。

"这样啊，你找他有什么事吗？他刚起床，在楼下吃饭。"

"没事，没事，我只是想问一下他有关学校的一些事，早上的时候他电话打不通，所以……"哈哈，她是撒谎界的天才，快点自己崇拜一下自己。

"他早上才到的家，我看他很累就让他去睡觉，怕手机吵到他就替他关了，没耽误你什么事吧？我现在就去叫他上来接电话。"

"没有，没有。不用不用，不是什么紧要的事，我等下再打电话给他就好了，谢谢阿姨。拜拜。"

"拜拜。"

他妈妈人好像也挺好的，也蛮客气的啊。

现在怎么办？她待会儿就回家了啊，哪能给他打电话啊，算了，知道他平安到家就好了，明天再给他打电话。

刚走到家门口，电话就响了，是赵泛舟。

"喂。"

"我大妈刚刚有没有说什么？"哦，原来是大妈。

"没有啊，她很客气啊。"

"她知道你。"

"什么？"

"她知道你是我女朋友。"

"……"知道刚刚还问，真是个奸诈的女人。

"她怎么知道的？"周筱沉默了一会儿之后问。

"我之前去加拿大的时候就告诉她了。"

"我刚刚瞎掰了一些话，怎么办？"周筱有点害怕。

"没关系，喜欢你的人是我，不是她。"赵泛舟的声音很冷静。

"……"这是赵泛舟第一次这么清晰地表白，她却开心不起来，他话里的意思就是"他大妈并不喜欢她"啊。

"你别担心，她不会怎么样的，开学之后我带你去见她。"

"哦。"

"小舟，下来吃水果，依淳来串门了呢。"电话那头传来他大妈的声音。

"我先挂了，你不要胡思乱想，明天打电话给我。"

"哦。"又是酒精？这酒精怎么就不晓得这是破坏他们俩携手喜气洋洋奔向举案齐眉、琴瑟和弦、白头偕老、永浴爱河的康庄大道的行为？这法律要是由她来定，这样的行为是要枪毙的！

周筱无奈地把手机收起来，然后回家。一进门妈妈就迎了上来："我刚刚从楼上看到你在下面打了很久的电话，打给谁？"周筱很疲倦地瞄了妈妈一眼："朋友。"

"哪个朋友？什么朋友？"妈妈的口气有点咄咄逼人。

"男朋友。"周筱有气无力地说完，就径自走回房间，反倒是妈妈愣在那里，一时不知道怎么反应。

关上房门，周筱把自己扔在床上，不管爸爸妈妈会怎么想了，反正这么大了，难道还真的就不让人谈个恋爱吗？难道自己的父母还能把她抓去浸猪笼吗？

晚饭桌上，妈妈和爸爸就一直偷瞄她。吃完饭，她收拾着碗筷准备洗碗，妈妈突然拦住了："今天的碗让弟弟洗吧，我们去客厅聊天。"弟弟一听，不愿意了："凭什么啊？""叫你洗就洗，少啰唆。"妈妈说。

周筱乐了，凭什么，就凭你姐姐我谈恋爱了，你一小屁孩还没得谈。要早知道这事捅出来了可以不洗碗，她早就讲了。

她承认，苦中作乐是她的才能，不见棺材不掉泪，见了棺材心一横也就躺进去了。

周筱踏进客厅，她爸妈已经排排坐好了，哈，三堂会审来了，皮绷紧点吧。

"你先坐下。"爸爸开口了，做爸爸的就有这点优势，不怒而威，"什么时候谈恋爱的？让你去念书还是让你去谈恋爱的？"

"孩子他爸，别急，咱们好好跟她说，来告诉妈妈，你什么时候谈的恋爱？"这两人绝对是彩排过的，还一个演黑脸，一个演白脸呢。也不想想，他们上有政策，她下也有对策啊。反正不吭声就对了，人家警察都说了，她有权利保持沉默嘛。

"你这什么态度？"爸爸突然提高声音。

"这个学期开始谈的。"周筱被爸爸吓了一跳，长大了之后她就很少被爸爸吼了。

"对方是什么人？"妈妈问。

"同学。"

"交往到什么程度了？"妈妈又问。

这问题就比较难回答了，什么程度？要怎么形容啊？低级？中级？还是高级啊？这不是摆明了难为她嘛？

"算了，那男孩子哪里人？家里做什么的？"妈妈可能也觉得这问题有点抽象，改了一下。

"H市的，家里做服装生意。"户口调查呢这是。

"有没有照片，我看看。"妈妈说。

周筱从手机翻了半天，才翻出一张某次在图书馆偷拍他看书的照片。妈妈和爸爸很严肃地传看了之后，妈妈突然冒出一句："小伙子模样长得还不错，以后生出来的小孩子应该会好看。"周筱冷不防被妈妈雷了一场，这话题转得也太快了吧，果然食色，性也，妈妈也难逃赵泛舟的美色诱惑。

爸爸哼了一声："好看能当饭吃啊！"

周筱很想说，那不好看也不能当饭吃啊。

"打个电话给他，我要跟他讲话。"爸爸说。

"啊？"周筱快晕倒了，不是吧？

"快点。"

"哦。"周筱颤抖着手按下快捷键，心里一直默念，不要通，不要通。

"喂。"赵泛舟清冷的声音传来，没事接什么电话嘛！

"喂，嗯，那个，我爸要跟你讲话。"她吞吞吐吐地说。

"……好。"他沉默了五秒钟后说。

周筱把电话递给爸爸，爸爸站起来拿了电话到房间里去接，她和妈妈在客厅里坐立不安。

"妈，爸不会骂他吧？"

"应该不会。"

二十来分钟之后，爸爸总算结束了man's talk出来了，他把手机还给周筱，就说了一句："虽然谈恋爱了，也不能荒废学习。去帮你弟洗碗，他洗那么久了，一定没洗干净。"

不是吧？就这样？他不要上演一下"棒打鸳鸯"或者《梁山伯与祝英台》或者《罗密欧与朱丽叶》，不然至少也来个洒狗血的《剑蝶》啊？而且，事情发展到最后的最后，她还得去洗碗？

周筱没想到，地下情浮出水面原来有这么多的好处，比如说，她不用躲着藏着给赵泛舟打电话和发短信了，也不用编一堆有的没的借口解释一些比较反常的行为了，而且，妈妈对赵泛舟的长相相当满意，恨不得跟爸爸离了去跟他结婚的那种满意；而爸爸是对他的谈吐很满意，说这孩子讲话很有逻辑，感觉得出来是个可以托付终身的对象。对于爸爸提出的这个奇怪的理论，她是不予置评，原来说话有逻辑的人就可以托付终身，那如果她找个辩论社的，或者法律系的，她爸是不是马上就会把她打包寄过去嫁给人家？说起来，她爸妈还没见面就这么喜欢他了，那他的爸妈会不会还没见过她就很讨厌她？况且，他还有两个妈。嗯，这什么逻辑啊？但是她就是没什么自信啊。

每个人过年都有很多事要做，像是大扫除啦、拜年啦、收红包啦，还有就是——同学会。今天过年期间，周筱光是同学聚会就有五个：小学转学前的、转学后的，初中的，高中分班前的，高中分班后的。

从大年初三开始，她就每天赶场似的去参加同学会，赶得她差点没眼冒金星口吐白沫。连她妈都看不下去了："这几天不见你和小舟打电话，一天到晚去参加什么同学会，有男朋友的人了，不要乱跑。"哟哟哟哟，这小老太来劲了，直接喊小舟了，人家跟你有那么熟吗？再说了，他是给了你多少钱让你帮他盯着啊？

这会儿周筱正在参加小学聚会，小学聚会是最尴尬的聚会，一群人都不知道几千年没见过了，一开始气氛不知道有多尴尬，大家只能靠拼命地追忆似水年华来掩饰不自在。周筱还好点，她有一个从小一起长大的朋友，他们从幼儿园到高中都是同学，所以他们一起参加了每一个尴尬或者不尴尬的聚会，可以称得上是患难与共了。

嗯，忘了提，他叫蔡亚斯，虽说这名字是二十几年前取的，但绝对是个崇洋媚外的名字，亚斯，雅思？

亚斯同学是个好人，因为他正在帮她挡酒。而她正在接赵泛舟的电话："嗯。我会早点回家啦，你好啰唆，跟我爸似的。"

"不要喝酒。"

"放心啦，有人帮我挡酒。"周筱很得意地说。

正在挡酒的蔡亚斯哼了一句，相当大声："死女人，我在帮你挡酒，你在和别的男人卿卿我我，是不是人啊……"

"什么别的男人，那是我男人！"她和蔡亚斯讲话向来都是十分大声，一点都不淑女，反正从穿开裆裤的时候就认识他了，再装就不像了。

"得，指不定明天就不是了。"蔡亚斯很不屑地说。

"那是谁？"赵泛舟安静了几分钟后突然问，他觉得这男的有问题，故意用普通话就是要让他听得懂。

"我朋友啊。"她说。

"什么朋友？"

"从小一起长大的朋友，我倒霉死了，从小就认识这种人。哎，蔡亚斯，你再踢我就把你的脚剁下来卤猪脚！"周筱讲一半就被踹了一脚。

"我十一点打你家电话。"

挂了？什么嘛？她爸说可以十二点回家的啊！

十点五十一分，周筱家门口。

"好了，我要进去了，你回去小心点。"周筱对送她回来的蔡亚斯说，拜托快点走，她要赶着回去接赵泛舟的电话。

"那我回去了，有空出来玩？"

"得，还有空呢，我家跟你家也就两条巷子之隔，你要想我了就来找我啊。"周筱眨眨眼。

"谁会想你啊。走了。拜。"蔡亚斯摆摆手走了。

"拜，路上小心点，不要被路人怎么样了。"

周筱蹦蹦跳跳地回到家，刚好电话响，真准时啊。

"看，我乖吧，你说十一点就十一点。"周筱拎起电话就说。

"我说呢，非得提早走，原来是跟情郎约好了啊，做人非得这样吗？"蔡亚斯的声音从电话另一端传来。

"哎呀，姓蔡的，你找碴儿啊。"周筱急得跳脚，等下赵泛舟的电话会打不进来的。

"原来这么明显啊？"他的声音带着满满的笑意。

"好啦，你到底什么事？"

"明天他们说去学校看一下，你去吗？"

"我睡得醒就去，睡不醒就算了，反正明天的事明天再说啦。"

"得了，知道你急，挂了，拜。"

"拜。"

她电话一挂，另一个电话就跟着来了。

"喂。"周筱这次学乖了，不拿起电话就乱讲话。

"是我。"赵泛舟那招牌冷声音传了过来。

"呵呵，我乖吧，你说十一点就十一点。"讲完还抬头看了一下钟，十一点五分。

"刚刚电话打不通。"

"还不是那个死蔡亚斯，一直在噼里啪啦地说……他故意的，明知道我在等你电话。"讲到这个她就来气。

"蔡亚斯？"

"就刚刚跟你说的那个从小一起长大的朋友啊。"周筱还在没心没肺地扯着。

"你少跟其他男的纠缠。"他的声音没什么情绪，听不出来是说真的还是开玩笑。

"哪有啊，就许你有青梅竹马，还不准我有两小无猜。你以为你名字里有个舟就当自己是州官了啊，我连点个灯都不行？"她君子坦荡荡，没在怕的。

"你少跟我贫嘴，我后天去你家。"

"哪里贫了？啊？什么？"

"我后天去你家。已经跟你爸妈说好了，他们说欢迎。"废话，他们除了说欢迎还能说什么啊，不要来？

"你后天怎么来啊，你家和我家离这么远。"

"有一种交通工具叫飞机。"

"那我不是要去机场接你，机场离我家好远哦。"

"你可以不来接，我坐下一趟班机回去。"

"知道啦，我抬八人轿子去接你。"小气鬼，抱怨一下都不行。

挂了电话之后，周筱跑去问妈妈："妈，赵泛舟要来我们家啊？"

"对啊。"妈妈忙着看《今日一线》，头也不抬一下。

"干吗让他来我们家啊？"周筱急了。

"干吗不让他来？他要来拜访我们，难道还不让他来啊，正好可以了解一下他是个什么样的人。"妈妈总算把头从电视机前抬起来了。

"随便你们啦。"得，就你那破烂普通话，还了解人家呢。

唉，他后天就来了啊，过年这么一阵子，她可是养了不少膘啊，本来打算过完年减肥回去漂漂亮亮地见他的，现在吹了，难怪要说计划赶不上变化。

The Sweet
Love Story

第九章

　　赵泛舟走出机场，就看到活蹦乱跳的周筱，她先是左右张望了一下，然后突然飞奔过来扑向他。他笑着接住她，说："冲力这么大，看来最近伙食不错哦。"

　　周筱从他怀里挣脱出来，转身要走，他赔笑扯住她："这样就生气了啊？"

　　她不讲话，嘟着个嘴，赵泛舟这才发现，她的嘴巴上有个不大不小的伤口，就问："嘴巴怎么了？"

　　"热吻留下来的后遗症。"周筱说，哼！要说气死人的话谁不会。

　　赵泛舟脸色变了，拉着行李要往回走，周筱拉住他的衣摆："不是啦，昨晚吃大闸蟹，被蟹脚弄伤的……你都能说我胖了，我就不能说一下吗？"

　　他瞪了她好久才说："这能一样吗？"

　　哪里不一样了啊？

　　"好啦，我胡说，我们快回去吧，我爸妈等着我们吃晚饭呢。"周筱伸过手去要帮他拉行李。

　　他牵住她伸过来的手，另一手拉起行李："你就不能小心点，吃个蟹都能吃成这样。"

"知道啦，怎么都这么啰唆啊。"周筱不耐烦地晃动着两人牵着的手。

都？赵泛舟看了她一眼说："还有谁说你了？"

"还不是姓蔡的那个死男人，一直念一直念。"周筱气愤地说，"早知道昨天就不和他们一起去吃饭了。"

"走吧，回你家去。还要坐车吗？"赵泛舟心里开始不爽。

"要啊，你累了吧，我们还是坐出租车回去好了。"

"不用了，我不累。"

车上，赵泛舟将头靠在周筱的肩膀上昏昏欲睡，周筱推推他的头："你不是说你不累吗？"

"别吵，让我眯一会儿。"怎么可能不累？不想坐出租车是怕她爸妈觉得他像被宠坏的大少爷。

这人真的是……真的是道德败坏的双面人啊！刚刚一路上都要死不活的死样子，脸冷得跟千年寒冰似的，多跟他讲两句话都嫌她吵，现在居然神采奕奕地跟她爸妈聊天？还抢着要洗菜是要闹哪般？无耻啊无耻。

饭桌上，妈妈一直折腾着给赵泛舟夹菜，赵泛舟夸了一句阿姨做的卤鸡腿真好吃，妈妈就差点没从周筱碗里把剩下的鸡腿抢过去给他吃。周筱偷偷瞪他，他回她一个挑衅的眼神。哼，道貌岸然！

吃完饭，周筱去洗碗，在厨房里老是听到客厅传来的笑声，气得她牙痒痒。弟弟拿着一个玩具冲进厨房："姐姐，你看，哥哥送我机器人。"

"哦。你要不要帮忙洗碗？"

"不要。"弟弟拿着玩具飞奔出厨房。

"我来擦碗吧。"赵泛舟不知道什么时候出现在厨房里。

"终于记得我了？"周筱没好气。

他好脾气地笑笑，不吱声，拿起布来擦碗。两分钟之后，周筱刚想说什么，妈妈进来了："小舟啊，不用你帮忙，去喝茶吃水果，这里让她做就好了。"

这什么妈妈啊！看清楚好不好，谁才是在你肚子那个黑暗封闭空气又不好的小空间里待了十个月的啊？

"阿姨，我只是帮忙擦碗而已，没关系的。"赵泛舟笑得那个灿烂啊，跟中了彩票似的。

妈妈满意地走了，边走边唠叨："真是懂事的好孩子。"

赵泛舟转头看一下门外，凑到周筱的耳边说："我今晚跟谁睡？"

她白了他一眼："跟我弟睡，或者跟我爸睡，自己选。"

"我比较想跟你睡。"

"美得你。"

"是你吧，谁不知道你肖想我青春的肉体很久了。"

"……"

"你们俩快点，出来吃水果，不然你弟都吃完了。"妈妈在客厅用潮汕话大声说。

"哦。"周筱回答。

"阿姨说什么？"赵泛舟好奇地问。

"我妈叫我把你从窗户丢出去，而且要瞅准马路上有车碾上来的时候。"周筱面无表情地说，甩干手走出厨房。

"你现在很拽嘛。"赵泛舟跟着走出厨房。

"那是，没听过我的地盘我做主吗？"

"吃水果吃水果。"妈妈一看他们过来就招呼说。

"阿姨，周筱刚刚说你让她把我丢出窗外。"赵泛舟笑着说。

所有人的眼睛齐刷刷地看向周筱，周筱傻笑："我跟他开玩笑的。"妈妈推了一下她脑袋："死孩子，乱讲话。"周筱瞪赵泛舟，算你狠！

"明天让周筱带你去玩，看你是要去海边还是去一些景点。"大家在那边喝茶聊天的时候爸爸对赵泛舟说。

"好。谢谢叔叔。"

第二天早上，周筱还在睡梦中徜徉的时候，房门被打开了，妈妈进来了："起床了，吃早餐了，吃完早餐带小舟去玩。"

"我再睡一会儿啦，五分钟。"她拉起被子蒙住自己的头。

"不行。"妈妈很凶地说。

"拜托啦，就五分钟。妈，我最爱你了。"她还在求饶。

妈妈用力掀开被子。周筱把自己卷成一团，大叫："冷死啦，你是后妈啊。"

赵泛舟坐在饭厅里。自从昨天周筱胡说八道事件之后，他们家里人就都很贴心地改讲普通话了。他听周筱在房间里鬼吼鬼叫，嘴角忍不住上扬，这么快乐的一个家庭，难怪养得出这样……奇特的孩子。

"什么妈妈嘛，要把我冷死啊，我一定是爸爸跟别的女人生的。"周筱揉着眼睛走出房门。

"早。"赵泛舟笑着说，她的睡衣真可爱，上面还有正在吃铜锣烧的哆啦A梦。

"早你个头，都是你害我这么早起床的。"她放下揉眼睛的手。

他不由得失笑，他发现她在家的时候比在学校的时候要孩子气很多。她看他笑得像个大尾巴狼的样子，忍不住推了他一把："有什么好笑的。""没，你快去洗脸刷牙。"

她进浴室前打量了他一下，哼，已经穿得光鲜亮丽的了呢："你什么时候起床的？"

"人家小舟很早就起来了，还帮我洗菜呢，你以为每个人都跟你一样懒啊。"妈妈从房里叠完被子出来接话。

周筱关上浴室门。知道了，知道了，就你的小舟是伟人，其他人都是劣质星球来的劣质生物。

吃过早餐，周筱和赵泛舟就被妈妈赶出门玩，虽说是住了十几年的地方，但要带他去哪儿玩她一时还真的不知道。

走出门前的巷子之后赵泛舟就牵住了她的手，刚开始她没在意，但是当左邻右舍三姑六婆开始用暧昧的眼神看着他们，还笑得一脸抓奸在床的模样时，她才发现眼神的焦点都在他们交握的手上，她想挣脱他的手，但是他更用力地握着，她只能皮笑肉不笑地对着打招呼的邻居们点头，然后保持着微笑很小声地说："赵泛舟，放开我的手。"他跟着微笑，装没听见。

"我会被你害死的。"一走出那些三姑六婆的视线范围,周筱就抱怨说,"我都可以想象他们回家后口沫横飞地讲我们的事,然后明天我的那些同学就会打电话来问我了……都是你害的。"

"讲我们什么事?"他说。

"就是我们交往的事啊。"她气愤地说。

"我们本来就在交往。"他说,本来就是要让他们去说,他还怕他们宣传力度不够呢。

"哎哟,你不懂啦。"周筱很顺口地说,"要是我以后换男朋友了,会被口水淹死的。"

"换男朋友?"很平淡的口气。

"不是那个意思啦,我是说,只要我们不结婚,我就会一直被这些人当作茶余饭后的话题啊。"周筱拼命想解释,但总觉得越说越错。

"也就是说,你从来就没想过我们会结婚?"他的脸色开始不好看了。

"话也不是这么说啦,只是,我们都还是学生,谁会想那么远啊?"她还在解释。

"我。"他说,然后放开牵着她的手。唉,某人又生气了。周筱挽住他的手,讨好地说:"好嘛好嘛,我们等下就去登记,结婚结婚。"正说着,就有短信进来了,她打开,不出所料是蔡亚斯,他妈妈是三姑六婆的领头羊,他当然可以拿到第一手数据。以下为短信内容:

发件人蔡洋鬼子

听说你那误入火坑的男友现身了,带出来哥哥帮你鉴定一下吧。

周筱把手机递给赵泛舟看:"你看,马上就来了,我们家这边的情报系统都赶上FBI了。"他瞄了两眼,发现这家伙真的很爱给朋友取外号,还洋鬼子呢。

"跟他约时间。"他都自己送上门了,当然不能跟他客气。

"你真的要和他见面吗?他嘴巴很贱的哦。"周筱有点担心地说。

"他不是你最好的朋友吗?我当然要见了。""好吧。"她打了一个电话过去，叽里呱啦讲了一堆之后说："我们晚上吃完饭出去喝茶，他刚刚推荐我们去海边，要不要去？"

"好啊，去之前我们先去民政局登记结婚吧，听说结婚只要十几分钟就可以搞定。"

"……"冷面笑匠，算你狠！

海边，应该是很浪漫的地方吧，电影里男女主角都要在海边追逐一下，然后女主角摔倒，男主角顺势压上去，然后是热吻；再不然也是男主角背着女主角在沙滩上奔跑，女主角快乐地娇笑。最后镜头转移到沙滩上，上面是一双双凌乱而快乐的脚印，再煽情一点的话沙滩上会有一颗心，里面写着两个人的名字，然后浪花一遍遍地冲上来，直到图案消失，打出字幕"The End"。

为什么会这样呢？赵泛舟无语地看着蹲在一旁啃烤鸡翅膀的周筱，很想一脚踹她下海。周筱还扯扯他的裤角说："你真的不吃吗？我跟你说，这里的烤鸡翅膀是我吃过最好吃的，我每次来海边都会吃，你试试看嘛。"他快疯了，这什么人啊！

"你站起来吃，或者坐着吃，不要用蹲的，很难看。"他说着伸手去拉她起来。

"那你吃吃看。"她顺着他的力量站起来，把鸡翅膀递到他嘴边。他躲开，说："说了不要。"

"吃吃看嘛。"她祈求地看着他，鸡翅膀就一直停在他嘴边。

"我不吃这种黑黑的东西。"他坚持不吃。她不动，就倔强地看着他。他无奈，只得咬下一口。

"好吃吧？"她看着他咀嚼问。他迟疑了一下点点头，真搞不懂这东西哪里好吃了？

周筱这才满意地又蹲下去安静地撕咬她的鸡翅膀，赵泛舟无奈地坐下，拉她也坐下。

好吧，至少还有其他人觉得海边是个浪漫的地方。远一点的沙滩上有一对新人在拍婚纱照——金黄色的沙滩、白色的贝壳、蓝色的天、蓝色的海、一朵朵的浪花、迎面吹拂的海风还带一丝咸咸的腥味，旁边是笑得一脸幸福的新娘和新郎……

咔嚓咔嚓……"你啃骨头的声音非得这么大吗？"赵泛舟用力地瞪她，眼珠子都快瞪下来了。"别吵，我快吃完了。"她理都不理他。赵泛舟看着天空，天真是蓝得引人犯罪啊，唉，不知道殴打女朋友犯不犯法？

某人总算把鸡翅膀啃完了，笑得一脸满足地看着他："我还可以再去买一个吗？"赵泛舟用大拇指擦去她嘴角旁边沾到的酱汁："不可以。"她很失望地叹了口气，突然又兴奋起来说："那我们手牵手在沙滩上散步吧。""不要。""为什么？""你手上都是油。"他一脸嫌弃。她抽出纸巾擦手，说："你刚刚还用手擦我的嘴呢，你的手上也有酱汁，我都没嫌弃你。"

两人手牵手在沙滩上散步，总算有点浪漫的味道了，如果旁边这个女的不要东张西望的话就更完美了。"你到底在看什么？""看看有没有漂亮的贝壳拣啊，这里的贝壳漂亮的都被拣去卖了，所以我要是能找到漂亮的贝壳就证明我运气太好了，回去就跟我妈赌钱，一定会赢的……"他看着她的小嘴一张一合的，突然说："你的嘴巴什么时候会好？""啊？""被蟹脚弄伤的那个伤口什么时候会好？""不知道哎，大概再过两天吧。""你有没有擦药？""没有啊，很快就会好的啦，你这人怎么这么没情趣啊？非得在这里跟我讨论我的伤口和擦药的问题吗？"周筱忍不住抱怨了一下。

"……"赵泛舟很想一掌劈烂她的脑袋，她居然有脸说他没情趣？

"会痛吗？"

"不会啦，你老问这个干吗啊？！"她有点不耐烦。

他凑近她，仔细研究她的伤口，然后……轻轻地啄了一下，退开，含笑看着她，她一脸震惊地看着他……他……怎么可以这样？他又笑着将唇贴了上去，细细地吮吻，她嘴里都是烤鸡翅膀的味道，呃……好像也不错。

从遥远的地方传来摄影师的声音："新郎……你可以亲新娘了……记住要笑着……亲，幸福一点……"他的声音断断续续的，被海风吹得支离破碎，散在沙滩上，开出幸福的花。

周筱还在发呆兼腿软，赵泛舟用手环住她的腰，说："现在知道我问了要干吗了吧？"她回过气来，用力掐了他的手一下："连伤兵你都下得了口，还是不是人啊！""我还可以再更不是人一点，你要不要试试？"他边说边捏她腰上的肉说："这就是传说中的love handle啊？"

"……"周筱很想在沙滩上挖个洞把他埋了。

晚餐吃得很丰盛，吃过晚餐才七点，他们跟蔡亚斯约了九点喝茶，也就是说，他们还有两个小时可以打发，于是周筱就提议大家一起来打牌，因为她今天真的拣到了一个很漂亮的贝壳。但是十分钟之后，她就后悔她的提议了。

妈妈手里拿着牌老不打，没完没了地讲周筱小时候的事，而且专挑糗事讲，越糗她讲得越欢。

比如说，周筱小时候为了吃小卖部的字母饼干非要嫁给小卖部的大叔，也不管人家已经四十多岁而且有家室，年级小小的就试图破坏人家家庭幸福；比如说，周筱和蔡亚斯玩过家家，非逼着人家把她切碎的橡皮擦当炒年糕吃下去，幸好那孩子肠胃好，两天后就排出来了；比如说，问她三加一等于多少，她不会，再问三个苹果加一个苹果等于多少，她犹豫了半天说可不可以算饼干；比如说，蔡亚斯的妈妈生了个小女孩，周筱对她爱不释手，每天都会跑去看小婴儿，而且是见一次称赞一下："小妹妹好可爱啊，又小又白的，就像一坨鸟屎。"说得人家妈妈的脸是一阵青一阵白的……

总算熬过了一个多小时的妈妈讲古时间，周筱发现妈妈的普通话有突飞猛进从量到质的提高。她和笑得快缺氧的赵泛舟打算出门，妈妈还跟在后面没完没了地说："路上要小心，天气冷，多穿件衣服才出去啊，不要太晚回来……""知道了知道了，我们快来不及了，回来再给我母爱好吗？"她赶紧拖着赵泛舟出门。

"周筱，这边这边。"周筱和赵泛舟一进上岛咖啡就有人站起来叫他们，他们看过去，好家伙，少说十个人。

周筱深深地觉得，这群人疯了，人家咖啡厅也挺优雅的，他们非得在这里大吼大叫。

"你好像被开放参观了。"周筱小声地对赵泛舟说。他们只是约了一个蔡亚斯，没想到来了一群同学，每个人都似笑非笑，不怀好意的。

"姓蔡的，你干吗找一群人来？"周筱质问蔡亚斯。

"我们本来就约好的，是你们加了进来。"他一脸人不是我杀的样子。

"那么小气干吗啊，给我们看一下又不会怎么样，就蔡亚斯是你朋友，我们就不是了啊？"同学甲跳出来说。周筱无视他的话，本来就不是，连名字都忘了的同学甲，没事装什么熟啊？

赵泛舟默默地打量着所谓的蔡亚斯，她的两小无猜。

蔡亚斯也默默地打量着所谓的赵泛舟，她的男朋友。

有一种较量，不需要言语。

他们一堆人有一搭没一搭地聊着天，人多口杂，倒也和乐融融，唯一尴尬的一瞬间是周筱在埋头拼命拧开糖罐的时候赵泛舟和蔡亚斯同时伸手过来，两只手突然伸到她面前，她吓了一跳，手一滑就把糖罐子摔了出去，幸好是塑料的，不然还得赔一个糖罐子。蔡亚斯笑得前仰后合的："我说啊，你要是把罐子摔了，就留在这儿洗碗吧。"周筱懒得理他，没文化，一个罐子就得留下来洗碗，再说了，人家是咖啡厅，只有咖啡杯，没有碗。

"算了，你不是不爱喝咖啡吗，喝茶吧。"赵泛舟把她面前的咖啡撤到他面前，给她倒了杯茶。周筱受宠若惊，这人今天吃错药了吗？这么温柔？要是在以前，她摔个罐子非得让他念到耳朵长茧不可。

"还真是温柔体贴的男朋友，亚斯啊，你好好学学，难怪周筱被别人追走了。"同学乙说。不说话没人当你是哑巴。

"对啊，对啊，我以前一直以为你们会在一起呢。"同学丙附和着。周筱其实很想问他，你哪位啊你？

"算了，我无福消受。"蔡亚斯说。周筱作势要拿茶泼他，他笑着躲："姑奶奶，我错了，你都不知道我多么想消受你，为了消化你，我家都准备了一箱健胃消食片了。""你找死！"周筱跳起来要去打他，赵泛舟拉下她："这里是咖啡厅。"对哦，她赶紧坐好，小口喝茶。"用不用这样啊，姑奶奶，也太恶心了吧你，装什么淑女啊！"本来已经跳起来要奔跑的蔡亚斯又拉开椅子坐下。"你管我。"周筱给他一个关你屁事的眼神。"我说，哥们，你女人自己好好管着，她强烈要求我管她，我可不想管。"蔡亚斯突然对赵泛舟说。赵泛舟慢慢地放下本来在喝的咖啡，笑着说："那是因为你管不着。"高！这招实在是高！一句话堵得蔡亚斯跟吞了炭似的哑口无言，周筱对蔡亚斯做了个鬼脸："哼！管不着。"

周筱和蔡亚斯的家只有两条巷子之隔，于是三个人顺理成章地结伴在街上晃荡。赵泛舟的手随意地搭上周筱的肩膀上，他平常很少这样的，周筱看了他一眼，她也不是笨蛋，她知道他这是在宣示主权，如果这样他会放心点的话，就随他去吧。

"你们在一起多久了？"蔡亚斯的眼睛直视前方。

"一年不到。"其实周筱也不知道要怎么算，中间有段日子他在加拿大，要算进去吗？

"你是那个消失了半年的男朋友吧？"蔡亚斯回过头来问赵泛舟。赵泛舟搂紧了周筱的肩，点点头。

"那时候她跟我说她失恋了，我去看她，她哭得肝肠寸断……我认识她那么多年，还没看她那样哭过，当时我想，要是让我见到你，我一定要打你一顿。"

气氛一瞬间冰冻。

"亚斯……"周筱试图说什么，赵泛舟打断她："我知道我对不起她。"

"知道就好。你要是欺负她，我不会跟你客气的。好了，我先走了，你们慢慢卿卿我我吧，恶心死我了，真是受不了。"讲完蔡亚斯挥挥手，跑了。

留下气氛有点古怪的两人，面面相觑。

赵泛舟松开紧紧搂着她肩膀的手，说："回去吧。"

回到家，大家都已经睡了，两个人分别坐在客厅沙发的两头，沉默。

"我去睡了。"周筱站起来说。

"看会儿电视吧。"赵泛舟按下遥控，把电视声音调到最小。周筱又坐回去。电视上两个人在沙滩上奔跑，女的跳上男的背，男的背着她跑得飞快，好像很甜蜜的样子。周筱脑海里闪过高中背过的古文——老骥伏枥，志在千里，你有能耐就跑他个一千里啊！

"我大后天就回去了，答应我大妈要回去过元宵的。"电视的光忽明忽暗，照着他的表情也明明灭灭的。

"哦，好。"周筱无意识地回答。

"就这样？你没别的要说了？"赵泛舟说。周筱认真思考很久之后说："在你回去之前我们再去一次海边吧，我发现我今天真是太便宜你了，你要跟电视上一样背我在沙滩上奔跑。"赵泛舟看看她，再看看电视，再看看她，再看看电视，很认真地说："你跟女主角不是一个吨位上的。"

周筱也看看他，再看看电视，然后看看他，再看看电视，也很认真地说："你跟男主角也不是一个帅度的。"

"你……"

"怎样？"

"去睡。"

哈哈，有人恼羞成怒了，周筱快快乐乐地站起来要去睡觉，赵泛舟突然又拉住她的手，犹豫了很久之后，有点忧伤地说："对不起。"

周筱在黑暗中停顿了几秒，蹲下来捧住他的脸用力地亲了他一下说："原谅你了。"拍拍他的脸，又啵了他一口，说："去睡了哦。"然后起身走人，剩下愣在原地的赵泛舟，他怎么觉得，他好像被调戏了啊？

多年之后，周筱每想起这个夜晚，一直搞不清楚，他到底是在为哪次的离开道歉？

The Sweet
Love Story

第十章

　　"叔叔阿姨，这几天打扰你们了，谢谢你们的照顾。我走了。"
赵泛舟对周筱的爸爸妈妈说。被叫阿姨的人很激动，拉着他的手说：
"下次再来玩，一定要再来啊。"周筱拉开妈妈的手："妈，差不多
了，我都鸡皮疙瘩掉一地了。""你这孩子。"

　　"我们上车了哦，"周筱挥挥手，"你们先回去吧，我送他到机
场就回家。"

　　"叔叔阿姨再见，弟弟再见。"赵泛舟有礼貌地说。

　　"再见。"

　　两人在车上，赵泛舟紧紧握住周筱的手，十指交扣。"我很喜欢
你的家人。""我妈都恨不得拿我去换你了，你当然喜欢。"想到妈
妈刚刚那激动劲儿她就有气，当年送她上大学时妈妈也只是挥挥手说
到了学校不要惹事啊，然后就拍拍屁股走人了，眼下送他倒是跟十里
长街送总理似的。

　　"你什么时候回学校？"赵泛舟问。

　　"过完元宵，你呢？"

　　"也是过完元宵，没什么事的话你早点回学校。"赵泛舟有点不
自然地说。

114

"你很舍不得我对不对？巴不得早点见到我对不对？一日不见如隔三秋对不对？"她腆觍着脸说。

"一个人的脸皮可以厚到什么程度，我算是长见识了。"真是服了她。

"啊！"她突然一副想起了什么的样子尖叫起来。

"怎么了？没事别一惊一乍的。"

周筱突然有点郁闷，不说话了。赵泛舟奇怪地看着她："怎么了？干吗不说话？"

"再过两天就是情人节了，我都没跟你一起过过情人节。"她有点委屈。

"那我不走了，陪你过完情人节再走？"他揉揉她的头。她倚过去把头靠在他肩膀上，另一只手掰着两人交握的手指，她掰起他一只手指，松开，又掰起，又松开。

"你是故意的。"她闷闷地说，"明明就不可能多留两天。"

"乖，再过几天就可以见面了。"他松开交握的手，搭住她的肩膀，揽她入怀。她把脸埋在他胸口，用头用力地撞了两下。

"好啦，再撞就内伤了。"他固定住她的脑袋，不让她再行凶。

"就是要把你撞内伤。"

"黄蜂尾后针，最毒妇人心。"

情人节前一天中午，周筱在睡午觉，迷迷糊糊地接了个电话，说是有她的包裹，她匆匆跑下楼去拿。

"你拿的什么东西啊？"一进门妈妈就问。

"包裹，不知道里面是什么东西。"

"快点打开啊。"妈妈催促道。

她瞟了妈妈一眼，这位太太，有没有那么急啊？她慢吞吞地撕开封箱胶纸，好像是一件衣服。她把它拿出来抖一抖，是一件外套，黑色的，很简单的剪裁，但是挺好看的。随着她抖动的动作，一张卡片飘了下来，妈妈眼疾手快地捡了起来，打开就大声念了出来："觉得这外套很适合你，情人节快乐。赵泛舟……哇，小舟好浪漫啊……"

周筱看妈妈两眼冒红心的样子，很想叹气。

"快点穿穿看啊。"妈妈拿过她手上的衣服硬帮她套上。"等一下啦，让我先把身上的外套脱了啊。"周筱挣扎着脱下身上的外套。两个人一阵兵荒马乱之后总算把衣服套上了，好看是好看啦，但是……好像大了一个size，在他心目中，她到底是有多胖啊？

她无奈地打电话给他："我收到礼物了，谢谢。但是，你能不能告诉我，你觉得我是有多重啊？"他安静了两秒钟之后说："我买大了是不是？""还好，不是特别大，还能穿。"她笑着说。

"你要不要寄回来，我去换？"他问。

"不用了，反正我男朋友觉得我是个胖子，还换什么换啊，吃胖点就行了。"她说。

"你给我差不多一点啊——"威胁的语气来了，"那我的情人节礼物呢？"

"啊？今天天气真好，你那边天气怎么样啊？"死了死了，她忘了要准备情人节礼物这件事了。

"你忘了。"浓浓的控诉的语气。

"哪有，我怎么可能忘了。我提前送给你了啊，你才忘了吧。"她开始瞎掰。

"你倒是说说看啊。"他一声冷笑。

"……"给她十分钟时间好好想想，要掰也要时间的啊。哦！有了有了："我送了你一个很艺术的面具，千年后它将是一个伟大的艺术品，会和维也纳一样伟大，不然和那个……马踏飞燕一样伟大也是有可能的。"

"它是木头的。"

"所以呢？"

"千年之后它已经化作春泥更护花了。"

"好吧，我忘了买礼物。"诚信好了，二十一世纪诚信最贵。

"就知道。"他哼了一声。

"干吗这样？好像我很没良心似的。"

"你本来就没良心。"

"好嘛，我会挑一份最最适合你的礼物回去给你，还有，谢谢你的礼物，我很开心。"周筱说。

"嗯。元宵第二天我就回学校了，你快点回。就这样了，拜拜。"

"好，拜拜。"周筱挂了电话，回过头去对妈妈说："妈，麻烦你下次偷听躲开一点，不要这么光明正大。"

"呵呵，年轻真好，我也要叫你爸送我礼物。"妈妈一点都不会不好意思。

"让爸送了你一把油菜花，顺便炒了晚上吃。"

元宵过后第四天，周筱终于坐上了回学校的车，赵泛舟一直催她回去，害她换了提前两天的车票。她在车上傻笑，脑子里幻想着赵泛舟拿到礼物会是什么表情。她也给他挑了一件外套，也是黑色的，乍一看和他送她的那件有点像，这样他们就可以穿情侣套装了，这叫强迫性情侣套装。

下了车，她没见着赵泛舟，倒是见到了他那个帅哥室友——谢逸星。谢逸星迎上来对她说："赵泛舟有事，来不了，让我来替他接你。"

"哦，这样啊，谢谢，麻烦你了。"周筱客气地说。奇怪了，有事他干吗不先打电话给她？

谢逸星帮她提过行李，叫了辆出租车，坐在车上的时候还不时地瞄着她，有点欲言又止。周筱就奇怪了，她自认没有长得倾国倾城啊，他一直看一直看是要怎样，没听过朋友妻不可戏啊？她还不想红杏出墙，即使这堵墙很帅。

"赵泛舟今天出国。"他好像下了很大的决心之后说。

"什么？"不要跟她开这种玩笑，不好笑。

"他今天出国。"谢逸星低头看了一下手表，"一个小时后的飞机。"

周筱一瞬间蒙了，眨巴着大眼睛认真地瞪着坐在前座的谢逸星，她跟他没有熟到开这种玩笑的地步吧？还是说跟电影里演的一样，有什么surprise？还是说……是真的？车内弥漫着古怪的气氛，连司机都忍不住透过后照镜偷看她。

谢逸星很衰，为什么要他来做这种事？

"嗯，那个……他其实想等到了美国才给你电话的。"他斟酌了一下还是说了。

"美国？为什么去美国？去多久？"周筱很平静，吓死人的平静。

他犹豫了有半个世纪之久才说："等他到了会跟你解释的。"周筱点点头，拿出手机拨电话。

不接。

周筱俯过身子去拍拍谢逸星的肩膀："借手机用一下。"他沉默，摇摇头。她靠回椅背，安静地看着车窗外，很蓝的天呢，在这个城市里她很少看到这么蓝的天，飞机轰轰飞过，在后面拖下长长的飞机云。

"司机大哥，麻烦你，掉个头去机场，开快一点。"周筱说。司机转过头去看谢逸星，谢逸星也不敢说什么，就点点头。

司机是个好人，非一般的好人，用飞一般的速度赶到了机场。

机场这个地方不是找人的好地方，周筱在人来人往的地方愣了两分钟，不知道从何找起。

谢逸星拖着她的行李站在她身后十米之外远远地看着她：她小小的个子在人群中显得更小，一直茫然地转动着脑袋，用力地眨眼睛，是想把眼泪眨回去吧？

唉，他会被赵泛舟骂死的，果然心软会误事啊。他无奈地掏出手机，拨出电话："唉，兄弟，我对不起你，我们已经在机场大厅，你过来吧，我搞不定。"

说完他就挂了，拖着行李走到周筱身边说："人那么多，找不到的，我已经打了电话让他过来了，不管他过不过来，过了登机时间我们就回学校好吗？"周筱点点头，但不动。

时间可以流动得多缓慢？只有等待过的人才知道。

赵泛舟站在她面前的时候，她觉得她已经等了一世纪那么长，长到好像周星驰的电影，时间消逝，等的人身上都结满了蜘蛛丝。

"回去吧，我就要上飞机了。我会跟你解释清楚的。"赵泛舟说，没什么表情的表情又出现了。

"不用了，现在解释吧。"她也没什么表情。

谢逸星默默退开，这两人好恐怖，好像杀手在进行什么交易，感觉下一刻就会掏出枪来血洗机场。

赵泛舟深深地看了她一眼："还是回去吧，我没办法在这么短的时间里告诉你所有的事情，尤其是我的心情。我保证会讲清楚的，回去好吗？"

"要多长的时间？在我家四天三夜的时间够不够？之后每天一个小时的电话够不够？"都说了，她的脑筋一到重要的时刻就会很清晰，她已经猜到他在去她家之前就决定了出国的事了。

"我不告诉你真的是有我的考虑的，你谅解一下我好不好？"他叹了口气。

"不好。"她定定地看着他，不再让步，"告诉我，你要去多久？"

"我还不知道。"他凝视着她，眼神哀伤。

"乘坐××航空公司第1247次航班前往洛杉矶的旅客请注意，您乘坐的航班现在开始登机。Ladies and gentlemen, may I have your attention please……"机场的广播在重复着。

赵泛舟突然靠近她，紧紧地抱了她一下，很用力，那种要把她揉进身体里的用力，说："对不起，我走了。"她没反应，像个破碎的布娃娃，任他收紧手臂。他松开她，转身要走。周筱突然反应过来，迅速地从背后抱住他："不要走。"他叹了一口气，掰开她的手，没有回头："乖，懂事点，我得走了。"

赵泛舟很快速地离开，没有停顿，没有回头，只有在不远的地方观察他们的谢逸星才发现他离开的脚步很凌乱，背是僵直的，手紧紧握成拳，拐弯的时候脚步顿了一下。

周筱在他转身走的时候也跟着迅速转身，往机场外走，她不要再看到他离开的背影，不要！

还是在出租车上，她还是茫然地看着天空，又有飞机飞过呢，他是不是就在上面？她突然觉得好想笑。懂事点？他叫她懂事点？她由衷地认为自己是个十分懂事的女朋友，从没有让男朋友大冷天去很远的地方帮她买消夜，从没在男朋友很忙的时候硬要他陪，从没要求过男朋友给她送什么礼物，甚至连我和你妈妈同时掉到水里的时候你要救谁这样任性的问题都没问过，她懂事到甚至去试着理解他有一个莫名其妙的妹妹。他却叫她懂事点？她再懂事下去CCTV就该给她颁奖了。

"他其实是怕提前说了你会留他，他怕你一留他他就舍不得走了。而且他希望剩下的几天你们能快快乐乐地过。"谢逸星帮她把行李提到宿舍后要离开前这样对她说。

"今天麻烦你了，谢谢。"她现在有点累，不想多说什么。

谢逸星点点头离开了，他一离开，一直在装隐形人的小鹿就跳了出来："你啊，居然找了质量这么好的一堵墙，会不会太不厚道了一点？"

"小鹿，赵泛舟走了。"周筱说，话一出口，她才真的开始意识到，他离开了，忍了很久的眼泪找到了决堤的缺口。

"走？走去哪里？"小鹿被她吓了一跳。

她摇头，眼泪一直流，哭到直打嗝，讲不出话来。

周筱好不容易平复下来，原来大哭一场是这么累的一件事，心和肺都在痛，不是矫情做作的心痛，是真的痛，是那种哭过头，肺里的空气都被抽干的痛。她一点都不想动，只想躺在床上，让悲伤逆流成河（不好意思，借郭小明同学的来用一下）。但是，她不可以，她刚回到学校，东西没整理，床也没铺，想躺都没得躺。

"你休息一下吧，我帮你整理。"小鹿很好心地说。

"不用了，我还是自己来吧，让我忙一点比较不会乱想。"周筱说。

果然忙碌一点比较好。她先是把床擦好、铺好，然后把东西一件一件地从行李箱里拖出来，茶叶、特产——很多的特产，妈妈一直往里塞，说是要给小舟吃的——衣服——他送她的衣服，她准备要送他的衣服。她很想跟电视里演的那样：用手慢慢地摩挲着衣服的面料，然后眼泪一颗一颗掉下来，这样应该会很唯美，但是她的眼睛还很痛，而且很干，她哭不出来，所以她只能把其他的东西都拿出来，然后把那两件衣服留在行李箱里，锁起来。她把箱子塞到床底下，然后哑着嗓子问："有没有人要吃东西，快点来瓜分。吃不完的话就拿到隔壁宿舍去分一分。"

刹那间，刀光剑影，食物凭空消失了。呃，大学生是世界上最饥饿的生物。

赵泛舟从上飞机的那一刻就后悔了，他该好好跟她商量的，她会不会气疯了？她会不会又哭得肝肠寸断？她会不会……会不会从此把他排出她的人生？一想到这里，他的心就好像被什么东西扯住了，他这阵子到底在想什么啊？为什么不坦白呢？真的是脑子被门挤住了吗？

"泛舟啊，怎么了？刚刚你朋友突然来找你说什么？"坐在赵泛舟旁边的一名长相贤惠的中年妇女说，她就是传说中的大妈，赵泛舟爸爸的老婆。

"大妈，我想搭下一班飞机回去，我有事要解决，解决完了我去美国找你好不好？"赵泛舟说。

"刚刚是你女朋友吧？是她让你回去的？"大妈已经有点不满了。

"不关她的事，我是真的有事得回去。"他试图说服她。

"不可以！"她的声音突然提高了很多，脸上带着有点让人毛骨悚然的偏执，"你回去的话我也不去美国了。"

赵泛舟不再说话，只是安静地看着推着车子的空姐，上次某人还很激动地感叹了很久空姐的美丽，他怎么觉得，也还好啊？

"你不准回去！听到了吗？"大妈用力抓住他的手，指甲深深地陷入他的掌心。他安抚地轻拍她的手，轻声地说："我知道了，我不会回去的。"

下了飞机，他掏出手机来想打电话，他大妈突然手一挥，电话啪的一声被摔在地上，碎了一地。

"啊，对不起。"她根本就没有半点歉意。

他深吸了一口气，摇摇头，拉着行李跟她一起离开。

很气派的房子，建筑是欧洲风格的，有小花园、长长的回廊、内部楼梯、很多个房间。他一直都知道他爸挺有钱的，原来比他想象中的还要有钱。

管家是华人，领着他到一间房间前说："少爷，您先休息一下，待会儿医生就会过来，我再安排您和他见面。"少爷？这称呼要是给周筱知道，非笑趴下不可，他可以想象她边捂着肚子边大叫："哈哈哈哈，你以为你在拍《流星花园》啊，道明寺？"

他点点头，自己拉着行李进去，环视了房间一遍，嗯，还好，有电话、电脑，他迅速地打开计算机上网，用了半个多钟头在各个英文网站间转来转去才下载到QQ软件，早知道之前该帮她申请MSN的。

上到QQ他才发现，刚刚一心急，忘了下载中文输入法了，于是又兜回去下载中文输入法。找不到她的QQ，她把他拉入黑名单了？他登陆她的QQ，密码错误，密码也改了？

他只好起身拿起电话，试着拨拨看，打不通，果然被锁了长途。他放下电话，回去电脑前面，找谢逸星。

赵泛舟：在吗？

谢逸星：在。

赵泛舟：帮我联系一下周筱，我找不到她。

谢逸星：等等。

这次，等待的人换成了赵泛舟。

谢逸星：找不到。

赵泛舟：怎么会？

谢逸星：她手机没人接，宿舍电话也没人接，QQ了她半天也没反应。

赵泛舟：想办法帮我找到她。

谢逸星：我本来是不想说的，但我真的觉得你这次太过分了，有什么不能和她说清楚的，非得让人家这么难受，我送她回宿舍的时候觉得她都快打开车窗跳出去了。

赵泛舟：我自己也不知道自己在发什么神经。

谢逸星：你给她打过电话没有？

赵泛舟：我手机在机场摔碎了，家里的电话被锁了长途，等下我试试看可不可以溜出去打电话。

谢逸星：我觉得她现在应该不会接你电话的。不如你把事情都写下来，发邮件给她吧。

赵泛舟：也好。

谢逸星：有什么事需要我再跟我说，手机没了，应该没我的电话号码了吧？135××××××××。

赵泛舟：帮我照顾好她。

谢逸星：这个你放心，但是你真的要跟她说清楚，不然人家女孩子很辛苦。

赵泛舟：我会的。

赵泛舟靠在椅背上，揉揉脖子，头很痛，他突然觉得有点力不从心，充满了对未来的不确定感，他们这段感情，究竟会何去何从？

周筱收到了赵泛舟的邮件，在他离开后的第三天。她把邮件点进了回收站，犹豫了很久之后还是没下定决心清空回收站，于是又退了出来。

这几天她一直都没开机，宿舍里找她的电话也一律让室友回答不在，但是赵泛舟的室友谢逸星还是在教学楼找到了她。他说赵泛舟找她找得心急如焚，希望她再给他一次机会。他最后还跟她说了一句特文艺的话："问问你的心，没有必要因为不甘心而为难自己。"这人还真当足了苏格拉底。于是周筱跟他说："你回去转告赵泛舟，我现在没有办法冷静下来考虑我们之间的事，让他给我时间沉淀一下，当我确定了我内心的方向的时候，我会和他联系的，这阵子请他不要来打扰我。"这段话翻译成现代文就是："你回去跟他说，老娘烦死了，一听到他的名字就抓狂，恨不得抄刀砍死他，让他有多远滚多远，不要来招惹我，不然见神杀神、见佛杀佛。"可是看他那么苏格拉底，她好歹也得装一下亚里士多德。

周筱回去之后琢磨了很久都没琢磨明白，谢逸星到底是什么意思？是不要为难自己给他机会，还是不要为难自己不给他机会？这人是不是哲学系的啊？

当然，课还是要上，作业还是要做，饭还是要吃，觉还是要睡，世界不会因为她很难过就停止转动。只是在不知道他走后的第几天，在某个阳光明媚的早晨，鸟儿在窗外叽叽喳喳地叫着，风儿吹动树枝刮着窗玻璃发出吱吱的声音。周筱一觉醒来决定她要面对这一切了，于是她开了手机，把邮件从回收站里调出来，觉得至少要给自己一个交代，如果要分手，也得分得明明白白。

以下为信的内容，括号内为周筱的内心独白或反应。

发件人：赵泛舟

收件人：周筱

主题：对不起

对不起。（对不起有用要警察干吗啊，这人小时候没看过《流星花园》啊？）

我真的不知道从何说起。（那就不要说啊，你最会的不就是什么都不说吗？）这么说吧，我一直隐瞒了一些事情，因为我不知道要怎么跟你开口。（所以你就选择走？）

我给你讲个故事吧。（那么爱讲故事不会投稿去《故事会》？）

有一个女孩子，她母亲为了生她难产过世了，她父亲很爱她母亲，所以没有再娶。她家里很有钱，所以有一堆用人，但是父亲由于丧妻之痛，很少理会她。后来她因缘际会地和一个穷小子恋爱了，她很爱很爱他，因为他对她很好，而且还因为他有一个很好很好的妈妈，每一次去他家，他妈妈都会给她煮饺子吃。后来，她把他带回家，父亲没有说什么，她其实也知道，父亲根本不在乎她的事。后来父亲过世了，他们结婚了，她把他和他妈妈接来一起住，她在他们身上感受到了没有感受过的家庭温暖。但是温暖只维持了五年，她的丈夫开始常常出差，一去就是好几天甚至好几个星期。她其实早就猜到了，但是为了心目中的完整家庭，她选择睁一只眼闭一只眼。但是他的妈妈——她的婆婆舍不得，她说宁愿不要儿子也要媳妇。于是家里大闹了一场，然后婆婆领着她风风火火地闯到了那个女人和他的家，原本杀气腾腾的场面却因为一个小男孩而平静下来，商量出另一种解决方法。我讲到这里，你应该猜到故事的人物是谁了吧。（猜到了又怎样？明明就已经讲过大半个故事了啊。）

有了这么一个铺陈，你应该比较了解我大妈的心理了吧，她用她的老公、她的婚姻、她的爱情换了一个儿子和一个妈。她以为这样她就会满足，但是她还是快乐不起来，情绪慢慢地堆积，她的精神方面出现了问题，有时会突然很激动。她一直都在看医生吃药，病情虽然反反复复但也基本稳定。然而这一次我奶奶的过世让她彻底崩溃，所以我和我爸决定要送她出国治疗，但是她说什么都不肯留我在国内，要我陪她去国外治疗，顺便在国外念书。她用一切来换取当我妈妈的资格，我能做的就是尽一个做儿子的责任。

以上是我非出国不可的原因。

下面是我为什么没有提前跟你说的原因。

我不想让你知道抚养我长大的人是一个精神有问题的人——虽然我也不想这么说她——因为我不敢去猜你会给我什么反应。

我怕你会留我，怕你留我了，我舍不得走，怕你留我了，我还是得走；我也怕你不留我，那样我会胡思乱想更多的东西，我会觉得你不爱我，我会觉得你不想加入我的家庭，有时候我的不安像毒蔓，常常缠得我透不过气来。（看到这里，周筱眼眶红了，她自己也不知道到底是心疼他还是气他不信任她。）

我从云南回来之后就知道我必须去美国了，所以我当时才那么气你不抓紧时间和我在一起，后来我带着你到我小时候的房子时就准备告诉你，但是讲了一半我又讲不下去了，我们能待在一起的时间不多，我想看每一分每一秒都是快快乐乐、爱笑爱闹的你，我不想让离愁弥漫在我们最后相处的时光，你应该不知道我多爱看你拉着我胡扯时眼睛中闪烁着的调皮的光芒。

其实去你家时我是想告诉你的，但是你家好快乐，我不舍得这样的快乐因为我而变质。

我知道我在机场时的态度很恶劣，但是我很怕我大妈跟出来看到你，我怕她会让你难受。后来我才发现，真的让你难受的人是我。（原来你还知道啊？你这个浑蛋！）

我知道在我对你做了这么严重的事之后还提出这样的要求很过分，但是，我真的很需要你，可不可以，再让我过分这么一次？原谅我，等我回来好吗？（原谅你？怎么原谅？等你？等多久？怎么等？怎么等？等得到吗？）

周筱坐在电脑前面，两眼无神地移动着鼠标。

"周筱，周筱！没事吧？要上课了，你去吗？"室长一边穿外套一边问周筱。

"哦。"她有点迟缓地回过头应了一声，然后关了电脑，随便套了件衣服，抱起书就往外走，所有的动作都在两分钟内完成，看得室长一愣一愣的。

"喂，你等等我啊！"还在穿外套的室长扯着外套跟在后面叫，"而且，你刚刚抱错书了，我们是要上《现代汉语》，你抱《古代文学》干吗？你神游到哪儿去了？"

第十一章

　　周筱坐在教室里靠窗的位置，总有一种置身于电影中的感觉，窗外都是树，深深浅浅的绿，一推开窗就会撞到树枝，阳光穿过树叶和树叶的缝隙流进来，洒了一课桌的斑驳。遥远的地方传来附中的孩子们做广播体操的音乐，老师在上面操着浓浓的四川口音讲课，周筱把放在桌面上的书翻来翻去，恍惚得好像突然掉进了另一个时空。

　　说起这个老师，有一件好笑的事，那时周筱还是刚上大学的孩子，兴奋得很，喜欢跟每个老师瞎扯淡，当时这老师是个刚念完博士的小青年，教他们外国文学，一脸雄心壮志的模样。双方都还是热血沸腾，于是下了课也不离开，就在教室里聊开了，周筱很兴奋地问老师："老师，你是哪里人啊？""四川。"周筱一听，乐了，当时她正在迷郭敬明，就问："郭敬明也是四川的，你该不会认识郭敬明吧？"老师犹豫了两秒之后问："郭敬明是谁？郭敬明是曹禺吗？"周筱也愣了，郭敬明怎么会是曹禺，难道曹禺是笔名，然后他的本名也叫郭敬明？两个人对视一分钟，都一头雾水。旁边有个好心的同学，也是四川的，小声地跟周筱说："老师是说，郭敬明是超女吗？"刹那间，周筱觉得头顶有一群乌鸦飞过，脑门出现三根黑色的竖线和一滴很大的汗。

周筱戳一戳课桌上的光斑，默念：穿越吧，穿越吧，现在不是流行穿越吗？让她穿吧，爱穿到哪儿就穿到哪儿，要是穿到唐朝就穿个武则天玩玩，没事还可以玩玩男宠。咦？那就是传说中的女尊和NP，哇！说起女尊，谁能比得上武则天啊？穿到汉朝她要当"断袖之癖"的始祖——汉哀帝刘欣的男宠董贤，还可以来一下耽美的攻攻受受；不然穿到宋朝当白素贞也不错，人妖殊途，成妖精文的主角也挺有挑战性的，那她要用法力把许仙整死，因为她看这厮不惯很久了；要是好死不死穿到明清去了，那她要穿成陈圆圆，没事祸国殃民一下多么健康，再说了，有人愿意为了她冲冠一怒，换谁谁不乐意啊，而且指不定还成了历史文的主角，这样她就把言情的桥段全部玩了一遍，也太爽了吧？唉，不管啦，反正只要穿到没有赵泛舟的时代就可以了，她现在是狠不下心来跟他分手，又定不下心来无怨无悔地等待。

幸好在她把指甲戳断之前下课了，她混混沌沌地跟着室长走出教室，走着走着室长突然用手肘架了她一拐子，她控诉地看着室长，眼神诉说着一切：我都快失恋了，你还打我，是不是人啊？室长挤眉弄眼地暗示她前面有脏东西，她抬头一看，哟，这不是江湖上赫赫有名的贾依淳，人称酒精小姐嘛。

周筱其实是不想停下脚步的，但眼神已经对上了，她不得不停下脚步打个招呼："嗨，上课啊？""不是，我是来找你的，我们出去聊一下吧。"贾依淳说。

又聊？能不能不要来烦她了啊？

学校图书馆旁边的咖啡小站，贾依淳一脸苦大仇深地看着周筱，周筱无所谓地搅着咖啡。

"泛舟说他要回来你知道吗？"贾依淳问。

"不知道。"她的手顿了一下，又接着搅咖啡。

"他妈妈昨天晚上割腕了。"

周筱猛抬起头，差点把脖子扭了："没……没事吧？"

"送到医院抢救已经没事了。"

周筱松了一口气，不知道接下来该说什么，只得又埋头安静地搅拌咖啡。

"我喜欢泛舟，你知道的吧？"贾依淳突然说。

"知道。"周筱放下咖啡勺，要玩打开天窗说亮话是吧，她奉陪到底，"然后呢？"

贾依淳端起咖啡抿了一口，放下才说："我一直都是很有自信的人，觉得我和他在一起是早晚的事，我从来就没有预料过你的出现。"她停了一下，想等周筱讲什么，但周筱只是看着她不说话。她又往下说："我不知道他有多喜欢你，你有多喜欢他……"哆啦A梦的片头曲打断了她的话，周筱的手机响了。

她看了一下，奇奇怪怪的来电显示，接吧，最近都没开机，也不知道会不会有人一直找不到她："喂。""喂，是我。"这么多天以后，再听到赵泛舟的声音，恍如隔世。

"我明天早上的飞机回去。"

"你能走吗？我听说昨天晚上的事了。"周筱看了一眼贾依淳，贾依淳眼巴巴地看着她。"她现在在医院，我走开一下没关系，我回去见你。"

"不用了。我很好，你不用回来。"周筱语速很快。

"但是我不好，我想见你。"透过电话传出来的声音带着浓浓的哀伤。

还有脸来这套？欺负她吃软不吃硬是吧？

"我现在有事，你一个小时后再打过来。"周筱讲完就挂了电话，这次总算是真的挂他电话了。

周筱放下电话，看着贾依淳说："不好意思，你继续。"

贾依淳真的就接着往下说，真是的，没看出她是在说客气话吗。

"你会陪着他度过这段日子吗？"贾依淳问。

"什么意思？"周筱其实比较想说关你屁事。

"他现在很需要有人支持他、陪伴他，我只是想知道你愿不愿意陪着他。"她一副救苦救难的菩萨样。

"不关你的事吧？"周筱有点火了。

"如果你选择陪伴他，我会退出；如果你选择离开他，我会毫不犹豫地到他身边去。事实上，我已经开始申请美国的学校了。"

周筱狐疑地上下打量了她一会儿，见鬼了，这女人是不是有什么毛病啊，要不要跟着赵泛舟的大妈一起去看医生啊？

"请你跟我说清楚。"贾依淳见她不说话就又说。

"如果我不说呢？"难道不说会被咬？

"那我已经知会过你了，我会把泛舟从你身边抢过来。"贾依淳有点激动。

"请便。我有事先走了，对了，我上课的时候没带钱，麻烦你把账付了，谢谢。"周筱说完拉开椅子走人，后面传来贾依淳不甘心的声音："你会后悔的，我真的会把他抢过来的。"

周筱连翻了十八个白眼，都说了请便，是听不懂普通话啊，用不用翻译成潮汕话给你听？今年神经病特别多！

出了咖啡小站，周筱抱着腿坐在图书馆前的草地上，草地上稀稀落落地坐着躺着十几个人，她右手边就有一对情侣，男的躺在女的大腿上，女的在轻轻翻他的头发。周筱脑子里闪过母猩猩帮小猩猩抓虱子的画面。

唉，她也想做这种抓虱子的情侣啊。她也只是一个简单的女生，想谈个简单的恋爱，没事为芝麻绿豆的小事拌嘴吵架，运气好的话就一起到老。她为什么要经历这种奇怪的故事呢？有个老会失踪的男朋友，男朋友有两个妈，一个妈的神经还有问题，还有个虎视眈眈的情敌，这都是些什么故事啊，都快赶上韩剧了。

事到如今分手应该是跑不了，她不可能去他身边，他也不可能回来她身边，长距离恋爱他对她不够信任，她也怕了他的反反复复。反正他生命中很重要的那个"酒精妹妹"要去支持他陪伴他了，这样也好，就让他生命中很重要的人升级成最重要的好了。这点成人之美她估计还是能咬着牙做到的，但没事诅咒一下他们不幸福也是必要的，他们让她这么难受，凭什么让他们幸福？凭什么得到她的祝福？她希望他们最好互相折磨，没事在家里互扇巴掌当作运动。

有时候做了一个决定之后，人反而会轻松很多，周筱就在草地上画圈圈诅咒着让她难过的人，可惜她不会画小人，不然画个小人来打也不错。

　　果然一个小时之后赵泛舟打了电话过来，周筱其实也考虑得差不多了，大家好聚好散吧。她站起来接电话，按下接听键的手指微微颤抖，即使心里想得再豁达，她还是难过啊。

　　"喂。"

　　"是我。"突然听到他的声音，她还是会有想哭的冲动。

　　"嗯。"她拼命忍住眼泪，努力发出不带哭腔的正常音节。

　　"……"于是两个疯子打国际长途玩沉默。

　　"我想了一个办法，我……帮你申请学校，你来美国念书好吗？"最终还是他先开的口。

　　"难道我出国念中文？"白痴！

　　"你不是一直都想念广告吗？我已经咨询好了一家不错的学校。"

　　"不了，我没钱。"出国又不是出家，把头发剃了念经就好。

　　"我有。"

　　"你有又不是我有。"

　　"我可以先借你。"

　　"那你有没有想过我的父母，你要照顾你的妈妈出国，我就得陪着你出国？那我家里人呢？"讲到这里她就火大，这人临走前还跑她家去招惹了一下她的家人，要她怎么跟她父母解释他突然不见了的事啊？气死她了。

　　"对不起，但你家人那边我可以去帮你说。"

　　"不用了，我不去。"

　　"那我回国。"

　　"如果你回来是为了我，那就不必了。你走的时候连在机场为我多留几分钟都不肯，也没有必要为我回来。"

　　"你不要这个样子好不好？"

　　她第一次听到他这么低声下气地说话，鼻子一酸，就哭了："我们分手好不好？"

"不好，我不要分手。"他的声音也有点哽咽，带着像孩子的一样无助，"我会想办法的，我们不要分手好不好？"

周筱蹲了下去，捂着嘴巴，哭得说话都断断续续的："你……不要这样。"

大洋彼岸。

赵泛舟靠在电话亭的玻璃壁上，顺着玻璃壁缓缓滑下，也蹲在地上，眼眶越来越红。为什么会这样？难道一步错步步错？

"我受不了，我不知道什么时候能等得到你，就算等到了，我也不知道你什么时候又会走……我不要过这样的日子，我们分手吧。"她带着哭腔的声音让他好心疼，他最终还是让她难过了啊。

"我会回去的，等她病情好一点我就回去，我们再也不分开了，你等我好不好？"他从没想过自己会这样苦苦哀求她，有时候在爱情面前，自尊也只能妥协。

"我不等了。我怕的不是漫长的等待，我怕的是你的不信任，是你的一声不吭转头离去，我一直在想，我到底做错了什么，值得被你这样对待？我累了啊……"

"对不起……对不起，等我，你等我好吗？"赵泛舟只能反复说这么几句话。

周筱哭到周围的人已经开始注意她了，连那个躺大腿的男生都坐了起来，边假装和女朋友说话边偷瞄她。周筱泪眼婆娑地瞪了他一眼，看什么看？没看过人家失恋啊？你们早晚也会分手！

赵泛舟只会在电话那边反复地说着要她等他的话，她既生气又难过，反而停止了哭泣，但是话讲得难听了起来："赵泛舟，你早不会叫我等你？你要是在出国前叫我等你，我等到天荒地老海枯石烂我都等，我要不等的话我就是狼心狗肺水性杨花……可你非得让我那么难过了才跟我坦白，才叫我等你？在你心目中我到底是有多蠢？蠢到你觉得我会一直一直都等你回来？告诉你，没有你这么玩人的，姐姐我不玩了。"她讲完之后，心里特舒坦，本来指望着好聚好散，现在看来不大可能了。

电话那头安静了好几分钟，唉，国际长途啊，每一分钟都是在烧钱啊。

"你怎么样才能原谅我？告诉我好不好？"他的口气听起来像垂死前的挣扎。

"你不能这么周而复始地折腾我然后要我原谅，我没有办法。"周筱叹了口气，接着说，"我知道你有你的难处，我不恨你，如果可以，我们还是朋友吧？"

"……对不起，如果这样你真的会比较开心的话，就分吧。朋友的话，可以保持联系吧？"他那边好像也冷静了下来。

"嗯。那……拜拜？"真的走到这一步，为什么她又充满了不确定？

"你要好好照顾自己……拜。"他真的挂电话了，他们真的分手了，end of the story？电话那头传来嘟嘟的声音，周筱忍不住又想哭了。

她环视一下四周，几乎每个人都在做自己的事，但耳朵都拉得和喇叭一样在等她崩溃，她也真的就崩溃地哭了，两手环抱着自己的腿，头埋在两个膝盖中间，一直哭一直哭，谁爱看就看去，难道失恋了还不让她哭啊？

大洋彼岸。

赵泛舟走出电话亭，步伐坚定地朝回医院的路走去，现在的他还不够成熟不够有担当，但是他会努力的，在他成为有资格守护她的人之前，如果退回好朋友的位置才是唯一能够在她的生活中保留一席之地的方法，那他也只能接受。但是，他和她，永远都不会只是朋友。

分手第一天，没什么感觉。

周筱记得她看过那个阿姨的电视剧叫什么深深什么蒙蒙的，里面让她掉了一地鸡皮疙瘩的台词是："××走后的第一天，想他，××走后第二天，想他想他，××走后第三天，想他想他想他……"当时她没顶住，就转台了，但可以估计后面应该是××走后的第 N 天，想他乘以 N 次方之类的。那阿姨是言情界的泰斗，那她表达的应该是普罗大众的心声才对啊，为什么跟她的心情一点也不符合呢？她什么感觉都没有，课照上，饭照吃，觉照睡。只是前几天哭多了，眼睛很痛，随随便便就想流眼泪。哦，还有，就是她变得很想吃东西，一闲下来就不停地吃零食，唉，再这么吃下去，估计一个星期她就把这个月的生活费吃没了，也不知道失恋狂吃可不可以跟爸爸报销，但她一点都没有想他啊。

分手第二天，别再找她去 KTV 了。

周筱正式宣布和赵泛舟分手的第二天，室友们很好心地请她去唱 K，她奇迹般地发现，好像每首歌都有一两句歌词是为她量身打造似的，刚刚室长唱江美琪的《东京铁塔的祝福》："只是爱已结束，你走到了远处……goodbye 在我身边的大树，我想你忘了说过只给我保护，我能享受独处，却不能承认孤独，静静留在昨天，一个人，走两个人的路……"

陶玲玲唱辛晓琪的《领悟》："当我看我深爱过的男人，竟然像孩子一样无助……啊，一段感情就此结束……"

小鹿唱蔡依林的《一个人》："从皮包里抽出我们的照片……今天，阴天，今天又是星期天，唯一的打算是醒得晚一些，反正我不知道怎样打发时间，出门或不出门没差别……"

平时被称为麦霸的周筱默默地听她们唱歌，想一想，她钱包里没有两个人的合照，可以省去抽掉照片这一环节，再想一想，她手机里好像有偷拍他的照片，于是低头找手机翻出那张照片——他低头看书，身上穿着一件米色的毛衣，有点背光，显得宁静而美好。唉，还是不删了，用手机都能拍得这么好看，留下来纪念她伟大的摄影技术好了。

室长最后的一首梁咏琪的《原来爱情这么伤》让周筱严重怀疑她们是故意想把她郁闷死的："找朋友交谈，其实全帮不上忙，以为会习惯，有你在才是习惯，你曾住在我心上，现在空了一个地方，原来爱情这么伤，比想象中还难……"

最后她们哼着小曲儿走在回宿舍的路上时，小鹿才突然想起来她们原本的目的是安慰受伤的人儿，于是问周筱："怎么样？心情有没有好一点？"周筱瞥了她们一眼："有。"唉，这个故事教育我们，失恋千万不要去唱 K。

分手第三天，理智和情感的交战。

早上起床开机的时候，周筱收到赵泛舟昨晚半夜发的短信，很简单，只是告知她他换了手机号码，有空常联系之类的寒暄，口气客气而疏离。

真的只是朋友了吗？她心酸到每个毛孔都在叫嚣着挽回、挽回。她存好他的新号码，挣扎了很久才没按下拨打键。

一整天她都心神不宁，不时地把手伸到口袋里摸手机。"这是失恋必经的阶段，会好的。一定会好的。"她每摸一次手机就这样对自己说。就这样欺骗自己吧，天知道，她第一次失恋，哪里知道什么阶段！

分手一个星期，习惯是一种病，潜移默化，渗入骨髓。

周筱中午的时候在食堂鬼使神差地点了胡萝卜炒肉片，挑了半天的胡萝卜之后才猛然意识到没人帮她吃胡萝卜了；晚上在自习室自习的时候习惯性地拿了一本书放在旁边的座位上，直到她自习完要回去之前才发现，她旁边的座位空了一个晚上，她其实已经不用再帮谁占位子了。她才意识到，她太习惯赵泛舟的存在了，下了宿舍楼总是会下意识地抬头看他以前常等她的那个位置；晚上睡不着总是想打电话骚扰一下他；走过他以前上课的教室总是不知不觉地慢下脚步；出门习惯不查路线，因为都是跟着他；发短信习惯加上语气词，因为她喜欢用短信调戏他……

分手两个星期，不再伪装。

如果随着时间的推移，她学会了什么东西，那就是坦然面对。她不再逼自己戴上坚强的面具来显示自己的不在乎。失恋了就是失恋了，假装坚强并不会让她变得比较快乐。所以，她承认，她很想他，想念他无语问苍天的无奈表情；想念他牙痒痒想揍她时的死样子；想念他挑起眉毛要笑不笑地睨着她；想念他轻轻帮她把头发塞到耳后；想念他短之又短的短信；想念他手环住她的腰，用他的体温密密地把她包住……很想很想，想到有时候恨不得一棍子把自己抽晕。

分手一个月，Let it go，let it flow。

时间是个好东西，好到再深的伤口都会愈合。

周筱还是很想赵泛舟，但是不再那么难过。

她已经常常顶着"老娘失恋，老娘最大"的面孔出去骗吃骗喝了，她最近有个口头禅，特好用："可是，我都失恋了。"比如说，"小鹿，陪我去逛街吧。""没空，我要陪男朋友。""可是，我都失恋了。""知道了，去哪儿逛？"再比如说，"亚斯，请我吃饭吧。""我没钱。""可是，我都失恋了。""算你狠！要吃什么？"这招苦肉计屡试不爽，她都快爽死了，这算是失恋的附加好处吧，她都快赶上当年清政府签的不平等条约下互惠国的待遇了，难怪人家说上帝关了一扇门，必然会给你打开一扇窗。

周筱和蔡亚斯吃了大餐回来，蔡亚斯小心翼翼地问："你还好吧？"她喝了几杯啤酒，有点微醺，大咧咧地说："当然好了，好得不得了。"说完之后才想起她刚刚用失恋的名义敲了他好大一顿，马上改口说："除了有点想他之外。"然后挤出一个小媳妇脸，苦哈哈地看着远方。蔡亚斯一脸哀伤地点了点头："我也不知道要说什么，你不要想太多。"他跟着她一起苦哈哈地望着远方。搞得路过的人好几个都停下脚步，顺着他们的视线，试图寻找什么新鲜热辣让这两人看得如此如痴如醉的东西。

"我还是先回去了，免得失态。"周筱跟蔡亚斯说，她其实是怕自己会露馅笑出来。蔡亚斯嗯了一声说："有事就找我，不要想太多啊。"说实话，这人安慰人的词汇真的很少，除了"不要想太多"就找不到别的了。但是她还是很感动，对刚刚欺骗他的行为感到有点内疚，于是她说："放心吧，我没事，下次再请我吃饭。"她都失恋了，内疚当然内疚一下就好。

在楼梯的转角时，她回过头来看一下蔡亚斯，她以前都要在转角的地方看一眼送她到楼下的赵泛舟。酒喝得有点多，她用力眨巴一下眼睛，有那么一秒钟，她以为站在楼下的真的就是赵泛舟。她甩甩昏昏沉沉的脑袋，头也不回地上了楼。

贾依淳真的迅速地办理好出国的手续，跑来跟周筱做临走前的告别。周筱真的搞不清楚那女人的脑筋到底出了什么问题，难道还指望她会祝她一路顺风？祝他们幸福快乐？

校道上人来人往的，周筱被贾依淳拦了下来，贾依淳说："我下个星期出国。"周筱点点头，侧过身子要走，贾依淳又跟着说："我会好好陪着他的。"周筱真的很无力，怎么会有这么极品的人呢？到底是要宣誓几次她才会爽啊？能不能一次搞定啊？

"知道了知道了。"周筱挥挥手表示要走。

"你知道你这人最大的问题是什么吗？"贾依淳又说。

"没关系，我不想知道。"周筱露出一脸无所谓的表情，什么时候轮到一瓶假酒来做她的心灵导师了？真有问题也得喝真酒，方能一醉解千愁，假酒喝了只能进医院。

"就是这种态度，一脸什么都不在乎的样子，这样的你凭什么得到泛舟的在乎？"贾依淳的口气稍显激动。

周筱很不爽，姐姐不是没脾气，只是不想跟你计较，少给脸不要脸："你这人是不是有什么毛病啊，我什么态度还轮不到你来管！就你态度好，你态度好也不见他想跟你在一起啊……"妈妈说，打蛇打七寸，骂人就要骂弱点，瞧她那激动劲儿，谁看不出来她一直在care赵泛舟不曾选择过她啊？

贾依淳的脸一阵青一阵白的，特有趣，她表演了好几分钟的脸部变色龙模仿秀之后用力地哼了一声然后摇着小蛮腰走开了。

于是周筱一整天心情都很好，走到哪儿都哼着自编的歌："啦啦啦啦啦啦，飞机破了一个洞，啦啦啦啦啦，天上掉下一个贾依淳，啦啦啦啦啦，贾依淳和鲁滨逊一起漂流，流啊流，流啊流……"

赵泛舟没想到贾依淳会突然出现在他面前，她在机场给他打电话叫他去接她。他匆匆赶到机场的时候，她笑盈盈地站在他面前，身后是来来往往的人流。她的眼睛中闪烁着异样的光芒，深深地注视着他。而这种注视让他不安，他开始意识到周筱吃她的醋不是无理取闹了，原来兄妹之情只是他的一厢情愿。

他很快在脑海中过了一遍所有的事。

他要上课，要照顾大妈，要在陌生的环境生存，要和周筱保持友达以上恋人未满的关系，他真的很忙。他不想伤害贾依淳，但是他真的不需要多一个人给他添乱了，以前没意识到她的感情是他的疏忽，但是既然发现了，快刀斩乱麻是对彼此最好的解决方法。

第二天早上，赵泛舟就开始着手帮贾依淳安排住的地方，她嘟着个嘴跟他一起去看房子："你住的地方那么大，分一个房间给我就好了，何必花这个冤枉钱？"他只是淡淡地说："我家里就住了我一个人和管家，不方便。"贾依淳义正词严地说："哪里不方便了？这样好互相照应啊。"赵泛舟走来走去，按房子里每盏灯的开关，检查电路的安全，貌似漫不经心地说："你出国不就是为了学会独立吗？"贾依淳愣了几秒之后才鼓起勇气说："不是。难道你还猜不出来我是为了什么吗？"他停下按开关的手："猜出来了，但希望我猜错了。"他顿了两秒钟接着说，"我觉得这房子不错，光线挺好的，布局也合理。水电什么之类的都很安全，而且这一带十分安全，你觉得呢？"贾依淳含糊地应了一声就不敢再说什么，她认识他太久了，久到完全可以从他淡淡的口吻中听出他的坚决。她可以在周筱面前很勇敢地挑衅，但是却一点都不敢在他面前造次。

他用了一天的时间帮贾依淳搬进新居，累得要死，但是躺在床上的时候突然想到：同一个学校，周筱应该多少收到贾依淳出国的风声了吧？她会不会误会什么？他一个鲤鱼打挺从床上跃起来，盘腿坐在床上给周筱发短信：贾依淳来了美国，之前关于她的事我说你是无理取闹，我还逼你接受她的存在。对不起，我不是个好男朋友。

算算时差，现在她应该还在教室里上课。他默默地等待她回短信，她回短信总是很快，他每次看她的手指在键盘上飞快地跳跃着，一分钟她就可以打完一堆字。

有二十分钟那么久，她的短信总算回来了，以前她回他短信从不超过五分钟……他们之间的距离，早不止一个太平洋，还多了她十五分钟的斟酌词句。她说：你才发现啊？真迟钝。没关系，都过去了。

都过去了，她说"没关系，都过去了"。她斟酌了十五分钟终究还是说了"没关系，都过去了"，他等了十五分钟终究还是收到了"没关系，都过去了"。

他把双手交叉在脑后枕着，失神地看着天花板，实在找不到合适的语句去问……问她那边几点？问她最近好吗？问她真的没关系吗？问她真的都过去了吗？问她——有没有那么一点点想他？

还是现代汉语的那个老师的课，突然教室里响起哆啦A梦的音乐。周筱脸抽搐了一下，见鬼了，刚刚忘了调成震动，她手忙脚乱地把手伸进袋子里去按掉手机，不好意思地对着瞪着她的老师傻笑，呵呵，老师，不能怪我啊，咱们八字不合。

发件人赵泛舟

贾依淳来了美国，之前关于她的事我说你是无理取闹，我还逼你接受她的存在。对不起，我不是个好男朋友。

手机屏幕空在写短信那里好久，她不知道怎么回。

周筱持续了好一阵子的好心情被赵泛舟破坏了，原来贾依淳到了美国啊，原来她表白了啊，原来他终于意识到自己的没心没肺了啊，原来她现在给他发个短信要犹豫那么久了啊。

"你才发现啊？真迟钝。没关系，都过去了。"她打完这段话用不了十秒钟的时间，但是却反复地删去最后一句话又写上，删去又写上。

已经发出去了，叫不回来了。中国移动，帮个忙好吧？她后悔了，她发出去自己也很难过呢。

第十二章

那个逝者如斯夫，不舍昼夜，那个流水落花春去也，那个白驹过隙，那个白云苍狗，那个物换星移，那个光阴似箭岁月如梭……总之，周筱他们快毕业了。

找工作时才发现，所谓专业相关是学校编织给学生的童话。

同学们开始各奔东西，小鹿当了空姐，当时她要去面试的时候周筱随口开了个玩笑说："有色相出卖真好。"不知道为什么小鹿突然抓狂臭骂了周筱一顿。后来周筱跟她道了歉，她也接受了，但心里有了疙瘩最终还是免不了渐行渐远。刚开始周筱有点难受，毕竟是四年的友情，后来也就算了，有的朋友会陪你走一辈子，有的朋友只能陪你走一段，无所谓谁是谁非，只是大家缘分尽了，难免分道扬镳。室长结婚了，老公是一名忠厚老实的医生，她过上了她一直期待的贤妻良母的生活，偶尔会和周筱一起吃饭。陶玲还没毕业就被阿伟甩了，赌气离开祖国的怀抱，跑去法国祸害浪漫的法国男人了。

而周筱乖乖找了份稳定的工作，当一个快乐的小白领。

周筱每天早上等闹钟响到第三遍才挣扎着起床，匆匆忙忙在楼下包子店买一个包子边吃边往地铁站赶。到了公司处理一些无关紧要的文件，部门经理不在的时候和同事扯扯八卦，快下班前半个小时频频偷瞄手表，下班时间一到就赶紧收拾东西；下了班到附近的菜市场买一些简单东西回家煮；吃完饭泡杯茶窝在电脑前看综艺节目或偶像剧。有时候见证电视里的人们缠绵悱恻爱得死去活来，她也会突然觉得寂寞得要死。但总体而言，她还是积极乐观向上的孩子，睡一觉起来就可以忘记昨晚的哀伤，快快乐乐地去上班。毕业一年，她把宅女的精神发扬得淋漓尽致。

有一天周筱跟往常一样窝在电脑前看偶像剧，剧情正精彩，男主角被车撞了，女主角为了推开他也被车撞了，正在两人撞得轰轰烈烈你死我活的时候，QQ一直在旁边闪啊闪，烦得要死。周筱无奈地按下暂停，去看那个闪个不停的头像，是袁阮阮，就是当年被陶玲泼了一头饮料的孩子。

人和人的缘分是很奇妙的东西，周筱从来就没有想过会和袁阮阮成为好朋友。友情的起源大概就是在赵泛舟离开后的某天，周筱在学校食堂默默吃饭，吃着吃着好像听到某个地方传出赵泛舟这三个字，她忍不住拉长了耳朵听，发现是前面那排桌子的女孩子在讨论。她隐隐约约听到几句。"赵泛舟是谁啊？""就是学生会那个很帅的会长啊。""哦，是他啊，真的很帅啊，可惜有女朋友了。""唉，他出国了。""那他女朋友怎么办？""分了呗。听说啊，那个宣传部的部长是他的青梅竹马，喜欢他很久了，一听他出国就马上跟着出国了，这么深情，而且又漂亮，当然就顺势换女朋友了了。""真的啊？那他原来的女朋友不是很可怜？"周筱听到这里，低下头仔细打量了一下自己，好像还好，不是特别可怜。"唉，谁叫她要选择跟这种风云人物在一起，只能自认倒霉了呗。""那倒也是，本来跟风云人物在一起的女生绝对是因为有一定的虚荣心，那总是要付出一点代价的。"哇！虚荣心都出来了，这些孩子也太不厚道了吧？周筱又低头打量一下自己，还好吧，她的牛仔裤都穿了两年了，而且全身上下的行头加起来都不超过三百块，应该不是特别虚荣吧？"你们不要这样说，那个学姐我认识，她人很好的。"突然有另外一个声音响起，周筱这才注意到还有另一个人跟她们一起吃饭。这孩子好像有点脸熟啊，在哪里见过呢？周筱脑袋里开始有一只手拿着个放大镜迅速地搜索着，停！对，是她，那个被陶玲欺负的小师妹，袁阮阮！

"那个学姐人超好的，一定不是你们说的虚荣的女生，而且他们的感情很好，才不会分手呢。"袁阮阮义愤填膺地说，一脸谁再敢乱讲我就扁谁的样子。另外两个人嗯了一声之后就不作声了。周筱不由得感叹，这孩子的家庭教育好啊，知道滴水之恩当涌泉相报。正当周筱在心里赞美袁阮阮的家庭教育的时候，发现她们突然端着盘子站了起来。啊！吃完了？周筱来不及把自己隐藏起来，于是活生生地和袁阮阮的眼神对上了。

呃……尴尬……乌鸦呱呱飞过……食堂好像瞬间空了，只剩下两人的眼神交错着。要死啊！怎么搞得跟一见钟情似的。于是两人的友情就这么尴尬地开始了。袁阮阮是挺单纯的小孩，有股倔劲儿，而且常常干让人哭笑不得的事。

周筱点开了对话框。
袁阮阮：学姐学姐。
袁阮阮：学姐，在吗在吗，有急事找你。
周筱手抖了一下，这孩子是个麻烦精，什么奇奇怪怪的事都有，周筱曾经因为太好心而陪她去参加过好几个电视台歌唱节目的选秀，害她坐在观众席上听了好几个晚上光怪陆离的声音，那几个晚上她只要一闭上眼睛就有要么高亢、要么低沉、要么奇怪的歌声在耳边萦绕，搞得跟灵异事件似的。还有一次，周筱他们离校的前一天晚上，袁阮阮突然出现在他们的饯别宴上，哭得比谁都厉害，也不晓得是谁要毕业，接着她喝了点酒，看谁都扑上去要亲嘴，尤其是扑上陶玲的那一刻，全班同学的视线都为之凝固了。还好周筱眼疾手快地扯住她，不然非得上演一场"一个亲吻引发的血案"。虽然血案没造成，但是好好的饯别宴被她一搅，啥气氛都没了，只得草草收场。

周筱：你叫魂啊，干吗？
袁阮阮：学姐。
周筱：干吗啊，快说，我看电视剧呢。每次你找我都没好事。

袁阮阮：不要这么说嘛……

周筱：你少废话，快说。

袁阮阮：我搬去跟你一起住好不好？

周筱：不好，你宿舍住得好好的干吗要搬来跟我一起住？

袁阮阮：我和宿舍里的人合不来。

周筱：合不来你都合了三年了，还在乎多那么一年？

袁阮阮：我这次一定得搬出去住，反正你隔壁还有一个房间没租出去，你帮我去跟房东讲嘛，我会付房租的。

周筱租的房子是一个套房，有两间房，一间租给了周筱，一间空着，房东倒也不急着租出去，他不缺那个钱，租给周筱主要是有个人住着，房子有点人气，周筱也就乐得花一个房间的钱享受一个套房的待遇。

周筱：为什么这次一定得搬出去？

袁阮阮：我不想说嘛。

周筱：那就不要说好了，你自己去找房子。

袁阮阮：学姐，不要这样啦。

周筱：你要上课不好好住学校，跑出来干吗啊？

袁阮阮：你那里离学校又不是特别远，有课我就坐公交车回来上课就行了。

周筱：说吧，你为什么非得搬出宿舍，是不是又惹什么祸了？

袁阮阮：干吗讲得我好像老闯祸似的。

袁阮阮：唉，我男人跟我室友好上了。

周筱：……

周筱：你总是可以遇到极品男人。

周筱：我明天帮你联系房东。还有，搬出来前把你室友和那个烂男人用布袋盖起来打一顿。

袁阮阮：天会收他们的。

袁阮阮：学姐。

袁阮阮：我就知道你最好了，我爱死你了。

周筱：得了，你没事吧？

袁阮阮：没事，我是打不死的蟑螂，旧的不去新的不来。

周筱：那好，我搞定了再跟你联系，到时候我找几个人去帮你搬家。

袁阮阮：嗯。

周筱：我去看电视剧了。

袁阮阮：好。我好爱你啊学姐。

周筱：切。

周筱接着看电视剧，根据她多年看电视剧的经验，除非是韩剧那种"蓝色生死恋"基调的电视剧，否则不管男女主角是跳车、跳海、跳崖、跳楼、撞车、癌症、火烧、刀砍、枪射……反正都死不了的，每部偶像剧都是一个不死的传奇。一般情况下，最狠的就是来个植物人然后多年后苏醒，发现恋人一直在旁守护着，于是快快乐乐结婚去；轻点的就是其中一个脑袋被撞到了导致失忆，只记得以前的恋人，现在的恋人伤心离去，然后他突然脑袋又撞到了就恢复记忆，往事历历浮上心头，于是王子和公主从此过上幸福快乐的日子；而心软的剧作者就让两人在医院里躺个几集，谈谈情说说爱，火辣一点就在病床上滚一滚，反正现在偶像剧的尺度是越来越大了。

事实证明，姜还是老的辣，周筱猜中了，男女主角患难见真情，两个人讲着讲着就四目相对，电流在空气中吱吱地响，然后天雷勾动地火，滚上床去了。

她无奈地关掉电脑，唉！又被她猜中结局了，真没意思，难怪人家说先知都是寂寞的。她是先知，由此可证——她寂寞得要死。再过两天就会多一个人了，到时候她就该嫌烦了，还是多享受一下寂寞吧。

赵泛舟下了课之后去疗养院看了一下大妈，她现在好了很多，情绪也不再那么激动了，没事还会教疗养院的护士小姐下象棋，看大妈操着一口不流利的英语跟护士小姐解释车马炮之类的就好笑。大妈骄傲地指着棋盘上的车马炮说："This is car. This is telephone. This is house."护士小姐一脸惊讶地看着赵泛舟，中国人的象棋不是发明了好几个世纪吗？怎么会有"car"和"telephone"？而且下棋为什么会有"house"？车、电话、房子？怎么会有这么居家的一种棋？

他瞄了一下大妈手里攥着的棋子——车、象、马，只得承担起传道授业解惑的责任："elephant, war chariot and horse."护士小姐还是眨巴着蓝色的大眼睛问他："why elephant?"她的眼睛有一种深不见底的蓝，纯净得像孩子的眼睛。可惜他看惯了某人乌溜溜的大眼睛，其他莺莺燕燕都入不了他眼。唉，这还真考倒了他，why elephant?他思索了一会儿之后说："I' m not quite sure, maybe because we call the deputy 'xiang' . And there are many Chinese characters pronounced 'xiang' . One of them means elephant."那小洋妞听得一愣一愣的，赵泛舟叹了口气，唉，听不懂就算了，何必为难你也为难我？他大妈倒好了，乐呵呵地在旁边笑着，一脸暧昧的奸诈。

护士小姐一走开，大妈就拉着他的手问："你觉得刚刚那个护士小姐怎么样？"其实也不用等人家走开的，反正她也听不懂汉语。

"什么怎么样？"他很无奈，大妈的病情好转了很多，但是性格也变了不少，以前她是典型的大家闺秀，矜持庄重不苟言笑，而现在就跟个老顽童似的，自从发现他和贾依淳不会在一起之后就一天到晚张罗着要给他找女朋友。

"少来，就是你对她有什么感觉啊，不怕，告诉大妈，大妈是过来人。"她还贱兮兮地用手肘拐了他一下。他很头痛，怎么会这样呢？大妈好像被开发成另一个人似的，而且返老还童的迹象越来越明显。

"没什么感觉。"

"怎么会？她多漂亮啊，我不介意来个混血孙子，那多可爱啊。"

"没兴趣。"

"还是……"她突然欲言又止。

"还是什么啊？你最近有没有听医生的话好好吃药？"他现在跟她讲话的口气都会不知不觉像跟小孩子说话一样。

"我刚吃过药了。泛舟啊，跟大妈说，你是不是……喜欢……男的？"大妈突然一脸担忧地看着他，"你这两年来就没交过女朋友，你该不会真的喜欢男的吧？"

"……"真的，除了无奈，他还是无奈。

"不说话该不会真的就是了吧？"大妈的声音有点发抖。

"我交过女朋友的，你忘了吗？"他没好气地说。

"都两年前的事了，而且她该不会是个幌子吧？"唉，想象力会不会太丰富了一点。

"不是。"

"什么不是？不是Gay还是她不是幌子？"这下英语又变好了，还知道Gay？

"都不是。"他哪里像Gay了？这要是给周筱知道她非得嘲笑他到天荒地老。

"那你干吗不交女朋友啊？"

"我有喜欢的人了。"

"谁啊？带回来给大妈看看啊。"大妈听到这儿，马上就来劲了。

"她在国内，等我们回国了再带给你看。"

"那我们马上就回国。"大妈很是兴奋，说风就是雨。

"医生说你至少还得一年才能康复，而且我还有一年的研究生要读。"

"那我们先回去看看再回来啊。"大妈还维持在很兴奋的点上。

"不了，回去又得回来，我不想又从她身边离开，这样对她不公平。"他淡淡地说。大妈若有所思了一会儿说："是你之前那个女朋友吗？"赵泛舟点点头。

"要不是我的话，你也不会离开她了。"她叹了口气，有点难过。

"你不要胡思乱想，是我自己没处理好，不是你的问题。"他说。

大妈安静了下来，几乎是轻不可闻地叹了口气，呆呆地看着前面的草地。赵泛舟只得又安慰道："那个时候的我还不成熟，所以才不知道怎么解决我们之间的问题，就算当时没有这件事，我们之间也会出现别的问题，真的不是你的问题。"大妈还是不说话，只是一个劲地叹气。

"其实我都打算好了，明年我们回去之后我会去找她，会把她追回来的。"他只得多补几句安她的心。

"那她要是被别人追走了呢？你要是回去了发现她都牵着个叫你叔叔的孩子了怎么办？"

"我跟她一直都有联系，而且我安排了眼线，暂时还没有可疑人物出现。"他试图用比较轻松的语气跟她说。

"唉，泛舟啊，不然我们换一个吧，好女孩这么多，你们年轻人不是流行什么不要为了一棵树放弃吊死之类的吗？"这是"不要为了一棵树放弃一整片森林"和"不要在一棵树上吊死"的结合版本吧？

"大妈，你不是说你是过来人？"他想了一下说。

"对啊，怎么了？"

"那你该知道，有的人是不能替换的。"他微笑着说，很温暖的微笑。

她看着他不自觉上扬的嘴角，有点感动。赵泛舟这孩子从小就很懂事，但相对而言也是个过于早熟的孩子，有点冷冰冰的，一般没什么情绪化的表情，更不用说这种温暖的表情了，而且换作以前，他也不会和她说这么多内心话，果然让人变化最快的催化剂还是爱情啊。

赵泛舟回家的路上顺便拐进唐人街买了点东西，路过一家餐厅的时候听到里面传来熟悉的音乐："你是我心内的一首歌，瞬间开出花一朵……"他的脚步在门口停顿了好一会儿。

有时候，一首歌可以带你回到多年前的某个下午，阳光点点，鸟儿吵闹，很无聊，你旁边还有另一个人陪你无聊，于是无聊就是双份的。反正就是很无意义的一个下午，但是怎么都忘不了。

赵泛舟回到家里的第一件事就是上网想办法把《你是我心内的一首歌》下载到手机上，然后给周筱发了封电子邮件，也没说什么，就是把大妈和护士小姐的象棋事件当成趣事讲给她听。他们现在算是好朋友，维持着一个星期通一两次邮件的关系，邮件的内容也常常是生活化的小事，比如说她告诉他最近胖了几斤还是瘦了几斤，看了什么书和电影；他告诉她在国外生活遇到的一些趣事，管家先生的老婆做的菜有多好吃……

偶尔他实在很想她，就把她在云南送给他的那个很艺术的面具拿出来看看，没想到那么狰狞的东西看久了也觉得挺顺眼的。有一次管家先生进房的时候还被那个面具吓了一跳，一直问他是不是要参加化装舞会，他否认了之后管家先生很长时间都用一种诡异的眼神偷偷观察他，估计怕他是什么变态杀人魔之类的。

他本来已经摊开书准备学习了，毕竟他要早点回国，当然要狂修学分，但是突然想起某人的生日快到了，他们俩一次都没有一起庆祝过彼此的生日，总是在冥冥之中就错过了彼此的生日。

他开始有点兴奋，怎么都看不进去，她生日呢，他又可以有借口打电话给她了，他这两年成了各大节日的忠实爱好者，不管是春节、元宵、端午、圣诞、元旦……反正是个节日他都会拿来当借口给她打个电话，刚开始其实挺尴尬的，只能说一些节日快乐之类的话。有次他打电话去祝她节日快乐的时候她呆呆地问他是什么节日，他这才仔细看日历，发现居然是清明节！他从唐人街买回日历的时候就让管家先生把所有的节日都圈起来，于是管家先生很尽职地把清明节也圈了起来……当时她从电话那边传来大笑声，说赵泛舟你也太好笑了吧，都跑到美国去了还想要要逗我开心啊？你也真有心啊……就是从那个时候起两人才越来越没那么尴尬，这么说来管家先生倒还真是帮了他个大忙。

还有八天就可以听到她的声音了，想想就觉得很开心，他干脆放下手中的笔，从抽屉里拿出那个面具睹物思人，唉，他居然没有她的照片，只能沦落到看这么个狰狞东西的地步了。

"你看你看，少爷又在看那个面具了，是不是很变态啊？"管家和他老婆躲在楼梯口。刚刚管家路过的时候刚好看到赵泛舟在拿面具，于是以光速跑去拉老婆过来看。

"你才变态，没事偷看少爷干吗！"他老婆狠狠地瞪了他一眼。

"我没偷看啊……他的门没关，我路过就看到了啊，真的，你看他的表情，似笑非笑的，多变态。"

"闭嘴！那叫深情。你才变态。"管家的老婆拧了一下管家的耳朵就离开了，她还要去给亲爱的少爷做好吃的呢。

第十三章

赵泛舟篇

赵泛舟已经提前修完学分毕业了，还没出国前他就和谢逸星计划着合开一家公司，出国之后这个计划也没有中断，他们开了一家电子公司，谢逸星负责国内产品的供给，赵泛舟负责在国外推销联系买主，两年下来，基本货源和客户都稳定了。他大妈已经出院了，恢复得差不多了，只要按时吃药，定时回去复检就可以了，所以他可以着手准备回国事宜了。

三年了，不知道她变成什么样了？是胖了还是瘦了？是黑了还是白了？头发是长了还是短了？眼睛是依然纯真还是已经因为生活而添上世故？是原谅他了还是依然介意？

贾依淳要结婚了，嫁给了一个老外，努力发展国民外交。结婚前赵泛舟陪她去买东西，两个人在挑选婚礼用品的时候，她突然对他说："泛舟，你真狠啊，我都追你追到国外了，你居然连一点机会都不给我。"赵泛舟有点被她吓到，呆呆地看着她。她笑了："不过也幸好你够狠，不然我也不会死心，更不会遇到适合我的人。"他也跟着笑，不应声。她接着说："老实跟你说好了，我出国前去周筱面前耀武扬威过。她也真够倒霉的，你跑了，还要被我骚扰……你一定会回去找她的吧，记得帮我跟她说sorry。"

赵泛舟点点头："她是挺倒霉的，遇到我。"

"原来你还知道啊？遇到你的女人都倒霉，她还算好的，至少让你心心念念着，不像我们这些小配角……心碎一地啊。"贾依淳在他面前已经不再拘束了，对他的感情放下了，她反而松了一口气，不用再小心翼翼地讨好他了。

赵泛舟耸肩说："你快点挑好东西，不然迟点送你回去你那紧张兮兮的老公又该用仇恨的眼神看我了。"

"知道啦，对了，你什么时候回国？"

"大概一个月后。"

"追得回来吗？"

"不成功便成仁。"

"哟，看你这么胸有成竹，但愿她多给你点苦头吃。"

"……"

贾依淳他们在一个小小的教堂里举行婚礼，参加的人不是很多，都是亲朋好友。赵泛舟是以best man的身份参加的。他站在一旁看着她，她对着新郎笑，笑得幸福甜蜜，好像她是全世界最幸运的人。什么时候他也能让周筱这样笑，这样对他笑?

周筱篇

妇人之仁会误事！周筱跟袁阮阮一起住的这一年内每一次路过客厅都会感叹一下老祖宗的智慧真的是太博大精深了。

首先，袁阮阮这厮是个活动垃圾制造仪！她总有办法在两天之内把周筱收拾好的客厅搞得跟被洗劫过一样。刚开始住一起的时候她还很客气，抢着要做家务，后面慢慢地就本性毕露，衣服东西乱扔，扔满自己的房间就扔到客厅厨房浴室，周筱好几次都想把她掐死然后埋在客厅那堆垃圾里。

其次，袁阮阮这厮唱歌极其难听，之前周筱陪她去参加歌唱比赛的时候就深有体会了。问题就出在，由于当时比赛的评审人太客气，只说了一些什么台风不错、歌声可以改进之类的，所以直到现在袁阮阮都觉得她的歌声是天籁。而她在家特爱唱歌，洗澡唱、看书唱、看电视剧唱……有时连睡觉做梦都在唱！有一次周筱终于受不了，就比较婉转地表达了对她歌声的看法："阮阮，你的歌声挺……奇妙的，有时会影响到我，能不能少唱点？""你都说了是奇妙的歌声嘛，那只会给你天堂般的享受，怎么会影响到你呢？"天堂般的享受？是听多了会上天堂吧？周筱发现这孩子适合在逆境中成长，不能对她太好，所以……没有必要这么婉转地跟她说话："你唱歌难听死了。别唱了。"袁阮阮一脸鄙夷地看着她："学姐，你别那么小心眼，唱歌没我好听就故意打击我！"圈圈你个叉叉，苹果你个西瓜！谁唱歌不比你好听啊？周筱特冷静地跟她讲了个故事："你知道这附近有家医院吧？""知道啊，怎么了？""有一个婴儿刚刚诞生了，他听到你的歌声，觉得这个世界太可怕了，正攀着脐带爬回他妈妈肚子里呢。"袁阮阮还在发愣，周筱得意地哼着歌走开了，慢慢琢磨吧，孩子。

最后，当时周筱收留她是由于她男朋友跟她室友背叛她。后来周筱发现，袁阮阮这家伙是烂男人雷达，方圆十里之内，只要有烂男人出现，最终都会沦落成她的男朋友，然后两人爱得死去活来、活来死去，然后分手也分得轰轰烈烈。

袁阮阮这孩子当年念的是舞蹈，毕业后在一个艺术团当dancer。也就是说，她是混艺术圈的，所以这孩子的人生感情特艺术，比当年朱军主持的那个《艺术人生》还艺术。这样好像太抽象了，这么说吧，她交往过一个发了一张片没红起来的小歌星，交往过一个说话会喷口水的流浪诗人，交往过一个长得比毕加索的画还抽象的画家，交往过一个比她大二十几岁的某报编辑，还有发型师、导演、演员……她要是滥交也就算了，但她每段感情都特认真，跟小歌星的时候到处借钱帮他出专辑，跟诗人的时候要休学陪他去流浪，跟画家的时候她二话不说，唰一下脱光了给他画画……后来小歌星跟另一个小歌星炒绯闻去了，诗人骗了袁阮阮的学费自己流浪去了，画家的画室里有个仓库，里面收集满了年轻少女们的胴体画。袁阮阮总是在每段感情结束的时候生不如死，然后一个星期后恢复过来重新出发。不管爱情让她多失望，到最后的最后她还是选择相信爱情。

周筱有时真的会被袁阮阮的执着感动，但有时候又会怀疑，她能够越挫越勇是不是因为爱得不够深？

　　但更多的时候，周筱都快被她的感情故事烦死了，又臭又长又多，谁记得住啊！况且袁阮阮奇特的感情圈子曾经祸害过周筱一次。当时她们刚住在一起不久，袁阮阮死活拉着她和一群艺术圈的朋友去唱K，然后就认识了萧晋。萧晋跟袁阮阮的其他朋友很不一样，至少当时表现得很不一样。当其他人都在高歌或者高谈阔论文学音乐的时候，他只是微笑不语。两天之后萧晋透过袁阮阮表达了他想认识周筱的意愿，周筱不置可否地和他出去吃了几次饭，印象挺不错的，最大的原因是他废话不多，而且长得不错。在袁阮阮的鼓吹之下她答应了和他试着交往看看，第二次约会他送她到楼下时凑上来要亲她，她下意识地躲开，他黑着个脸走了。周筱事后觉得有点不好意思就想跟他解释一下，她是个慢热的人，他的速度她实在是跟不上。但他不接她的电话，隔天周筱就在餐厅遇到他和一个女孩子很亲密地在吃饭，她当作没看到，吃完饭就走了。

　　大概就是这样的一个故事。周筱也没多难过，都说了她是慢热的人，感情还没培养出来，当然不会难过，但让她比较困惑的是他算不算前男友呢？

　　赵泛舟离开三年了，这三年来她交的第一个男朋友真烂，所以她决定还是不让除了袁阮阮之外的任何人知道，免得被嘲笑，尤其是谢逸星和蔡亚斯。对了，忘了说了，谢逸星也莫名其妙地成了她的好朋友，但同时他也是赵泛舟的朋友。她和赵泛舟的关系挺微妙的，她也不知道怎么回事，但是她安于现状，所以有些事情还是能不说就不说。而蔡亚斯这家伙如果知道了一定会鄙视她的。

　　周筱他们公司特变态，她坚决相信老板吃饱了没事都在想法子整人的流言。就这几天，上头说是要提升员工士气，锻炼员工身体，于是把他们一堆小职员丢到一个鸟不生蛋、鸡不拉屎的岛上进行为期十天的密封式军训，吃住都在岛上的军营里，吃得差住得差就算了，每天还要跑步爬山站军姿，整得大家个个是一肚子火，恨不得放把火把公司烧了。

晚上，周筱手里拿着手机在宿舍各个角落里走来走去，嘴里念念有词。被安排和她一个宿舍的张姐问："周筱，你在干吗啊？"

"寻找传说中微妙的信号。"

张姐劝她："你就算了吧，第一天我就把这个鬼地方的每个角落都试过了，就差没钻到床底下去了，一格信号都没有，都不知道这是什么鬼地方！"

唉，周筱叹了口气，她也想算了啊，但是……蔡亚斯查勤查得紧啊。

没错，她和蔡亚斯在一起了，一个星期前正式开始，现在还处于别扭阶段，她已经三天没和他联系了，也不知道他会不会以为她后悔了。

其实，她是真的后悔了。冲动是魔鬼啊，魔鬼！

一个月黑风高的晚上，她和蔡亚斯都喝了点小酒，她开始胡说八道起来，然后把箫晋这个小插曲告诉了他，他真的就臭骂了她一顿，本来她一喝了酒就很容易哭，于是她就被他轰轰烈烈地骂哭了，她老遇人不淑也很难过啊，他怎么还可以骂她呢？"蔡亚斯，你浑蛋，我都这么倒霉了你还骂我！"她一哭，蔡亚斯反而手脚无措起来，慌乱之下搂她入怀。她被他一搂就吓傻了，哭不出来了。他等她冷静下来后松开她，两手撑着她的肩膀，用温柔得可以拧出水来的眼神看着她说："其实，我喜欢你很久了，不如就让我照顾你吧？"

很久了？那……那高一的时候为什么……为什么冷落她？当年他俩刚上高中，刚住宿，新的环境和从小一起长大的感情让他们两个总是同出同入，一起吃饭、一起念书、周末一起回家。于是流言蜚语就出来了，然后蔡亚斯就不再和她一起吃饭、做作业、回家。她还很清楚地记得有一次她提着一桶热水要回宿舍洗澡，当时下了一点小雨，路有点滑，所以她提得很吃力，刚好蔡亚斯和几个男同学迎面走来，她求救地望向他，然而他假装没看到地和她擦肩而过。虽然隔了一会儿之后他掉过头回来帮她提水，但是她还是有被嫌弃的感觉。所以即使后来他们还是很好，但她一直都觉得他其实并不想和她在感情上牵扯到一起。

"嗯……什么时候的事？"她有点被吓得六神无主。

"不知道，应该很久了，但真的确定我喜欢你是你和赵泛舟第一次分手的时候。我觉得我守护了那么久的女孩怎么就被别人欺负了呢？她怎么会哭得那么难过？我为什么会这么难过她的难过？我居然让她被人欺负了？"这倒是真的，他们俩一起长大，她从小在他的庇护下从来就没被谁欺负过，事实上她小时候倒是常常仗势欺人。

他的眼神很……魅惑，就好像在说："你不是饿吗？我给你一只大鸡腿。"呃？这个比喻听着怎么那么别扭啊？可是她是真的饿了，喝酒前就没吃多少东西。

唉……别再用这种眼神看着她了，她是革命立场十分不坚定的人，当年清醒的时候还随随便便就给赵泛舟的糖衣炮弹攻下了，何况现在她还喝了点小酒呢。

"你怎么说？"蔡亚斯用眼神狂电她。

"我……我不知道。"她支支吾吾地说。

"那……不如我们试试看，合适的话就在一起吧，不合适的话你随时都可以喊停，而且无论结果是什么，绝对不影响我们多年的友情！"他开出了一个鲜嫩多汁的条件，她有点蠢蠢欲动，可是……她虽然喝醉了，该有的顾虑还是有的。

"你觉得呢？而且我们的交往可以先不让家里人知道，等到真的稳定了再说。"他追加了一项。青梅竹马果然就是青梅竹马，一下子就知道她在担心什么，不然按他们两家的交情，今天交往明天就会被押去结婚。

"那……好吧。"话一出了舌尖她就后悔了，恨不得抽自己一耳光，发什么神经啊她？！现在可好了，风萧萧兮易水寒，壮士一去兮不复还。

当晚回到家周筱一直无法入眠，酒精在肚子里燃烧着，她心好空，蔡亚斯不比箫晋，她答应了蔡亚斯就一定要全心全意，不能有半点分心，也就是说，她得把赵泛舟从心里某个角落清走，用一颗完整的心来迎接蔡亚斯的进驻。这样的想法有点像恶心的文艺女青年，但是大概就是这个意思。

接下来两人约会了三次，停留在牵小手的阶段。说起来好笑，第二次约会的时候，两人并排走着。她用眼角的余光瞄到了蔡亚斯的手从口袋里拿出来又放回去，拿出来又放回去，如此重复了好几次之后总算突然牵住她的手，动作之迅猛，让她一度怀疑他是想把她的手拧下来。而且大冬天的他的手心中居然都是汗，估计是紧张出来的，牵一牵，搞得周筱的手心也都是汗。两人一路都很安静，相对无言，唯有汗千行。

　　周筱拿着手机刚要走出宿舍，张姐叫住她："不用出去了，我早就试过了，外面也没信号。"周筱无奈地折回来，坐在床上和张姐聊天："中国移动不是承诺说举报没有信号的地方可以得到奖金两百元吗，我们去举报吧。"

　　"有这回事？我怎么不知道？我要去举报，最近缺钱呢。"张姐很激动地说。

　　周筱笑笑："我也是听说的，你那么缺钱啊？"

　　"我要结婚了啊，结婚是不会嫌钱多的。"张姐说。

　　"你要结婚了？我怎么没听说？"

　　"呵呵，还在计划中，总要有钱才能结啊。"张姐笑嘻嘻地说。

　　"那你老公怎么样啊，怎么认识的？交往多少年了？"周筱有时是挺八卦的一个人，尤其是在这种没有其他娱乐节目的地方，只能听听八卦打发时间。

　　"呵呵，就是我喜欢的那样啊，我们是小学同学，在我们公司附近的餐厅遇到的，后来就在一起了。其实我小时候喜欢过他，不过我没告诉过他。"

　　"哇！你这么小就会喜欢人。"

　　"呵呵。"

　　周筱犹豫了一下问张姐："张姐，那你在他之前有没有交过男朋友？"

　　"有啊。"

　　"很爱很爱的那种？"

　　"有啊。"

　　"那……现在这个呢？"

"也是很爱很爱啊，不然我干吗嫁给他？"张姐笑着说，"你想问什么就直说吧，不要吞吞吐吐了。"

周筱不好意思地笑："呵呵，我大学的时候有一个男朋友，就是很爱很爱的那种，我们分手很久了，但我知道他在我心中有一定的地位。我现在刚跟我一个好朋友交往，但是……我不知道我可不可以把感情转移到他身上……我怕对他不公平。"

"嗯……这样说吧，有的人一生可以有很多次爱情，有的人只能有一次，有的人终其一生都遇不到一次。我也不知道你是哪一种人，试试看吧，试了之后才知道。"

两个人都沉浸在自己的思绪里，过了好一会儿周筱才说："张姐，有没有人告诉你，你是个哲人。"

"……"

赵泛舟站在机场里，他终于回到这片土地了，心跳有点快，他从口袋里掏出手机，拨打周筱的电话，不通，还是不通。他这一个星期里怎么都联系不到她，发邮件她没回，发短信她也不回，电话又怎么都拨不通。他让谢逸星帮忙找她也找不到，据说是被公司送去培训了，但是电话为什么老打不通？

"你个臭小子，终于舍得回来了啊。"伴随声音的是重重的一拳落在他背上，他转过身去，是来接机的谢逸星。

"……"他笑着和他来一个兄弟间的拥抱。

谢逸星开车，赵泛舟坐在副驾上看着窗外的景物。这个城市好像没有多大的变化，还是拥挤的交通、繁忙的人们、鳞次栉比的高楼大厦……他还记得某一次他陪周筱去买东西，回来的路上两个人都很累，她靠在他的肩膀上指着外面的建筑说："好高的楼啊，有时候我在想，我什么时候才能够在这个城市安家啊？"他当时跟她说："我们以后会在这里买一套房子，每天早上我们一起出门上班，晚上约在楼下碰面，一起去买菜回来煮。"她很兴奋地抱着他的脖子说："真的？你说真的？""你要不要那么兴奋啊，我说的又不一定会实现，说不定以后我会是个穷鬼，你只能和我一起睡天桥下。"她皱皱鼻

156

子，咬了他脖子一口："才不会呢，我相信你。"

那现在呢？她还相信他吗？

"你联系到周筱了吗？"赵泛舟把视线从窗外收回来，问谢逸星。

"没有，她好像要三天后才能回来。对了，我帮你把房子租好了，离她住的地方很近，等下打点好之后我带你去她住的地方。"

"她没有男朋友吧？"赵泛舟迟疑了一下之后还是问了。

"应该是没有，不过她最近和她那个青梅竹马走得很近，但是他们一向都很要好，要是会在一起早就在一起了。"谢逸星边注意路况边回答他的问题。

"你大妈没有跟着你回国吗？"谢逸星问。

"有，她说她住惯了H市，要回去住，我已经送她回H市了。"

两人的对话到此为止，谢逸星专心地开车，赵泛舟专心地想心事，心从下了飞机后就一直提在嗓子眼。好紧张，不知道她见到他会是什么反应？

第十四章

寒流！

来势汹汹的寒流让被丢在岛上军训的员工一个接一个地感冒，于是站军姿时就壮观了，咳嗽声此起彼落，本来只要有人动一下就会凶巴巴地训人的排长也拿他们没办法，总不能叫他们不要咳嗽，他只有板着个脸，背着手从队头走到队尾，还不忘咕噜两句："看你们这些人，让你们平时不锻炼身体！"

周筱运气算好的，没赶上感冒大潮，但是跟她同一个房间的张姐就惨了，入夜之后就开始发烧，烧得直说胡话："我不要死啊……我还要结婚呢……我要回去见我老公……我要吃叉烧饭。"

周筱跑去找排长，排长找来军医，军医开了一些药就走了，可是张姐吃了药之后还是一直喃喃地说着胡话："老公，老公……"还扯着周筱的手低声抽泣了起来。生病的人特别脆弱吧，人一生病就想见到最亲近的人。这可真是苦了周筱，一时半会儿的，她上哪儿给她找老公？

周筱隔五分钟就给她换一次毛巾，一直安慰她："没事了，已经不烧了。"

到后半夜张姐的烧才真的退了，累得要死的周筱沉沉地进入梦乡。

第二天一早起床就听说公司决定提前结束军训，放员工回去休息，本来还有三天的训练就改为放假。周筱和病恹恹的张姐一致认为公司根本不是体恤员工，是怕员工都病了，没人来替他们卖命！杀千刀的资本家！

经过好几个小时的颠簸，周筱站在家楼下的时候已经是晚上了，还好有救苦救难的寒流，不然她现在还在那个水深火热的小岛上。

她开门进去的时候，吓了一跳：这还是她家吗？铺天盖地的衣服、书、零食……

她的脚抬在半空中，找不到一块空间落脚。

"袁阮阮！你给我滚出来！"周筱来一声河东狮吼。袁阮阮从房间里连滚带爬地跑出来，对着周筱傻笑："呵呵，你不是还有三天才回来吗？"

周筱穷凶恶极地看着她，指着脚下说："马上给我清出一条路来，不然我就从你的尸体上踩过去。"

"马上，马上。"袁阮阮边说边迅速地收拾东西，很快她的手上就抱满了东西往她房间里走去，边走东西还边掉。

周筱无力地摇摇头，沿着她清出来的那条路回房间，临关上房门前撂了句狠话："我等下打开房门的时候最好都收拾好了，不然你就给我提头来见！"

唉，她可爱的床啊……她回来了。她把自己丢在床上，呈大字形躺着。手机突然响了，周筱接起来，是张姐："喂，周筱啊，我老公让我打电话谢谢你昨晚的照顾。"

"不用客气啦。你好点了吧？"

"还行，对了，差点忘了跟你说，经理刚刚打电话让我通知你们，这次的军训要写心得，上班那天交，说是会有评比，前三名有奖金。你不是中文系毕业的吗？加油啊。"

"啊？心得？公司当我们是小学生吗，春游要写游记。变态，我要辞职。"周筱快疯了，毕业之后脑袋都快生锈了，还让她写心得？

"呵呵，我的心得是有一天我要烧掉公司。"电话里有一个男声不知道在说什么，只听见张姐说，"哦，来了……周筱啊，我挂了，我老公把鸡汤熬好了，我要去喝了，拜拜。"

"哦，拜拜。"周筱放下手机，唉！鸡汤啊？她也好想喝啊。

她沿着原来的姿势躺在床上发呆，躺着躺着觉得有点冷，从床上跃起来找衣服。

她在衣柜里翻来翻去，没有一件衣服想穿，烦死了，难怪人家说女人的衣柜里永远少一件衣服。翻着翻着，她突然挖到一个很大的袋子，用胶纸封得死死的，她自己也忘了是什么，从外面按软软的，应该也是衣服，但什么衣服那么大啊？

她用力地从底下把它抽出来，用力过猛还差点摔倒。

她把袋子放床上，想要撕开胶纸，但是可能因为年代久远，胶纸和袋子已经融为一体，撕不开。她只好去找剪刀，正当她手上拿着剪刀要剪开袋子的时候，手机响了，她一手拿剪刀轻轻戳袋子，一手接起手机："喂。"

"喂。"是蔡亚斯，她离开那个没有信号的鬼地方之后就给他发过短信了。

两人自从交往了之后老没话讲。以前蔡亚斯都叫她死女人，电话一拿起来就是死女人，最近怎么样，几天没看你，还以为你死了呢……周筱一般就会回他说，死男人，你还没死我怎么敢死啊？你死了我也没死之类的。反正以前两人的对话都是这种缺心眼型的。现在成了男女朋友，这种对话好像不是很合适，所以……所以就造成了现在这种状况……尴尬。

安静了好一会儿，周筱握手机的手都冰凉了，才听到蔡亚斯说："你在做什么？"

"没啊，寒流嘛，我在找厚衣服穿，你记得要多穿点。"

"好。"

又没话说了……

周筱突然觉得鼻子有点发痒，忍不住就连打了几个喷嚏。

蔡亚斯问："你不会感冒了吧？"

"没吧，应该是有人在想我了，呵呵。"

"那是我在想你。"蔡亚斯是在讲甜言蜜语吗？为什么她起了一身的鸡皮疙瘩？一定是天气太冷了。

呃……不回答好像太没礼貌了点，于是周筱讲了一句比没有礼貌还要招人嫌的话，她说："谢谢。"

然后他也很客气地回了一句话："不客气。"

最后两个人都撑不住了之后才挂的电话，幸好挂得及时，不然周筱都快胃抽筋了。她放下手机开始剪开袋子。

外套！两件外套！两件黑色外套！一件男装一件女装，两件黑色外套（果然这种叙述方法相当讨人嫌）！是当年情人节赵泛舟送的礼物和她准备送给他的礼物。周筱发了一会儿呆，觉得外套是无辜的，而且天这么冷，再说三年前的衣服现在看起来还是很好看，何况她又刚好缺衣服穿，所以……不如就……拿来穿？

穿！干吗不穿？周筱穿着它在镜子前搔首弄姿，三年前这外套大了一个size，现在倒是挺合身的啊，果然岁月催人肥啊。

那另一件衣服怎么办？给蔡亚斯？不好吧，好像有点不是很厚道。不管啦，先放着。周筱对着镜子是越看越满意，打开房门想跑去给袁阮阮看看，结果一冲出去就被地上的一大包垃圾绊了一脚，差点摔倒。

"袁阮阮！你收完的垃圾为什么不去丢？"她居然整出了四大袋垃圾，每袋都硕大无比，就丢在两人房间的走道之间。

"人家在敷面膜啦，我待会儿去倒嘛。"袁阮阮从房间里走出来。周筱回过头想骂她，哎呀妈呀，史瑞克怎么跑出来了？她的脸上涂满了鸭屎绿色的东西，远远地就散发出阵阵腥臭味。

"你脸上涂的是什么鬼东西？"

"深海绿泥。"

"恶心死了，臭死了。敷完记得倒垃圾。我去洗澡睡觉，累死我了。"算了，现在她连衣服都不想炫耀了。

"好啦。"

周筱一觉醒来居然已经是中午，她肚子饿得咕咕叫。她刷牙洗脸之后准备打电话叫外卖，但怎么都找不到外卖的传单，又懒得出门，于是勉强从柜子里找出一包泡面来泡，走出房门的时候才发现，袁阮阮那个小妖精已经去上班了，重点是她还是没有把垃圾拿去倒掉。

她端着泡面窝在电脑前看综艺节目，看着看着突然想起军训心得，于是开了个word文档边看节目边写，这招是大学时候写论文练的，中文系没别的但是论文特别多，于是中文系的人都练就了一身边玩电脑边写论文的本领。

时间滴答滴答滴答滴答滴答滴答滴答滴答地溜走。（够滴答了吧）

等到体会写完，综艺节目看完之后，夜幕已经降临了，周筱的肚子已经奇饿无比了，她在再吃一顿泡面和出去觅食之间犹豫了一会儿，最终决定还是出去觅食，反正楼下有一家快餐店，下去打包上来用不了多久，于是她随手从零钱袋里抓了一把钱就出了房门。

一出房门就看到那四大袋垃圾，她本来想视而不见地走过去的，但还是做不到，只得叹口气化身神力女超人扛着它们下楼。

周筱半弯腰去放好垃圾，肚子因为弯腰挤压而发出咕咕的叫声，虽然旁边没人，但她还是脸红了。她放垃圾袋的时候太用力了，导致两个垃圾袋的口都开了出来，于是她只得接着弯腰绑垃圾袋。

"周筱。"

好熟的声音啊，是她太饿了以致出现了幻听吗？她手没停，继续绑。

"周筱。"人果然是不能太饿的，太饿了连耳朵都会背叛你。

周筱置若罔闻，一心一意地绑垃圾袋，绑完垃圾袋，她拍拍手，直起身子，然后……转身……噔噔噔噔，噔噔噔噔噔……（电影都是这样演的，当一个人震惊到一定程度的时候贝多芬的《命运交响曲》就会响起）

赵泛舟微笑着站在她面前，轻声地说："好久不见。"

好久不见……久不见久不见……不见不见不见……见见见见见见。（没错，周筱的脑袋里自己在制造回声）

难道这就是传说中的重逢？

对于和赵泛舟重逢这件事，周筱早设想过十几二十种情景：

（1）在灯光美、气氛佳的餐厅里，她挽着一个帅哥，他牵着一个美女，双方皮笑肉不笑地寒暄。

（2）在某条繁华的大街上，两人擦肩而过，彼此都没有认出对方。

（3）在某棵树下，两人四目相对，泪眼婆娑，树叶如雨落下。

（4）在灯红酒绿的城市里，一方先认出对方的背影，于是呼唤出那个心心念念的名字。然后另一方蓦然回首，那人却在灯火阑珊处。

（5）在相亲宴上，惊奇地发现对方，感叹一下年华似水流，然后旧情复燃。

（6）她的婚礼，他突然出现，大叫着我不同意你们结婚，她笑盈盈地回他说："你是谁？好像有点眼熟。"

（7）养老院里，在各自孙儿的搀扶下，两人颤抖的双手握到一起，轻道一声好久不见，来一段黄昏恋。

（8）她某天去上班，突然发现他成了她的上司或者公司的大客户，于是爱恨情仇再次纠结。

（9）她从某楼梯上跑下来，跑得太急，摔倒在地，他突然奇迹般出现，扶起她，她摔过头了失去记忆，他乘虚而入。

（10）晦气一点的就是，他们其中一方得了什么怪病，在弥留之际另一方赶到，于是在死神面前，啥都不重要。

（11）好啦，即使最没创意的设想都是他在机场给她打电话，她去接他。或者是他回来后两人约出来吃饭之类的。

以上哪个她都能接受啊，为什么要是这个？为什么要挑她那么狼狈的样子。为了写那个军训心得，她戴着黑框眼镜，头发用鲨鱼夹随便夹在脑后，脚下套着一双大一码的夹脚拖鞋，旁边是一袋一袋的垃圾，而且之前也不知道她肚子雷鸣般的叫声有没有被他听到。这些都算了，牙一咬她也就忍过去了，重点是：她穿着前男友送的外套遇到前男友！

周筱想把自己装进垃圾袋里丢掉，反正她现在的形象很适合在垃圾堆里生存。

"呵呵，好久不见。"周筱小朋友天马行空了好一会儿之后才想起要回他的话，而他一直安静地在一旁站着，默默地打量着她——她成熟了，黑了，但性格似乎没变多少，还是常常会出神。

"你在干吗？"他试图让两人的对话轻松自然，随口冒了这么一句话之后才觉得自己是白痴，谁会看不出她在丢垃圾？

"举手之劳做环保，不要让嫦娥觉得我们脏。"她一定是疯了！原来人的惊吓到一定程度之后会条件反射地乱说话，综艺节目看太多就是会说一些怪怪的话。

"啊？"是他待在国外太久听不懂中文了吗？

"呵呵，没有，你不要理我，我胡言乱语。"她干笑两声。

赵泛舟赔笑两声，好怀念她的胡言乱语。他以为她还没回来，只是想看看她住的地方，走一走她每天走的路，看她每天看的风景。没想到突然发现了她的身影，他的心一下子就紧了起来。而现在，他本来提着的那颗心反而因为她的胡言乱语而放下了，还好，还好紧张的不只是他一个人。

"吃饭了没？"他刚刚似乎听到类似肚子叫之类的声音。

"啊，没，要不要请客？"她那个顺得不能再顺的嘴又开始闯祸了。

"我刚回来，不是应该你帮我接风洗尘吗？"他笑着说。

还接风洗尘呢，不是已经是"海龟"了吗？一天到晚在水里度过，还有什么好洗的？

"可以啊，但是我……"她低头看看自己身上的打扮，再捏捏口袋里的钱，"呵呵，我只有零钱。"

"那我们去买菜煮来吃吧，我很久没吃家常菜了。"赵泛舟拍拍口袋，"我也只有一点点钱。"

"啊？我这样不好走远路吧？"她扯扯身上的衣服，指一指脚下的拖鞋，他的视线在她的外套上停留了两三秒，嘴角忍不住上扬："那我去买，你在家里等我。你家在几楼？"

"四楼。"她条件反射地回答。他点点头，说："我很快回来，你在家里等我。"然后他就向超市的方向走去。周筱还在呆滞的状态，他什么时候回来的？他怎么知道超市在那边？他……好像……比她印象中的还要帅？

脑子生锈的周筱还没意识到，某人不费吹灰之力就要登堂入室了。

周筱行尸走肉般地在房子里荡来荡去，擦一下这里，擦一下那里，最后无所事事地坐在客厅的沙发上发呆，脑子好像一锅刚出炉的米糊，热腾腾、黏糊糊的。

门铃叮咚叮咚地响，她缓慢地挪去开门，赵泛舟提着菜站在门口，她堵在门口呆呆地看着他。他笑着晃动手里的菜说："有点重。"周筱缓慢地侧过身，他就自顾自地走了进来。

"厨房在哪儿？"他问。

周筱指了个方向，他提着东西向厨房走去。

"周筱。"赵泛舟在厨房叫她。她还在门口发呆，听到叫声应了一声把门关上，走去厨房。

赵泛舟把食材丢在料理台上，摊开两手无奈地看着她："我不会做菜。"

已经提前进入老年痴呆一个小时零五分的周筱突然醒悟过来，这人会不会太不要脸了一点？不会做菜还说要煮菜吃？那如果她也不会做的话怎么办？可惜的是，她好死不死就会做菜……

她把他用力推开，而且尽量往放刀的方向推。唉，力气太小，没能让他撞在刀口上。

他笑着退了几步，说："我可以帮忙做什么？"

"洗菜。"她恶狠狠地说。

"好。"他笑眯眯地说，一副心情很好的样子。

周筱沉默着在一旁切肉，有点后悔让他帮忙了，先不说他洗菜跟搓衣服似的，而是他的存在感太强了，小小的厨房里让他一站，好像连个转身的地方都没有了。

赵泛舟提心吊胆地看着她手里动得慢悠悠的刀，她再心不在焉下去他们的晚餐就要加菜了。

"我发给你的邮件和信息都收到了吗？"赵泛舟觉得不管她的脑袋瓜子里在想什么，都得把她拉回现实，他不想吃手指大餐。

"啊？没有，公司送我们去培训了，那里没信号，我还没check邮箱。"她的刀举在半空中，犹豫了一下问，"你什么时候回来的？会待多久？"据她所知，他现在在国外好像有生意。

"昨天才回来的，不走了，报效祖国。"

"哦。"

"我怕吓到你，还特地先发了邮件给你。"

"你有什么好吓到我的？"

"太帅了也会吓到人的。"他笑着说。

"外国水土把你的脸皮养厚了。"她自己都没发现，她绷紧的身子慢慢地松懈了下来，讲话也轻松了很多。

赵泛舟发现她开始迅速地挥舞着手里的刀，也松了口气。

在两人像老朋友似的（事实上也是老朋友，只是比较特殊的老朋友）说说笑笑地把饭菜端上桌的时候，周筱的手机在房间里响了，她冲进去接手机，手机屏幕上闪烁着"蔡洋鬼子"，是蔡亚斯，为什么她有点不敢接？为什么她有点心虚？

"怎么了，快接电话，饭菜要凉了。"赵泛舟的声音从外面传来。

她颤悠悠地按下接听键："喂？"

"吃了没？"蔡亚斯的声音从另一端传来。

"嗯，还没。"她的声音几乎都有点抖。

"那等下我来接你，我们一起去吃饭？"

"我已经把饭菜煮好了。"

"那我过去你那边吃？"他考虑了一会儿说。

"呃……赵泛舟回来了，在我家。"周筱犹豫了一会儿决定坦白，反正君子坦荡荡，跟赵泛舟的这段感情教会她，隐瞒绝对是最白痴的做法，她不能向蔡亚斯隐瞒她和白痴吃饭的事。"你过来一起吃吧，我们等你。"讲完松口气的感觉真好。

"不了，那你们吃吧，我和同事去吃，你们那么久没见了应该有很多话要说，我在挺尴尬的。"他倒是很平静地说。

"嗯，那好吧，那……你不要喝太多酒。"

"嗯。拜拜。"

"拜拜。"挂上电话，她由衷地感叹，蔡亚斯，没有人能够如此大方地对待女友的前男友，宰相肚里能撑船，他肚子里简直能开飞机。

周筱走出房门，赵泛舟已经坐在饭桌旁等着开饭，她拉开椅子坐下，笑着说："吃饭吧。"

"菜好像买多了点，我们俩可能吃不完。"赵泛舟指指桌上的菜，接着说，"刚刚打电话的是我认识的朋友吗？是的话就叫过来一起吃啊。"

试探她？周筱有点不乐意了，赵泛舟小朋友，你的手段会不会太不高明了一点？

"你认识的啊，就蔡亚斯嘛，他说他要和同事去吃饭，就不过来了。"她淡淡地说。

赵泛舟不动声色，但眼神明显松懈了下来。

"哦，对了，忘了跟你说，我和他在一起了。"周筱笑着补上一句，然后微笑着看他被雷劈到的样子，感觉真不错，别怪她坏心眼儿，君子报仇十年未晚。

"……"他的筷子在嘴边停了三秒才放下，"那……"

"怎么？不祝我幸福啊？"周筱一脸调皮，心里爽翻了。

他收起多余的表情，微笑着看向她，看了好久好久，看到她都起鸡皮疙瘩了，才说："祝你幸福。"

"谢谢。"她低下头去吃饭，原来听到他这句话并没有想象中开心。

"你还没结婚，我还有机会对吧？"他突然又冒出一句话。

她猛地抬起头看他，差点把脑袋扭了，他的标准表情又出现了，看不出是说真的还是开玩笑。

"呵呵，你刚刚不是才祝我幸福的吗？"她打着哈哈。

"那是两回事，你的幸福也可以由我来给。"他很认真地说。

"我这张旧船票，早就不想重登你那破船了。"她摇头笑着说。以他的聪明，点到为止就好。

第十五章

　　周筱坐在客厅里看电视，手拿着遥控不停地按，在各个频道之间跳来跳去，不停地更换坐着的姿势，趁着换姿势的动作偷看一下厨房。

　　赵泛舟在厨房里洗碗，他有点笨手笨脚的，每次他拿起一个碗周筱都要帮那个碗祈祷一下。唉，不会洗就算了，自告奋勇逞什么强啊？打破了可是她的碗。而且她刚刚才讽刺了他，难保他不会伺机报复。

　　叩叩叩的声音响起，周筱应了一声走去开门，袁阮阮这家伙一定又忘了带钥匙。

　　一开门就有一个影子向她扑过来，随着扑过来的风，有一股浓烈的酒味。

　　"怎么了？"周筱稳住袁阮阮的身子，有点惊慌。

　　赵泛舟从厨房听到声响冲了出来，手上还湿答答滴着水："怎么了？是谁？"

　　周筱用肩膀顶住袁阮阮软下的身子，回过头说："我室友，她喝醉了，你过来帮忙扶一下她。"赵泛舟不情不愿地走了过来，也不擦干手，直接就把袁阮阮搂了起来，说："放哪儿？"

　　什么叫放哪儿？阮阮又不是东西！呃……这话好像也不是很对。

　　"跟我来，去她房间。"

赵泛舟很随便地把袁阮阮打横抱起来，让她的头和手垂下来，随着他的前进晃荡。突然袁阮阮挣扎了起来，赵泛舟还没来得及把她放下，她就已经吐在了赵泛舟身上。

走在前面的周筱回过头来，眼睁睁地看着悲剧发生了。

啊哈！某人那张脸臭得啊……

周筱很想笑，硬是忍了下来：袁阮阮，你真是好姐妹，今天你什么仇都帮我报了啊。能够把赵泛舟的脸整这么臭的，你还真是第一个，好样的！

赵泛舟瞥了她一眼，就知道她一定在幸灾乐祸！脸憋笑都憋红了。

他把袁阮阮扛到房里去之后，回到客厅拿纸巾擦衣服上被溅到的地方。周筱把袁阮阮料理完出来就看到他的一张臭脸，又很想笑了："要不要拿条毛巾给你啊？"

"不用了，时间不早了，我得走了。"

"嗯，好，我送你下楼吧？"她后面那句话讲得很轻，希望他听得出来她是在客套。

"走啊。"他径自开了门要往外走时发现她没跟上来，"你不是说送我下楼？"

"哦。"她不情愿地跟他走出门。

"你怎么老找酒鬼当室友啊？"楼梯有点暗，赵泛舟走在前面不时回过头来看着周筱，这么暗的楼梯，这家伙住这里不知道摔过几次？下次得想办法偷偷装个灯。

"嗯？"周筱被他的问题问得愣了一下，然后才反应过来他在说当年的陶玲，就随口说了一句："你还记得啊？"

"一清二楚。"黑暗里他的话听起来好像别有深意，于是周筱不自觉地想起那个晚上，然后就不免俗地想到他当时在陶玲面前……亲她，然后脸轰的一下又红了。

下了楼，有路灯的地方赵泛舟转过身来要和她告别，才发现她的脸红得要死，他疑惑地看着她："你脸怎么那么红啊？"难道从刚刚憋笑憋到现在？有那么好笑吗？

"没有，没有。"周筱的头摇得跟拨浪鼓似的，总不能说她想起以前和他接吻的事所以脸红了吧。

"明明就很红啊……"赵泛舟靠近了一点看她，好像不是正常的脸红。

"没有没有。"周筱还是狂摇头，怎么有点晕啊？是摇太用力了吗？

"我看看。"赵泛舟突然把手伸过来，周筱要躲，突然有点头重脚轻，脚底一个踉跄，攀着他才站稳了。

赵泛舟的手顺势扶在她的腰上，一手探向她的额头，然后再摸摸自己的额头，一脸的凝重。

周筱不可思议地盯着放在她腰上的手，他会不会太不客气了点啊？她抬起头来正要抗议，才发现她跟他的脸已经靠得那么近了，脑子里好像有一根线突然啪一下断掉了，她傻傻地愣着，一动不动的，全身的热气都集中在脸上，感觉自己好像变成了一个蒸熟了的西红柿（貌似没人会拿西红柿去蒸）。

要死了！她居然为了他脸红心跳？

赵泛舟看着她的脸好像一层一层涂上水彩似的越来越红，拖着她就往马路上走，走了两步才发现她身上穿得挺单薄（周筱回家之后第一件事就是把他送的外套脱掉），他皱了一下眉头，把外套脱下来往她身上套，周筱欲哭无泪，他的外套刚刚被袁阮阮吐过啊！原来幸灾乐祸也会有报应的。

她还在计较外套的事的时候才发现自己已经被推上了一辆出租车："不对啊，你要带我去哪儿？"

"医院，你发烧了。"

"你才发烧了。"她边说边捂上自己的额头。咦？真的很烫，都快可以煎鸡蛋了。她原来是发烧了啊，幸好不是因为赵泛舟而脸红心跳啊，太好了太好了，呵呵……

赵泛舟看着她傻呵呵地笑，眉头皱得死紧，她该不会是烧傻了吧？

赵泛舟去挂号，周筱坐在医院的长凳上用她烧得傻乎乎的脑袋很严肃地考虑了一下状况，决定还是得给蔡亚斯打个电话，毕竟他才是正牌男朋友。

周筱无所事事地半靠在床上打点滴，医生说她已经烧到三十九度了，她怎么什么感觉都没有呢？再说了，在岛上的时候大家都在烧，她偏不烧，等到两天后才开始烧，也太赶不上流行了吧？不过这感冒病毒也太猛了，都两天了还硬是不依不饶地把她攻下。嗯……而且坐在旁边的这尊大神的脸也太臭了吧？还好她现在不是他女朋友，不用再看他脸色做人，让臭脸来得更臭些吧！

赵泛舟看她的眼睛骨碌碌地转来转去，实在是没好气，这家伙都生病了就不能好好休息吗？他刚想开口说什么，就听到了敲门声，蔡亚斯开门走了进来。

"怎么样了？"他一进来就挺着急的。

"没事啊，你不要一副我被推进手术室抢救的模样啊。"周筱顶着红扑扑的脸蛋儿说。她这么一烧，好像也不觉得跟她这个新交的小男朋友在一起会尴尬了。

蔡亚斯完全不理会她的咋呼，径自看向赵泛舟："她没事吧？"

"39.3度。"赵泛舟说。

"喂喂喂，小数点后面的就算了吧。"周筱还在咋呼，她也不知道为什么现在特想讲话，明明就没喝醉啊。

"你闭嘴，昨天打电话给你你就一直在打喷嚏，问你是不是感冒了还给我胡扯。你就不能让我少操一点心？"蔡亚斯跟机关枪似的扫射着周筱，周筱被骂得一愣一愣，以前怎么没发现这厮脾气不是很好呢？她该不会才下了贼船，又进了狼窟吧？

"躺下，睡觉。"蔡亚斯说。

周筱乖乖地躺下，把被子拉到脸上，剩两只大眼睛还在偷瞄他们。

"谢谢你照顾她。"蔡亚斯对赵泛舟说，"剩下的交给我就好了，你先回去吧。"

赵泛舟也不说什么，就点点头，然后回过头去对周筱说："那我先走了，你好好休息，明天我打电话给你。"

周筱还没来得及说什么他就开门走出去了，有那么急吗？

赵泛舟从医院走出来，也不打车，就这样慢慢地往回走。

这样的大城市，不管到几点车都是很多的，由于近几年禁喇叭，所以倒也没多吵。赵泛舟走在人行道上，旁边的快车道上一辆一辆的车从他身边开过去，车灯照亮了他前面的路，但几秒钟后就又暗了下去。他心里有点空落落的，那本该是他的权利——那样的口气，又气又心疼，说得她一脸委屈，那以前是他的权利，现在却属于另一个人。

又一辆车在后面往前开，速度很慢，把他的影子拉得长长的，然后随着车的靠近影子渐渐变短变短……然后不见。

蔡亚斯会看见她睡觉的样子；会看见她耍赖不想吃药的样子；会看见她仗着生病了颐指气使的样子……会看见本来都只属于他的她的样子。

周筱无奈地看着瓶子里的液体一滴一滴地往下滴，然后再瞄瞄旁边那貌似不是很高兴的家伙。唉，为什么大家都爱摆脸色给她看呢？她才是生病的人不是吗？生病的人不是应该得到春风般温暖的关怀吗？

"你快点睡一下，打完点滴就送你回家。"蔡亚斯忍不住说。

"哦。"周筱有气无力地应了一句，巴不得点滴赶快打完就可以回家了。袁阮阮喝醉了一个人在家呢，而且她刚刚本来是要送赵泛舟下楼的，所以门只是掩上，并没有锁。

"亚斯，我刚刚出来没有锁门。"她掀开被子就要下床，蔡亚斯眼疾手快地把她按住："躺回去，你手上扎着针呢。"

周筱被他一按反而扯到了点滴，有点痛，低头一看，针孔都出血了。蔡亚斯也看向她的手，吓一跳，赶紧缩回按住她的手，说："没事吧？"

"没事。"

"对不起，我不是故意的。"他有点难过，他连自己的女朋友都照顾不好。

"没关系，你不用那个表情啦，我知道你不是故意的，你要是故意的我早就把你灭了。"周筱不忍心看他自责，自从两人在一起之后，他们都太小心翼翼地对待对方了，反而让两个人的感情老是僵在原地。

"那你好好躺着，你家里能有什么破东西让人家偷？"蔡亚斯看她真的没事才没好气地说。

"什么意思，你家才破呢。"

"难道不是吗？你家最值钱的也就那台电脑而已，电视反正是房东的。"

"懒得跟你说，袁阮阮喝醉了，一个人在家呢。"

"知道了，我去看看她，然后帮你锁门。"蔡亚斯自以为很体贴地……走了。

周筱愣住了，这是哪门子的男朋友？也太傻了吧？留她一个人在医院就走了？正常的反应不是应该打电话找个朋友去帮她看一下就好了吗？啊……为什么她老遇到这些怪怪的人啊！

十五分钟过去了，蔡亚斯急急忙忙地冲进病房，周筱坐在床上一手翻着杂志一手在打点滴，连眼皮都懒得抬起来看一下他。

"那个……我在半路上想起留你一个人在医院好像不好。"他有点着急地解释。

"还好，也不会很不好。"她模仿老佛爷的语调缓缓地说，眼睛没有离开书。

"不是，我……我也不是故意的，我只是……"他一紧张说起话来居然有点磕磕巴巴的。

"只是什么啊？嗯？"她懒懒地瞥了他一眼。

蔡亚斯这才发现被她耍了，气得要死，想跳起来打她又想起她现在是他女朋友又是病人，打不得，于是就像被踩住了尾巴的小狗，气得在床边团团转。

周筱特乐，这孩子原来也挺好逗的，以前她怎么老是被他气到跳脚呢？

蔡亚斯转过头去看副驾驶座上的周筱时才发现她已经睡着了，他慢慢地把车靠边停，脱下外套帮她披上，安静地看了她好久。因为发烧，她的脸一直红通通的，眼睫毛翘翘的，头发散了几根在嘴边，他帮她拨开那几根头发，然后点了根烟，默默地抽着。她跟他的关系还没尘埃落定，前男友就跑出来了，命途也太多舛了点吧？他知道她之前有多喜欢赵泛舟，虽然她一直标榜着拿得起放得下，其实心里一直没有真的放下。

周筱是被烟给呛醒的，她揉了揉眼睛，黑暗中蔡亚斯吞吐出一个又一个烟圈，像练葵花宝典练到走火入魔似的。她想讲话，一开口就呛进好大一口烟，于是狂咳了起来。

蔡亚斯被她的咳嗽声吓了一跳，这才想起他没开窗，赶紧把烟按掉然后开窗。

"你是要把我给熏死吗？"周筱缓下气来之后说。

"对不起。"蔡亚斯说，语气中透露出一丝不安。周筱感觉到了他的不安，是因为赵泛舟吗？

"那个，我和赵泛舟只是朋友，你不要胡思乱想。"她稍微解释了几句。

"我知道。"他还是一脸的郁郁寡欢。

周筱也不知道该说什么了，从他那边灌进来的风反而把烟更加吹向她这边，她按下自己这边的车窗，想呼吸一下新鲜空气。

"别开，你感冒了，不能吹风。"蔡亚斯阻止她。

周筱满头黑线，看看他那边大开的窗，再看看两个人被吹得轻舞飞扬的头发。他到底哪只眼睛看到他那边的风不会吹到她这边来的？再说了，他不抽烟她也用不着开窗啊！

她懒得跟他说了，径自按下车窗，被吹死总比被呛死好。

蔡亚斯见说她不听就干脆绷着个脸，手差点又要去掏烟，忍了一下改成发动车。

车一开起来，风就更大了，周筱发现车里的烟味差不多没有时才把自己这边的车窗关了。风还是呼呼地吹，吹得她头好痛，她推了一下蔡亚斯的肩膀："把你那边的窗户关了，我冷。"

还在生闷气的蔡亚斯这才意识到，她刚刚那边的窗开不开都会被风吹，于是他今天第四次感叹自己不是个好男朋友。

车开到楼下，周筱跟他说了声再见开车门下车，蔡亚斯锁了车也跟着她下车。周筱奇怪地看着他："你快回去吧，不早了。"

"你们一个喝醉，一个发烧，我晚上留下来照顾你们。"蔡亚斯想要弥补他的不体贴。

"不用了，我睡一觉起来就好了，再说了，你明天还要上班，快回去吧。"她心里有点怕怕的，要被他照顾的话估计死得更快！

"我明天直接从你这儿去上班就好，走吧。"他讲完就直接往楼上走。周筱很无奈地跟在他后面，烦死了，谁要他照顾啊！

"我真的没事了，你回去吧。"周筱跟着后面不死心地劝他。

"你放心，我睡客厅。"他头也不回地说。

周筱愣了一下，她倒没有担心这个，只是怕他明天来不及上班而已，她家离他公司真的还蛮远的，不过既然他都这么说了，那就随便他吧。

第二天周筱迷迷糊糊地起床的时候，发现蔡亚斯还在客厅的沙发上睡得香甜，她转身去厨房做早餐，等到早餐都端上桌了，他大老爷还在沙发上睡得舒畅愉快。

她推推他："蔡亚斯，起床吃早餐了。"蔡亚斯嘀咕了一声然后翻了个身，把脸朝向沙发靠背，被子随着他的动作掉了下来。周筱捡起被子，唉，真不知道是谁在照顾谁。

"快起来，不然你会迟到的。"她又推推他，他还是不动，她有点火大，用力把他从沙发上拖下来，咚的一声，他整个人砸向地面，然后坐起来不可思议地看着她，有点不知今夕是何年的茫然。

周筱笑呵呵地说："现在醒了吧。新毛巾和牙刷我都放在洗手台上了，去洗脸刷牙，然后出来吃早餐。"

蔡亚斯坐在餐桌旁，看周筱为他盛粥，发现她昨天打点滴的手青了一块。

"你还好吧？"蔡亚斯接过她递来的粥。

"当然啦，我壮得跟牛一样。"这倒是真的，病来如山倒，病去如抽丝从来就不是她的路线，她是那种早上被妈妈抓去医院打针，下午就在院子里跑被妈妈追的死小孩。

"早。"袁阮阮敲着脑袋从房间走出来，"蔡亚斯，你怎么在这边？有早餐吃啊？我也要。"

袁阮阮醉鬼小朋友不刷牙也不洗脸就直接坐下来吃早餐，周筱是见怪不怪了，蔡亚斯却像看野生动物似的看着她，这样也可以？

"对了，我昨天在pub里遇到箫晋了。"袁阮阮边咕噜咕噜地喝粥边说。

"哦。"周筱瞄了一眼蔡亚斯，他没什么反应。

"他问起你来着。"袁阮阮这厮的神经有绳子那么粗，"他让我问你说还能不能当朋友？"

"不用了，我朋友很多，不差他一个。"周筱又舀了一碗粥，生完病之后她的胃口特别好。

"干吗这样？他也是我朋友啊，你这样太不给我面子了，况且，你跟赵学长不是也还可以做朋友？哦！对了，我昨晚还遇到了谢学长，他说赵学长回来了，你知道吗？"袁阮阮喝下一碗粥，站起来要去再盛一碗。周筱把锅端起来，面无表情地走进厨房，白痴的女人，倒掉都不给你吃。

袁阮阮端着碗傻傻地站着，问蔡亚斯："她怎么了？"

蔡亚斯没好气地放下碗，对着厨房喊了一句："我去上班了。"

门砰的一声被关上，声音大到在厨房里的周筱心都抖了一下。

今天是周筱最后一天的休假，本来应该睡到自然醒的，可惜为了给那位据说是要来照顾她的男朋友做早餐她都没睡好，早知道他居然甩门出去就让他迟到好了，谁要给他做早餐，又不是疯了！

袁阮阮也上班去了，家里就剩她一个人，走来走去突然不知道做什么，玩电脑嘛，昨天玩了一天了，没劲儿；看电视嘛，转来转去也没有哪个节目能让她提起兴趣；要约朋友出来嘛，今天不是双休日，大家都在上班……怎么会这么无聊？算了，冰箱也快空了，去超市补货好了。

她随便换了件衣服，走出房门的时候看到挂在椅子上的外套，犹豫了一下还是没穿，都不知道赵泛舟好端端回来干吗，害她连这外套都不好意思穿了。

走下楼的时候，她还在低头默念着要买的东西，早知道就该写下来，不然待会儿指不定又忘了买什么。

赵泛舟本来要掏电话的手停住，站着不动，微笑着看她碎碎念地往前走。

"周筱。"

她条件反射地转过头，嘴巴里还在念："鸡蛋、牛奶、毛巾、牙刷、洗衣粉……"

这一瞬间，周筱有点时空错乱的感觉，好像他们还是在大学里，他还是在宿舍楼下等她，他还是她的那个他。

他朝着她走来，她忙着鄙视刚刚那个追忆似水年华的无耻想法。

"吃过早餐了吗？"他晃晃手里的袋子，"我们以前学校门口的韭菜饺子，你最喜欢吃的那家。"

以前？也不晓得为什么，有股无名火烧得周筱快要爆炸了，难道是又发烧了？她不理他递过来的饺子，冷冷地说："我吃过了。"

"那就吃几个吧，你不是最喜欢吃韭菜饺子的吗？而且生病期间胃口应该不是很好，你刚刚没吃多少吧？"他假装没感受到她的态度。

谁说她胃口不好的，她早上喝了两碗粥呢，少一副很了解她的样子。

"我现在不喜欢吃了。"她努力忍住脾气，不想让自己看起来无理取闹。

"那你想吃什么？我去帮你买吧。"

"不用了，我还有事，先走了。"她转身要走，发现他跟了上来，"你跟着我干吗？"

"我今天没什么事，你有什么事我陪你一起去吧。"他和她并肩走，她停了下来："为什么？"

"是你说我们可以做朋友的，不是吗？"他也停了下来。

"我说的朋友是节日一通短信祝福，天气冷了提醒加衣服，突然想起就问一句最近怎么样了的朋友，不是你的出现会让我男朋友摔门出去，对我造成困扰的朋友。"周筱喘了口气，"我说的朋友是相见不如怀念，是相濡以沫不如相忘于江湖的那种朋友。"中文系毕业的，功底还是有的！

安静、平静、幽静、寂静、肃静……随便什么静都好，反正就是静。

周筱有点不敢看他，他清澈的眼睛盯得她心里发毛，难道她太……太过分了？

"我知道了，造成你的困扰，不好意思。"他走的时候还回过头加了一句，"天气虽然没那么冷了，但出门还是加件外套比较好。"

他讲完默默地往相反的方向走，有点失神，差点跟推着小推车车头挂了很多菜的大妈撞到一块，但人没撞着，手里的饺子倒是撒了一地，他连忙跟骂骂咧咧的大妈道歉。

这个死奸诈小人！杀了拖出去鞭尸！

"赵泛舟。"周筱很不甘心地叫住他。

"……"他转身。

"我心情不好，拿你出气了，别当真。"她别别扭扭地说。妈妈说冤有头债有主，她不能不敢惹蔡亚斯就找赵泛舟出气。

他倒是没说什么，点了点头又转过身去要往前走。

"喂。"周筱觉得自己被鬼上身了，讲话的人不是她！

他顿住，但没有转身。

"陪我去超市，我要买很多东西，拿不回来。"鬼还在，不关她的事。

他没动。

"那算了。"周筱负气地转身往超市的方向走，走了两三步，身后传来脚步声，他跟上来了。周筱扯扯嘴角，想笑，但忍了下来，他还真的是变了呢，以前的他可是拽得很，以前这种状况他会跟上来的话她把头拧下来当凳子坐！

赵泛舟推着车子跟在周筱后面，她悠闲地逛着，偶尔往车子里丢一点东西。

周筱的脚步在卫生棉区停下来，不怀好意地笑，有点想整人的冲动。她往里走，站在那个云般洁净风般干爽的××牌卫生棉前，回过头对没走进来的赵泛舟说："我拿不到最上面的那个。"

"你为什么要拿上面的那个？"他扫一眼整个货架，"下面有一样的。"

"……"

赵泛舟看她那气恼的样子，推着车子缓缓走过去，伸手到最上面的货架上拿下一包，丢到车子里："一包够吗？"

"啊？够。"明明是想整他的，不知道为什么到头来脸红的还是她。

周筱站在毛巾区那里挑了半天，才丢了一条粉色的毛巾下去，然后发现赵泛舟随手扯了一条同款蓝色的毛巾丢到车子里，她奇怪地看着他问："你干吗？"

"我刚回来，很多东西都没买齐，顺便。"

她瞪了他一眼，敢情他是把她当免费采购员了。

"你要买什么赶快买，我已经买完了。"她才不要当免费采购员。

他推着车子，随意地把一些东西丢进车子，她看不下去，捡起他丢进来的一瓶沐浴乳，拧开一闻，什么味道啊，臭死了，她把它放回架子，换了一瓶扔进去。

于是在某个超市里可以看到，某个男孩头也不回地往拉在身后的车子里丢东西，某个女孩捡起来看看，放回架子，换成另一个牌子的同种商品放进去。

如果再仔细观察，可以看到女孩的表情像极了不耐烦的欧巴桑，嘴里还念念有词；男孩的嘴角微微上扬，像偷偷往喜欢的女孩子书桌里放牛奶的小男生，表情忐忑而幸福。

赵泛舟很自觉地推着东西去付账，周筱站在出口处远远地看着他，如果他当时没离开，他们现在应该就是过着这样的生活吧——她负责挑东西，他负责付账……嗯，本来应该很温馨的，怎么被她一想就像是情妇的生活呢，还是算了吧。

收银员小姐在拿起卫生棉的时候还多看了他两眼，他倒是处之淡然，盯着电子小屏幕看着价钱往上跳。

赵泛舟提着大袋小袋地朝周筱走来，她一手很自然地接过两袋小的，另一手的手掌摊开伸向他，他把小票放到她手上。两人并肩往前走，她低头看小票，他偶尔看看路偶尔看看她，虽然她几乎没有抬头看过路，他也几乎没有碰到她，但是在往来的人群中，两人都没有跟任何路人擦撞。

回到家楼下，周筱把袋子递给赵泛舟说："你拿着，我把东西分一分，对了，你现在住哪里啊？"

"住这附近，不用分了，东西先放你那儿，我现在不回去。"

"那去哪儿？"她常常干这种脱口而出的事，自己都见怪不怪了，连懊恼都懒得了。

"买车，你陪我一起去好吗？多个人多点意见，搞定了我请你吃饭？"

"呃……"她有点犹豫。

"如果不方便就算了。"他自嘲地笑笑，"相见不如怀念嘛，我先把东西拿上楼去，待会儿过来拿。"

再说一次，阴险！奸诈！下流！无耻！剁了拿来包饺子！讲到饺子她就后悔，好久没吃到学校门口的饺子了，闹什么脾气嘛，好想吃啊……

"我们先把东西提上去吧。"周筱说，又补了一句，"你等下要请我吃大餐。"

"行，只要你留点钱给我买车就行了。"

周筱对车子可谓一窍不通，也从来没有陪人看过车子，所以她对车子的概念只停留在"有四个轮子，跑得贼快"上。牌子呢，她也只知道那几个，什么奔驰啦、BMW啦、本田啦、丰田啦，而且到现在她都没怎么搞明白BMW是不是就是宝马，本田和丰田到底是哪里的田。

所以周筱坐在旁边发愣，售车经理给她端来很好喝的茶，她就一口一口地抿着，看赵泛舟和那个经理在各辆车面前比手画脚，远远看去两人还挺滑稽的，她突然就觉得有点开心。

赵泛舟看向她的时候她端着茶，笑得傻乎乎的，他走向她，问："要不要去试车？"

“好啊。”她快快乐乐地跳下椅子，跟着他去试车。

一连试了好几辆车，她都感觉不出来有什么区别，所以她就对他提了一个特中肯的意见：“白色那辆车的椅子特别柔软，它的颜色蛮适合你的，还有它的标志很漂亮。”它的logo真的很漂亮，像一个盾牌，总体是红黑金三种颜色，盾牌中间是一匹前俯后仰的马。（周筱小姐，如果保时捷的老板知道你觉得那匹马是前俯后仰的，不知道他会有什么感想）

最后赵泛舟还真的就订了那匹前俯后仰的马，看来她的意见是具有专业水平的。

赵泛舟跟经理嘀咕了一会儿，经理笑着去里面提出一个袋子交给他。周筱在旁边好奇得要死，又不好意思问是什么。

然后周筱就蹭了赵泛舟一餐大的，最后赵泛舟送周筱到楼下的时候已经是晚上十点多。

“我上去了，拜。”周筱摆摆手要往上走。

“等一下。”赵泛舟递给她那个袋子，“这个给你，今天谢谢你。”

“什么东西？”周筱没有伸手去接。

“茶，我刚刚看你喝得挺开心的，就跟那个经理要了点。”

“哦，谢谢。”周筱接过来，“那……拜拜。”

“拜拜。”

周筱提着袋子爬楼梯，手里好像有点沉甸甸的，心里也是。等开了门她才突然想起赵泛舟还有东西在她这儿，怎么她没长记性赵泛舟也跟着没长记性啊。

第十六章

蔡亚斯在发脾气。

周筱打电话过去他都只是冷冷地讲几句就挂断，她突然好怀念以前那个会追着她打的青梅竹马。

最后周筱下班后诱惑袁阮阮说去唱歌，借着唱歌的名义才硬把蔡亚斯给约出来，说起来她还真是失败，约男朋友出来还要想一堆借口。

周筱和袁阮阮坐在KTV包厢里，袁阮阮一首接一首地唱。蔡亚斯迟到了快一个小时，于是周筱就被袁阮阮的魔音折磨了快一个小时，袁阮阮唱到累了坐下来时还问周筱说："怎么样？我的歌声感人吧？"

周筱一边看手机一边回她："是挺'感人'的，人都被你赶跑了，蔡亚斯连出现都不敢。"

"你打个电话给他嘛。"袁阮阮边说还边拿着遥控选歌。

"没接。"她有点无力。

蔡亚斯姗姗来迟，而且还不是一个人来的，后边跟着一堆人，有男有女，但是没有一个是周筱认识的。

一群人浩浩荡荡地进来，袁阮阮被这阵势吓了一跳，唱歌的声音抖了抖，听起来那是相当地像猫叫春。

蔡亚斯一屁股坐在周筱旁边，手搭上她的肩，一股酒味扑面而来："都是我的朋友，一起玩你不介意吧？"周筱很想给他来个过肩摔，但强忍了下来："不介意。"

他一手勾着她的脖子，一手去按服务铃。服务员进来之后他开始点一堆酒，然后放开周筱，跟一个妖娆美丽的女人摇骰子划拳。

袁阮阮跑来坐在周筱旁边，她的麦克风被某个歌声比她更惊天地泣鬼神的人抢走了。

"学姐，怎么突然来了这么多人？"

"都是蔡亚斯的朋友。"周筱的视线没离开过蔡亚斯，她倒要看看，他到底在搞什么鬼？

"怎么突然带这么多人来？他好像喝醉了？"

"他没醉。"笑话，她认识蔡亚斯也不是一天两天的事了，他六岁就偷他老爸的酒喝，十五岁那年喝下两瓶半白酒，醉了拉着她硬要给她表演潮剧（类似京剧，语言为潮汕话）。据说是他这辈子第一次，也准备是唯一一次的喝醉。

那个女的抱着蔡亚斯的手，她的胸部已经压上他的手臂了，两个人开始对唱情歌，从《好心分手》到《屋顶》到《明明白白我的心》到《你是我心里的一首歌》，这首歌的前奏一响起，周筱就明白他在玩什么把戏了，因为她跟他提过这首歌。

"学姐，他们是不是有点过分啊？"袁阮阮趴在周筱的耳边大声说。KTV包厢真不是个对话的好地方。

"他故意的。"周筱冷眼旁观。

蔡亚斯的背是僵的，他其实有点发抖，但他不敢回过头去看周筱的表情。手上这个贴上来的胸部只让他觉得软趴趴的，很恶心，让他很想把这个唱歌鬼哭狼嚎的木兰飞弹女丢到地上去。

他点下《你是我心里的一首歌》时也不知道心里在想什么，大概就是希望周筱给他一些反应吧，骂他也好，打他也好，生气甩门出去也好，总之给他个反应。但是她没有，她冷静得好像搂着女人唱歌的人是隔壁家老王而不是她男朋友。

酒一杯续过一杯，生平第一次他恨自己总也喝不醉。

周筱皱着眉头看他喝，终于忍不住过去按住他的手："够了，酒不是免费的。"他挥开她的手："今天我买单，我高兴怎么喝就怎么喝！"

"对嘛，大家出来玩，不喝酒怎么行呢？"木兰飞弹女插进来说，还顺手拿过一个杯子倒了一杯酒递给周筱，"来，干了，大家交个朋友。"

周筱还没接过来，蔡亚斯就把酒拦了下来，一口喝下："要喝跟我喝。"

"你这就不对了，有没有那么心疼啊？"木兰飞弹女有点不高兴了。

"我不能心疼我女朋友啊？"蔡亚斯冷冷地说。

周筱挑挑眉毛，现在倒记得她是他女朋友了？她自己倒了一杯，一口干了："现在把我男朋友还给我几分钟吧。"

蔡亚斯还没来得及拦下她的酒就被她拖出了门口。

周筱双手交叉在胸前，眼睛向上四十五度瞪着蔡亚斯："蔡亚斯，你够了没？"

"我没够，怎么，就许你和前男友去逛超市买车，还不许我和女人唱一下歌？"他脸通红，不知道是喝太多了还是气的。

"你跟踪我？"周筱心跟镜子似的锃亮锃亮的。

"我……我刚好看到。"他有点结巴。

"刚好？从超市刚好到4S店？"

"……"

"蔡亚斯，我跟他什么事都没有，老朋友一起吃个饭、买个东西不过分吧？如果过分了你不高兴你就打电话跟我说啊，我就不去了，你现在这样是想怎样？"一想到她跟赵泛舟在吃饭或者走在路上的时候旁边都有一双眼睛在盯着他们看，她突然就觉得毛骨悚然。

"你跟他出去你还义正词严？"蔡亚斯趁着酒劲儿突然两手抓住她的肩膀。

"蔡亚斯，你存心找碴儿是不是？"

"……"蔡亚斯的手很用力地捏着她的肩膀，她挣了好几下都没挣脱开，有点害怕，他就像卡通片里的人物，眼睛里有两把火在腾腾地燃烧。

"蔡亚斯，放开！"周筱一直缩着肩膀，想从他掌下挣脱出来。

蔡亚斯突然把她推向墙壁，用力过猛，她重重地撞在墙上，然后他一个拳头挥过来，她下意识地要躲，然而他的拳头只是用力地捶在墙上。她吓到了，愣愣地看着他，认识了二十几年的人一瞬间觉得好陌生。

"你怎么了？"周筱突然哭了，"不要这样好不好，我会怕。"

蔡亚斯像被火烫到一样迅速放开手，周筱顺着墙壁滑下去，靠着墙蹲在地上，手捂在脸上。蔡亚斯蹲在她面前，酒瞬间醒了，有点手足无措。

"对不起，你不要哭啊。"他有点笨手笨脚地拍着她的背。

周筱把头靠向他的肩膀："我们不要吵架，我们好好地过，好不好？"

"好。"

蔡亚斯搂着她并肩坐下，两个人就坐在走道里，头靠着头，听着从各个房间里传出的声，两人第一次觉得莫名的安心和靠近。

沉浸在两人世界里一会儿之后，周筱发现路过的人开始用奇怪的眼神看着他们，还有好几个都快到走道的转角处了，还忍不住回过头来偷瞄几眼。

"我们是不是应该进去了？"周筱问，"他们快报警抓我们了。"

"开始贫嘴是不是就不想哭了？"蔡亚斯转过头去看她，"……嗯，我刚刚真的不是故意的，对不起。"

"好吧，原谅你这一次。"周筱用头撞了一下他的头，"你啊，醋劲儿蛮大的，上次还装大方。"

"你刚刚是真哭啊？"蔡亚斯摸摸被她撞了一下的头。

"那是，我妈教过我，打不过就用哭的，靠这招我横行江湖很久了。"她先站起来，拍拍被坐皱的裤子，"你不进去我进了，你自己在这边被参观吧。"

周筱进去才发现，袁阮阮已经重新拿到麦克风了，一个房间里的人大半都在随意摆动着身体，暗暗的灯光下像群魔乱舞，也不知道他们是酒喝多了还是被袁阮阮的歌声给吓的。

蔡亚斯跟着进来，趴在她耳边说："你要不要跳舞？"她瞪了他一眼，很贱！

周筱小时候被挑中在六一儿童节的时候表演跳舞，在表演的前一天，老师给了她一大袋糖果说："周筱，老师给你糖果吃，明天你就不要来跳舞了，让××小朋友去跳，她没有糖果吃，你有哦。这样好不好？""好。"周筱快快乐乐地接过糖果，然后拎着那袋糖果乐滋滋地去分给蔡亚斯吃。第二天看到××小朋友在上面跳得摇曳生姿，她才有被骗的感觉，回家对着妈妈大哭了一场，妈妈带着她杀到学校找老师，老师倒是挺客气，一直道歉，到最后实在是没办法了，就跟她妈妈说，不然让你女儿跳一段给你看吧。周筱跳完，她妈妈带着她默默地离开了，然后给她买了一包更大的糖果，最后还语重心长地跟她说，女儿啊，跳来跳去很傻，咱有糖果吃就好，对不对。周筱嘴里含着一颗糖果，重重地点了点头说，对！

这本来应该是母女间的小秘密，不知怎么的就传得家喻户晓，所以说有个青梅竹马的男朋友是全世界最衰的事！

蔡亚斯送袁阮阮和周筱到楼下，袁阮阮先上楼，剩两人依依惜别。

说起来这个蔡亚斯同学不知道怎么了，越靠越近，越靠越近，周筱被风一吹，他身上的酒味跟着飘了过来，她用力地推开他："我警告你，你要是敢用你那都是酒味的嘴亲我，你就死定了。"

"谁要亲你啊，想太多。"蔡亚斯站直了腰，眼神慌乱，"你上去吧，我回去了。"

周筱向上走了两级阶梯，回过头来看蔡亚斯傻傻地站在原地往手里呵气然后放到鼻子下去闻。她笑着跑回来，站他面前说："亚斯，把头低下来。"

蔡亚斯一个口令一个动作地低下头，她迅速在他脸颊上啄了一下："你以后要是再给我想一些鬼主意气我，你就试试看。"

蔡亚斯捂着脸，小脸蛋儿通红，一句话都讲不出来。

"听到了没？"周筱叉着腰很凶地问。

"听到了。"他还在发愣。

"这才乖，我上去了，拜拜。"周筱踮起脚摸摸他的头，转身爬上楼。

徒留蔡亚斯傻呵呵地捂着发烫的右脸，久久都没回过神来。

在黑暗的街角，睡不着想来看看她房间灯光的赵泛舟，也是愣在原地，久久都没回过神来。

周筱快快乐乐地睡觉去了，她完全不知道，她的一个吻扰乱了两池春水。

凌晨三点，周筱在床上正睡得欢腾，刺耳的铃声响起来，跟午夜凶铃似的，她躺在床上摸索了半天才找着手机，眼睛却怎么也睁不开，于是随便按了个按键："喂？"

"周筱，是我。"

"你是谁啊？"她还在梦中。

"谢逸星。"

"哦，你好，晚安。"她把电话按掉，又睡着了。

五分钟后。

刺耳的铃声再次响起，周筱还保持着手里握着手机的状态，被吵醒两次，她一肚子火，拼命撑开眼睛看来电显示，又是谢逸星。

"谢逸星，你最好是有什么急事！"

"你前男友酒精中毒算不算急事？"

"什么？"周筱总算是醒过来了，快速地坐起来开灯。

"赵泛舟酒精中毒，现在正在医院做腹膜透析。"

"哪个医院？"她已经开始一边听电话一边找衣服换了。

"人民医院。"

"我马上过来。"

周筱冲下楼。

大城市有个好处——就是不管多晚都是车如流水马如龙，她很快就上了出租车，也不知道是天气冷还是怎样，她的手微乎其微地颤抖着。腹膜透析？到底有多严重？

进了医院，周筱在大厅看到了正在办理手续的谢逸星。

"逸星，他怎么样了？"她的声音有点轻微的抖动。

谢逸星回过头来："现在应该是没事了，在打点滴，但还没醒过来。"

周筱绷得紧紧的神经一下子松了下来，腿有点发软，靠着医院的墙发呆。谢逸星办完手续走过来说："走吧。"她安静地跟着他走进一间病房。

赵泛舟躺在床上，两只眼睛紧紧地闭着，眉头皱得死紧。医院浓烈的消毒水味道和他苍白得像纸的脸，让周筱的心一阵一阵地抽搐着。

"怎么会这个样子？"她不敢再看他苍白的脸，转过头去问谢逸星。

"短时间内空腹饮用大量的酒。"

"为什么要喝这么多？"

"受刺激了。"

"什么刺激？"

"不知道，他没说，他只说他去过你家楼下。"

"去我家楼下干吗？"周筱有点猜到是怎么回事了。

"我怎么知道？估计是睡不着吧……唉，问世间情为何物，一物降一物。"谢逸星凉凉地说。

周筱狠狠地瞪了他一眼："嘴巴那么贱，一物降一物，我等着看你那吴馨妹妹怎么降你！"

"哎，你这是人身攻击啊。"

"他喝那么多，你也不拦着点。"她不小心又看到赵泛舟苍白的脸，忍不住埋怨道。

"心疼了啊，对前男友这么好，小心现男友灭了你。"

"神经病。"周筱懒得理他。

谢逸星看看手表，说："都四点多了，你留下来照顾他吧，我明天有个很重要的会，就先走了。"

　　"不行，我明天也要上班，而且你也说了，我男朋友知道了会灭了我。"周筱才不干呢。

　　"你就请一天假吧，我明天的会真的很重要啊，而且你没听过十年修得同船渡吗，好歹你也念念旧情，而且你男朋友那边你不说，他怎么会知道？"

　　"反正你自己看着办，我没办法。"

　　"那我也没办法了，他刚回国，有联系的人也就是你和我，谁会没事来照顾他？不过反正医院里有护士，死不了的。"谢逸星无所谓地说，"走吧，我们先回去，我送你。"

　　周筱跟着他走了两步，又忍不住回头看了床上的赵泛舟两眼，他脸色苍白得好像要和医院这个纯白的空间融为一体了。

　　"算了，你回去吧，我照顾他。"周筱跺了跺脚，对自己的心软有点生气。

　　"早说嘛，瞎折腾啥？舍不得就留下嘛，何必为难自己。"谢逸星转着车钥匙，痞痞地说，"那我先回去了，你要把他怎么样就怎么哦，不用客气。"

　　"滚。"周筱没好气地说。

　　门合上之后，房间里就剩他俩了，安静得周筱都可以听到自己的心跳。她轻轻地搬了把椅子在床边坐下，忍不住端详起他来：从跟他重逢之后她都没有好好地看过他呢，他好像跟她记忆中的样子有点不一样，具体怎么不一样她也说不上来，像是有点陌生的熟悉。她忍不住把手伸向他的眉头，抚平他眉间的皱褶，叹了口气。

　　赵泛舟醒来的时候，看到的就是这么一幅秀色可餐的画：周筱趴在床沿，脸蛋枕在他手边的被子上，黑色的头发散开在白色的被子上，刘海有点遮住眉毛，脸颊上的肉压在床上挤成可爱的弧线，嘴巴微微张开，粉红粉红的。他好想碰一下她，看看她是不是真的。他情不自禁地把手从被子里抽出来，中指轻轻地碰了一下她的嘴唇。她动了一下，他飞快地把手收回来，合上眼睛，但是在偷瞄她的反应。但她只是把脸在被子上蹭了蹭，嗯了一声，又沉沉睡去。

他不知道看了她多久，越看心就越柔软，好想让时间停留在这一刻。

早晨的光线慢慢地移进房间，赵泛舟好想拿把枪把太阳射下来，但他不敢动身去拉窗帘，怕吵醒某人。

最终把某人吵醒的是白痴的查房医生和护士。

周筱揉着眼睛站起来，呆呆地看着医生和护士。

"小姐，好好管管你男朋友，没人这么喝酒的。"医生笑着对她说。

"哦。"刚睡醒的她特好拐，压根没反应过来医生说了什么。

"你女朋友对你真好，要是我男朋友喝成你这样子，我就让他醉死算了。"护士小姐开玩笑地对赵泛舟说。赵泛舟只是笑着点头。

周筱这会儿才反应过来，敢情这个医院的医护人员以前是干狗仔队的，这么八卦？她张嘴想解释，但也不知道从何解释，只得算了。

医生护士走了之后，周筱用手扒了两下睡乱的头发，问他："你怎么样了？还难受吗？"

赵泛舟摇摇头，头一摇倒是一阵晕眩，他赶紧靠住床背，周筱瞪了他一眼，忍不住想说他几句："活该啊你，你是疯了吗？喝那么多酒。"

"下次不了。"他哑着嗓子说。

"还有下次？下次让你自生自灭。"

"嗯。"他乖巧得很，就怕惹到她，她会不理他。

周筱向门口走去，赵泛舟吓了一跳："你要去哪里？"她回过头去看他，他可怜兮兮的，好像被主人丢掉的小狗，她摇摇手里的手机说："打电话回公司请假和买早餐，你能吃早餐吗？"

"能。"他用力地点点头，又是一阵晕眩，但是眼睛闪烁得像天上的星星。

"嗯。"周筱点点头出去打电话。

她先打了个电话去公司请假，经理拉拉杂杂地说了一大堆才不情不愿地批了假。她在医院的餐厅门口站了一会儿，才决定给蔡亚斯打电话，她怕这些事他如果从别的地方知道反而会变调。

"喂，吃早餐了吗？"蔡亚斯的声音听起来有些兴奋。

"还没。"周筱还在斟酌语言，"那个……我在医院。"

"怎么会这样？你怎么了？"他的声音听起来很着急。

"不是我，是赵泛舟，他酒精中毒。"她说。

"……然后呢？"听不出来他有没有不高兴。

"我想说在这里照顾他一下，现在没有其他人可以照顾他……这样可以吗？"

"你在哪个医院？"

"人民医院。"周筱有问必答，态度好得不得了。

"你不用上班吗？"他的声音开始带点火气了。

"我刚刚请了假。"

"你连假都请了，还问我干吗？"他的声音突然提高了八度，然后啪的一声把电话挂了，周筱再打过去的时候他已经关机了。

周筱也有点火气，即使她有错，她也够低声下气的吧？懒得理他。她买了点早餐回去，还特地排队给赵泛舟买了粥。

"你去好久。"赵泛舟看周筱推门进来，很委屈地说。

她瞪他一眼，他乖乖闭嘴。

"吃早餐。"她递给他一碗粥。

"我只有两只手。"他一手接过来，另一手在打点滴，很无奈地看着她。

周筱接回那碗粥，早知道就买个饼给他啃！

蔡亚斯推门进来的时候就看到这一幕，她把粥在嘴边吹凉了，再送到他嘴边，他张口吃下，两个人的脸都红红的，空气中弥漫着暧昧的气息。

门一开，两人同时看向门口，满脸错愕。

"周筱，出来！"蔡亚斯撂下一句话，砰的一声甩门出去。

周筱把碗放到床头的小桌子上，有点无奈，他的脾气是越来越大了。

"我出去一下。"她对赵泛舟说，他没有表情地点点头。

门外传来激烈的争吵声。"不觉得你太过分了吗？""你是不是想跟我分手去跟他在一起？""你到底是个怎么样的女人？""我不出现你们准备进行到什么程度？""到底要怎么折腾我才会开心？"……蔡亚斯的声音很激动，而周筱的声音很低，好像在小声地解释着什么，压根就听不清楚。

"这里是医院，请安静一点。"好像是护士小姐的声音。接下来是长达十几分钟的安静。

每一分钟对赵泛舟都是煎熬，他感觉自己好像在刀山油锅里滚来滚去。

终于周筱推了门进来，眼睛有点红："我先回去了，我等下打电话给谢逸星，让他开完会后来照顾你。"

赵泛舟点了点头，欲言又止，最后在她转身要离去的时候才说："他都是这样对你的吗？"

周筱的背僵了一下，没有转头："不是，他平时对我很好的。"

"这样算很好？"他扯着沙哑的嗓子说，有点激动。

"至少他没有一声不吭就离开，不是吗？"周筱轻轻地说了一句，轻轻地走了，不带走一片云彩和……还没吃的早餐。

赵泛舟听着她的脚步声越来越远，远到好像要远远离开他的生命。昨天的酒精和刚刚喝的粥开始作怪，他的胃开始翻腾，头也剧烈地抽痛起来。

第十七章

　　"亚斯，你能不能不要走那么快。"出了病房门口，周筱一路都是小跑着跟在蔡亚斯后面。蔡亚斯置若罔闻地往前走，一副大步迈向康庄大道的样子。

　　"蔡亚斯！蔡亚斯！"

　　周筱站在原地看着他走，她大约看了一分钟，他果然头也不回地一直走。周筱调头往相反方向走，边走边喃喃自语："丫的，毛病啊！三天不打上房揭瓦。"她也不知道走了多久，拐弯到一条没人的路的时候，身后突然传来急促的脚步声和熟悉的声音："周筱！"

　　她转过头去，一个影子扑上来，然后她的唇被覆上，她用力挣扎，但挣不开，她无力地垂下手，任湿湿热热的唇在她的唇上反复摩擦，她感觉嘴唇好像破皮了。

　　不知道时间过了多久，他总算放开她了。

　　"蔡亚斯，我要分手。"周筱冷静地说。

　　"什么？"蔡亚斯一脸的不可思议。

　　"我要分手。"她重复一遍。

　　"你真的要为了赵泛舟跟我分手？"他不可置信地看着她，仿佛刚刚是她不顾他意愿地强吻了他似的。

"有那么难以相信吗？你不是一直以为我会为了他和你分手？"

"我没有这么以为。"蔡亚斯语速很快。

"那你是在发什么神经？"周筱很想一巴掌给他呼过去。

"难道你和前男友一直纠缠在一起就对吗？"蔡亚斯回答得理直气壮。

"算了，我们真的没办法沟通，分手吧，当时在一起的时候你也说了可以随时喊停的。"周筱很无力地说。

"你说的！不要后悔！"蔡亚斯撂下一句狠话，踩着慷慨激昂的步伐走了。

周筱看着他气冲冲的背影，突然想哭又想笑……

她无聊地在家里晃来荡去，早知道就不要请假了，这个月的全勤就这样没了……她一个失恋的人，怎么脑子里想的都是全勤奖呢？

算了，去睡觉，趴在病床上睡觉对她这把老骨头真是一种折腾，她到现在都腰酸背痛的。

周筱做了特快乐的梦，梦里赵泛舟和蔡亚斯变成了两个球，她拼命地踹拼命地踹，往死里踹，还是不解气，又从兜里掏出一针，扑哧扎破蔡亚斯，他尖叫着冲上云霄，然后她奸笑着靠近赵泛舟，赵泛舟抖得跟颗球似的，就在她举着针要扎下去的时候，突然被尖锐的门铃声吵醒了。

她趿着拖鞋昏沉沉地去开门，蔡亚斯那只喷火龙站在门口，手还在门铃上狂按。周筱翻了个白眼，侧过身让他进来。

"我觉得这件事是你的不对，凭什么是你提分手？"他一进门就开炮。

"那你想怎样？"周筱看着窗外，大概是下午了吧。

"我不想分手了。"蔡亚斯看着脚尖，低声说。

周筱看着他，突然不知道怎么回答了，她不怕他生气发火，但是怕他示弱难过。她认识他这么多年了，从小欺负他到大，但还真不舍得让他难过。

她手伸过去拉住他的手，轻轻地。

"那就不分吧。我们再努力一次，就这么一次了，如果实在不行，就按我们当初说好的，好聚好散，再见还是朋友……这样好吗？"

"好。"他用力握紧她的手。

她的脸有一丝痛苦一闪而过，他也……握得太用力了点吧？

下午三点多的时候谢逸星打电话给周筱，说他实在是走不开，让她去医院看看赵泛舟，蔡亚斯说什么都要跟着，周筱看他今天为了抓奸也请了一天假，就让他跟着来抓个够好了。

事实证明，让前男友和现男友相处一室就可以体验到什么叫作没有硝烟的战场。

赵泛舟淡淡地打了招呼之后就安静地看着瓶子里的液体往下滴，好像从里面可以领悟到什么人生道理似的。而蔡亚斯从进门之后脸部肌肉就没放松过，绷得那么紧，周筱真怕他会突然中风。

好吧，反正她现在里外不是人，爱怎样就怎样，她坐在旁边翻杂志，等待晚餐时间的到来。

门被推开，早上的白痴医生进来了，周筱心里暗叫一声糟糕。果然医生不负众望地问："赵先生怎么样了？如果没有想吐的感觉就可以让女朋友来办理出院手续了，然后点滴打完你就可以出院了。"

周筱用眼睛的余光去扫蔡亚斯，发现他拳头都握紧了，指不定待会儿要打赵泛舟或者打医生。

"我不是他女朋友。"周筱赶紧解释，早上不解释是因为懒，现在不解释就要出人命了。

"不是！怎么会不是？早上……"

"早上没来得及跟你说。呵呵。"这个死白痴医生要是把昨晚她陪了赵泛舟一个晚上的事捅出来她就血洗医院。

"这样啊，不过你们挺配的，我还以为你们是一对呢。"

"没，他才是我男朋友。"周筱指着蔡亚斯说，没有注意到赵泛舟的眸光一暗。

蔡亚斯握紧的拳头松开了，笑容爬上他的脸，总算不再是一副面瘫的样子了。

"哦，不好意思啊，我看她对赵先生那么好就误会了。"医生说。周筱决定了，她要在医院门口埋伏着，盖医生布袋。

"没有啦，我跟他只是朋友。"周筱赶紧撇清关系，"医生，你可不要害我回去被他吊起来打。"

"呵呵……"医生笑得特喜庆。

"医生，我没事了，可以出院吗？"赵泛舟插进来说了一句。

"呃，可以，你跟我去外面办一下手续就行了。"医生转过去指着蔡亚斯说，蔡亚斯不情愿地跟着医生出去了。

赵泛舟的视线最终还是忍不住落在她的唇上，从她一进来他就发现了，她唇上有伤口，早上跟着蔡亚斯出去的时候还好好的……答案呼之欲出，不是吗？

他用力握紧插着针头的那只手，让皮肤的绷紧牵动针头狠狠地在肉里扎着。他总算体会到了什么叫世界上最酸的不是吃醋，而是……没有资格吃醋。

周筱和蔡亚斯把赵泛舟送回家，这才发现赵泛舟家和周筱家只有两条街之隔。

回来的路上蔡亚斯一直黑着个脸，周筱一再表示她之前并不知道这件事，就差没对天发誓了。蔡亚斯好不容易才重新绽开笑脸，于是两人有说有笑地又绕回了周筱家楼下。

蔡亚斯难得绅士地下车帮周筱开车门，让她有点受宠若惊。

"今天的事，对不起。"蔡亚斯很愧疚地看着她的嘴说。

"是挺对不起我的。"被他一提周筱才想起今天一天她的嘴唇都隐隐作痛。

"我……"蔡亚斯越讲越靠近她的脸，她用脚趾头都可以想到他想干吗了，正常状况下她应该羞涩地闭上眼睛，但不知道为什么，看着他陶醉的脸越靠越近，她眼前突然就闪过当年他被她骗着吃橡皮擦后那个哭得皱成一团的小脸，于是她忍不住就狂笑起来，笑得是前仰后合，天崩地裂，山河为之变色。

蔡亚斯无语地看着眼前这个笑到蹲在地上揩眼泪的女人，心里五味杂陈，特不是滋味。

好不容易周筱才止住了笑声，勉强站起来想说点什么，才发现蔡亚斯双手抱胸冷冷地看着她，呃……好像没那么好笑了。

"呃……我不是故意的。"周筱说完还识时务地把眼睛闭上，等待他的吻。

蔡亚斯冷着眼看她紧紧闭着的眼睛，不知道是紧张还是忍笑，她的眼睫毛和嘴角都微微地颤动着。他的鼻子都快碰到她的鼻子了，但是他突然就是没有亲下去的欲望了，他拿额头用力地撞了一下她的额头。她啊的一声捂住额头，眼睛含泪控诉地看着他，他用的力道可绝对不是小打小闹的力道。

"我也不是故意的。"他生硬地甩下一句话，转身上车，关车门用的力量让人怀疑他是不是想换新车了。

然后咻的一声，车子消失在周筱面前，只留下车子排气管喷出的一阵青烟和泪眼蒙眬地捂着额头的周筱。

凉风吹过，你醒了。真正的"聪明"是在适当的时间离场。——by李碧华。

蔡亚斯单方面发起的冷战持续了好几天。周筱倒是没什么所谓，他那点小朋友脾气她也不是第一天领教到了，次数一多她难免会觉得有点心冷。反倒是最近都没怎么听到赵泛舟的消息，也不知道他出院之后怎么样了。

不出所料，蔡亚斯周五下班时间到周筱公司楼下接她，一脸什么事都没发生过的样子，真欠揍。

"周末要不要去玩？"蔡亚斯边盯着路况边问副驾驶座上的周筱。

"去哪儿玩？"她看着窗外，有点提不起劲儿。

"不然我们回家？"

"好啊。"她随口回答，还是看着窗外发呆。车默默开了一会儿，她突然坐直了身子："你刚刚说，回家？"

"是啊，你不是说好了吗？"蔡亚斯方向盘一个打转，靠路边停了下来。

"才两天……回家很累吧？"她拼命想借口，"再说，还有两个月就过年了呀，而且回家也没什么好玩的。"

“你不想回家是不是？”蔡亚斯的脸沉了下来。

“是。”周筱的脸也沉了下来，比脸臭谁不会啊？

“你就没想过要让家人知道我们俩的事吧？”他从口袋里掏出一包烟，点了一根，随手把烟盒丢向挡风玻璃和车子的夹角处，有点用力过猛，烟盒撞到挡风玻璃弹了回来，打在周筱身上。

周筱捡起落在她身上的烟盒，仔细阅读起上面的字来：吸烟有害健康。

“难道不是吗？”他用力地吸了一口烟，吐出一个很大的烟圈。

“是。”她把弄着手里的烟盒，就是不看他，“你觉得我们两个够稳定吗？找出了可以相处的方法了吗？”

“你根本就没有心要和我在一起。”他用手狠狠地捏熄了烟。

“你非得这么说我是不？”她把窗开了，顺手把烟盒瞄准路边的垃圾桶丢了过去，哎呀，没进。

“不然从此你和赵泛舟再也别联系。”他看着烟盒落在垃圾桶旁边，里面还有烟。

“你要不要干脆买个笼子把我装起来？”周筱抬眼看他，心如止水。

“你要不要跟他绝交？”蔡亚斯吼了起来，突然一拳捶向方向盘，好死不死地捶中了喇叭，响得惊天地泣鬼神。

一时车内只剩刺耳的喇叭声。

等到喇叭声停了，蔡亚斯又问了一次，这次反而是带着哀求的口吻：“你一直跟他这样下去，我们就没有办法好好在一起，不要跟他联系了，好不好？”

“好吧。”这是她最后一次妥协了，也算是她为这段感情尽最后一次努力了，想当年她都没这么忍过赵泛舟呢。

“那你现在打电话去跟赵泛舟说，叫他以后不要缠着你。”

周筱冷冷地盯着他，还得寸进尺了？

“算了，你就把他电话号码删了就行。”蔡亚斯被她看得发毛。

周筱从包包里找出手机，正要删除，突然火就冒上来了，将手往窗外用力一甩，一个漂亮的抛物线划过之后，手机支离破碎地躺在马路上。

"现在高兴了吧？开车碾过去。"她说。

蔡亚斯被她的动作吓了一跳，不敢动。

"我说开车！"周筱提高声音，谁的个性没有阴暗的一面？老虎不发威还真被当足了hello kitty？

蔡亚斯手忙脚乱地发动车子，就怕慢了周筱会把他也丢出窗外。车轮咔嚓一声碾过手机，两个人的心都忍不住抖了一下，碎的……应该不只是手机。

周筱回到家的时候悔得肠子都青了，又不是拍电影没事丢什么手机，一两千块就这么被车碾过去也就算了，最麻烦的是所有联系方式都没了，现代人似乎不能没有手机，没了手机的感觉就好像鲁滨逊被丢在荒岛上似的，真怀念那段在老师的眼皮底下偷偷摸摸给远方的朋友写信的日子。

想想赵泛舟给她写过一份不算情书的情书，不知道因为什么事情，他把她彻底惹火了，有一个星期她都对他爱理不理的，后来他实在没法了，洋洋洒洒地写了十几页信，偷偷夹在她的小说里，她躺在床上看小说的时候翻到的，他从辩证唯物主义的角度写了一篇关于他们吵架那件事的分析，她看到最后一页都快睡着了才发现，他在最最后面的地方用小一号的字写着："你不要生气了，算我错了。"当时她不得不感叹，这孩子道歉的方式怎么那么迂回呢。

过了一天没手机的日子，部门经理一直在她耳边碎碎念。部门经理是个更年期的妇女，在家念叨老公孩子不够，到公司就念叨职员。她说周筱不稳重，连手机都丢了，哪一天连人也丢了，又说她一个人在外也不小心点，说她……周筱倒是无所谓，家里有个爱念叨的老妈，离家远有个像妈妈的人唠叨唠叨也挺温馨。到下班的时候，经理突然神秘兮兮地叫她到办公室，递给她一部手机说："这是我没收我儿子的，我刚刚让老公送过来，你先用着。"周筱受宠若惊，连连推辞，最后盛情难却地收了下来。

为了报答经理的抬爱，周筱主动要求加班，她离开公司的时候天都黑了，走下公司大楼，发现蔡亚斯的车在楼下，人却不知所终。她在车旁等了一会儿，他匆匆从旁边的商业大楼跑出来，丢给她一个Nokia的袋子，周筱不肯接，两人在公司门口僵持不下。

　　"你到底在闹什么别扭？"蔡亚斯气得要死。

　　"我自己会去买。"她坚持。

　　"我都买了，你还买什么买？"他晃着手里的袋子。

　　"刚刚我们部门经理给了我一部手机先顶着用，我周末再去买，你买的现在去退掉。"

　　"你一定要和我分那么清吗？"蔡亚斯突然想起什么似的说，"你们部门经理是男的还是女的？"

　　"你什么意思？"

　　"是男的对不对？他对你这么好干吗？"

　　"你神经病是不是？"周筱忍不住对他讲重话。

　　"男的还是女的？"他大吼一声把袋子砸向地上。

　　"女的。"周筱捡起袋子，低头拍拍袋子上的灰尘，"你知道吗？我好想蔡亚斯。"

　　蔡亚斯被她那种哀莫大于心死的语调吓到了，怔怔地看着她，她低着头，他只能盯着她头顶白白的发旋。

　　"既然你非得送我，那我就不客气了。送我回去吧，我很累了。"周筱笑笑说，好像刚刚那一瞬间低落的情绪是他幻想出来的。

　　车上，蔡亚斯一手握着方向盘，一手不停地转着电台频道，她的那句话一直在他耳边萦绕："你知道吗，我好想蔡亚斯。你知道吗，我好想蔡亚斯。你知道吗，我好想蔡亚斯……"

　　"你是我心内的一首歌，瞬间开出花一朵……"他不小心转到一个音乐台，刚好在放这首歌，他停了两秒，迅速地转走。他可以明显地感到身边的人的身体僵了一下，她看向窗外的眼神更漠然了。

　　他有点烦躁，手在口袋里掏了半天都没有掏到烟，于是降下车窗，想让风吹一吹。

　　看着周筱上了楼，蔡亚斯倚在车子旁抽烟，她房间里的灯亮了起来，黑暗中昏黄的灯光透过窗帘淡淡地透出来，看上去好温暖，可惜啊，她的温暖好像总达不到他的心呢。

他把烟蒂丢在地上，用脚碾熄，转身要去开车时，一个熟悉的身影在街的对面躲进黑暗里。他突然就想笑，这两人真是讨厌鬼，谁遇到谁倒霉。

他坐进车子，掏出手机给周筱打电话。

"喂。"周筱的声音传过来，有点疲惫。

"喂，死女人，我要和你分手。"蔡亚斯边说，边发动车子。

"什么？"

"跟你谈恋爱真是烦死了，我不玩了，真不知道赵泛舟以前怎么忍得了你！"

"你是认真的？"她的声音绷得紧紧的。

"对啦，警告你，最好把那手机折现后还给我啊，傻瓜才给前女友买手机。"他按下免提，把手机插入方向盘旁边的一个套子里。

"还就还，稀罕，小气鬼。"她的声音轻松了许多。

"那分手了哦？别后悔哦。"他以轻松的语调说，手却捏紧了方向盘。

"分就分，后悔的一定不会是我。"

"切，我总算摆脱你这个老姑婆了。"

"你才老男人。"

"懒得跟你说，我在开车呢，挂了。"蔡亚斯伸手要按掉手机。

"亚斯。"那边突然传来有点急的声音。

"嗯？"他手缩回来。

"谢谢。"

"这倒不用，我也想念周筱。"他顿了五秒钟之后才说。

"那拜拜，有空请我吃饭。"

"知道了，老佛爷，拜拜。"

蔡亚斯专心地看着前面的路，车里都是电话挂断的嘟嘟声，他一直都没有伸手去按掉。

又分手了……

周筱有点不懂，为什么她的每段感情最终都只能沦落到以分手收场？她是那么努力经营她的每段感情啊，不是说天道酬勤吗？

　　她跟往常一样吃饭睡觉，上班下班，上网聊天，没有什么了不起，失恋嘛，谁没失过？但是这次分手却比跟赵泛舟的那次让她更觉得心里空落落的，心里明明清楚她还没来得及爱上蔡亚斯啊，那这种空落落为的又是哪般？

　　隔着超市的商品架，周筱看到赵泛舟在收银台付账，她条件反射地往货架后面躲。她这才发现，她害怕见到他，害怕没有了牵绊的自己会义无反顾地向他奔去，这样的话，她连自己都会看不起自己。

　　两人住得那么近，她却好久没见到他了，听说他开始在他和谢逸星合开的公司里上班了，听说他现在每天都很忙，听说他知道了她和蔡亚斯分手的事，听说他偶尔会在她家楼下站很久，听说……

　　她怔怔地看着他提着东西走出超市，走吧走吧，他总是就这样走了，不管留下来的人会有多么难过。

　　赵泛舟走后，周筱失去了逛超市的兴致，随便买了点东西就离开了超市。她低头踢着一颗小石子，一路把它从超市门口踢回家楼下。在楼下，她蹲下来跟小石子告别，声情并茂地跟它解释不能把它带回家的原因，她有时也对自己会干这种蠢事而感到不可思议。

　　赵泛舟从楼梯走下来，没注意到蹲在墙边的周筱，但是周筱看到他了，她轻轻地往墙边缩了一下，恨不得和墙壁融为一体。

　　赵泛舟顺手就往垃圾桶中丢了一个东西，顺着东西丢进垃圾桶的抛物线有一点亮光一闪而过，像是玻璃之类的东西在路灯之下的反光，他丢的东西和垃圾桶碰撞，发出玻璃破碎清脆的声音。他抬头往她家的方向看了两眼，然后离开。

　　周筱看着他走远了才敢动，也忘了跟小石子道别的事了，一肚子疑惑地爬上楼梯，爬了好几阶楼梯，老觉得有点不对劲，但又不知道是哪里不对劲，下面几层楼梯又突然响起脚步声，她越想越毛骨悚然，赶紧动作迅速地跑回家锁起门来。

　　她还靠在门上喘气的时候，传来咚咚咚敲门的声音，她的心一下子提到了嗓子眼，屏住呼吸，安静地听门外的声响。

　　"开门啊，学姐。"是袁阮阮的声音。

周筱的心这才回到它原来的地方，有点虚脱地打开门："你吓死我了。"

"你怎么了，我刚刚在后面看你跑得飞快，还以为怎么了呢。"袁阮阮在门边边换鞋边说。

"没事，我自己吓自己来着。"周筱有点不好意思，大惊小怪了。

"哦，对了，房东良心发现了，楼梯那儿坏了几千年的灯总算换了。"袁阮阮套上拖鞋，随手把包往客厅沙发上一丢。

灯换了？难怪她觉得不对劲啊，原来习惯了黑暗，突然处在光明中也会让人觉得诡异。她这么一惊一乍地把自己吓一跳之后，就把刚刚看到赵泛舟的事给忘了。

隔了好几天，她在楼梯口遇到房东，顺口跟房东说了声谢谢，房东挠了半天脑袋说你谢我什么。搞了半天灯不是房东换的啊，就说他怎么可能突然这么好心，那灯坏了也不是一天两天的事了。

走下楼梯，抬头看到垃圾桶，她突然想起那天晚上赵泛舟好像丢了什么东西进去，好像是玻璃的，难道是——灯泡？

她突然就觉得生气，关他屁事啊，那么有爱心不会去当义工？这么黑暗的楼梯她都走了三年了，他凭什么突然让她走这么亮的楼梯！自以为是的浑蛋！

这个世界上，有一种倒霉鬼，老是不停地撞在枪口上，赵泛舟就充当了这么一回倒霉鬼。他昨晚通宵加班，早上想回家洗个澡换件衣服，开车路过学校时刚好看到以前周筱最爱吃的那家饺子店的大妈推出一辆车子，上面放着一笼笼冒着热烟的饺子。他还记得上次周筱看到饺子打翻在地时那惋惜的表情，她就是喜欢死鸭子嘴硬，真可爱。有好几天没跟她碰面了，一是因为忙，二是因为她和蔡亚斯分手了，他想给她一点自己的空间，她现在最不想看到的人除了蔡亚斯应该就是他吧。不过几天不见面还真是想得慌，只要一想到他和她就隔了两条街，他走十分钟就可以看到她房间的灯光，他心里就像海绵泡了水，软软的、柔柔的。

他看了一下时间，挺早的，她应该还没去上班，于是熄了火下去买了两份饺子，然后把车开到她楼下，坐在车里等她出门。

他等着等着有点困，忍不住眯了一下眼，再睁开眼睛就看到周筱对着垃圾桶不知道在嘟囔着什么。他按了一下喇叭，她没反应，他按下车窗把头伸出窗外叫她："周筱。"

周筱抬起头，赵泛舟在一辆白色的车里向她招手。又不是白马王子，学人家开什么白车。（她完全忘了车是她挑的这件事）

她慢吞吞地踱近车旁说："你怎么来了？"

"吃早餐了没？"赵泛舟笑着问。

"没。"她随口应他，不想跟他多牵扯。

"你想吃什么早餐？"他问。

"不想吃，没胃口。"她冷淡地说。

"早餐不可以不吃的，你说你想吃什么，我去帮你买。"他说。

"学校门口的饺子。"她突然坏心地想，学校离这里开车少说也要二十分钟，等他买到时她就已经在公司上班了。

"你之前不是说不喜欢吃？"

"现在突然想吃，你要买就快点去给我买，不然我要去上班了。"

"你先上车。"

"我不要跟你一起去买。"

"为什么？"

"不为什么。"她任性地说，以前怎么没人告诉过她，任性是一件这么让人身心愉快的事？

"好吧，反正我已经买好了。"赵泛舟突然变出两袋饺子，讨好地看着她。

周筱的脸沉了下来，刚刚的快乐一扫而光。她一把夺过袋子，很没诚意地说了句"谢谢，再见"，然后快步走开。

赵泛舟打开车门跳下来，快步跟在她身后。她听到他跟上来，加快脚步。于是在某个冬天的早晨，晨起运动的爷爷奶奶们就看到一男一女在大马路上竞走，手里还分别提着一袋饺子，随着他们摆动的手一甩一甩的，是不是参加竞走就有饺子领啊？

"怎么了？"长脚怪赵泛舟用不了多久就追上了小短腿周筱。

"没有，我赶着上班。"周筱还在很快速地往前走，压根没停下来跟他聊两句的意思。

"我送你。"

"不用了。"她还在拼命往前冲，甚至都有点呼吸不顺了。

"没关系的，我顺路。"由于脚长，赵泛舟倒是跟得挺轻松的。

"说了不用。"周筱停下脚步，有点气恼地看着他。

"你在生我的气吗？为什么？"他也跟着停下脚步，低下头看她。

"我们家楼梯的灯是不是你换的？"她突然问。

"呃，是。"赵泛舟解释道，"我上次看楼梯很黑，出入应该很不方便，就顺手换了。"

"我叫你换了吗？"周筱的眼睛冒火，恨不得把他烧出两个洞来。

"怎么了？"换个灯泡也惹到她了？

"不怎么了，我讨厌你介入我的生活，我就喜欢走暗暗的楼梯，我就喜欢早上不吃早餐，你凭什么管我？你有没有想过，你想来就来、想走就走，会对我的生活造成多大的困扰？你不在的三年我好好地过着，你没事跑出来瞎搅和什么？你要走你就永远走啊，回来做什么？好了，我现在男朋友也跑了，都是你害的。"她知道她在无理取闹，但是心里有股怨气没地方发啊。

"还有呢？"他平静地看着她，"我还有什么地方是你讨厌的？"

"讨厌你的纠缠不清，讨厌你的温柔体贴，讨厌你的逆来顺受，讨厌你老是让我难受。"她顿了一下，语气冷静了下来之后才幽幽地补上最后一句，"讨厌我自己还是要喜欢你。"

赵泛舟靠近她想要抱她，她后退一步说："我喜欢你，但我不要跟你在一起。我过不了心里那道坎儿，我一看到你就想到当年你在机场赶我走的样子，我就恨不得把你扒皮活埋了。"

"再给我一次机会好吗？"他往前跨一大步抱住了她，把下巴抵在她的头顶上，"不管你是要扒皮还是活埋，我都可以，只要再给我一次机会。"

她没有挣扎，只是安静地让他抱着，就算她贪图那点久违的温暖好了。

"我不要跟你在一起，绝对不要，我会遇到更好的人，他会疼我爱我，永远不离开我。"她的脸被压在他的胸膛里，声音都是闷闷的。

"我也会疼你爱你，永远不离开你。"

"我不相信你。"

"没关系，我等你相信。"

"我永远不会相信你。"

"没关系，我永远等你。"

"你等不到我的，我会找别人的。"

"没关系，我不会找别人。"

"我讨厌你。"

"我喜欢你。"

"我要迟到了。"周筱发现已经有人在看他们了。

赵泛舟松开她说："我送你去上班。"他牵着她的手，往车子走去。她出奇地配合，反而让他心里没底儿。

到了公司楼下，周筱下了车，俯下身子跟赵泛舟说："你看起来很累，回去睡个觉吧。"

"好，下班我来接你？"赵泛舟很高兴她终于主动关心他了。

"好。拜拜。"周筱上了楼。

"拜拜。"他看着她的背影若有所思，这么温顺？总觉得有鬼。

第十八章

　　周筱中午吃饭的时候在公司食堂给妈妈打了个电话，妈妈从她一毕业就开始逼着她找男朋友，而且还一改她之前的贪色本质，一再强调找男朋友要找忠厚老实的，大有帅哥一律拖出去枪毙的气势。周筱在爸爸的掩护之下逃脱了不少次妈妈安排的相亲，气得妈妈差点跟爸爸离婚。

　　"妈。"

　　"干吗？"自从她没配合妈妈的相亲计划后，妈妈对她一直都是冷冷淡淡的，恨不得登报跟她脱离母女关系。

　　"你上次叫我去见的那个人现在还可以见吗？"

　　"可以可以。"妈妈的声音马上热络了起来，真现实。

　　"那你安排一下吧。"她有气无力地说，"我只有周末和晚上有空。"

　　"好啊，没问题，我跟你说，李阿姨那孩子可出息了，他在一家大公司当经理，已经在G市买了车子和房子……"妈妈特兴奋地在电话那头吹嘘李阿姨的孩子，真是的，再好都是人家的孩子，又不是你的，你瞎兴奋个什么劲儿啊？

　　"妈，我知道了，你去联系吧，联系好了跟我说。我要做事了。"周筱说。

"好的好的，最近天气冷，要多穿点衣服啊。"

"好，拜拜。"周筱挂了电话后发了一会儿呆，才慢慢地踱回办公室。

下班时间，赵泛舟已经发短信说他在楼下等她了，周筱还在慢吞吞地收拾着东西，她就是想让他多等一会儿，哪怕多等一秒都好，反正她最近都是这么无聊的想法。

周筱到了赵泛舟车前，他正在看什么文件，很认真的样子。她拍了拍窗户，他抬头很自然地对她一笑。她有些迷惘地看向他，他的嘴角微微勾起，眼睛因为微笑而流光溢彩，他怎么可以笑得这么幸福且毫无防备？

她开车门坐了进去，赵泛舟收起手上的文件，边发动车子边问她："累吗？想吃什么？"

周筱一时不能适应他这么老夫老妻的态度，只是摇摇头，透过挡风玻璃漠然地看着外面。他没在意她的脸色，微笑着把车开上马路。

下班时间，车堵得一塌糊涂，赵泛舟顺手抽出刚刚看到一半的文件看了起来，他最近真的是忙得天昏地暗，员工对突然从国外回来的老板难免有所质疑，为了服众，他只得要求自己什么事都得做得至善至美。

周筱扫一眼他手里的文件，都是英语，密密麻麻的，跟天书似的。

"你最近很忙吗？"她有点无聊，难免想骚扰一下他。

"嗯，还行。"他抬眼看了一下她，又接着看文件。

她看他那么认真的样子，更加想打扰他："你在看什么啊？"

"合同。"这次他连眼睛都没离开过文件了。

"什么合同？"她其实一点都不好奇。

他把文件放在膝上，转过头来问她："你真的想知道？"

她摇摇头："算了，我随便问的。"

他看看外面的路况，估计一时半会儿是不会动的了，于是又拿起文件看。

"我可以听音乐吗？"周筱又有坏主意了。

"可以。"他头也不抬。过了两分钟，他忍不住皱起眉头，她一个频道接着一个频道不停地换着，而且将音量调得很大，不时地发出沙沙的声音，有时按得太快还会发出玻璃被刮到的尖锐声音。

他再一次放下文件，看她半俯着身子在调频道，嘴角还带着恶作剧得逞的笑。他摇摇头，又好气又好笑，她就这么想惹他生气？

就在周筱乐在其中的时候，她的电话响了，她不得不关掉收音机去接电话。

"喂，妈。"

"女儿啊，下班没？"

"下了。"

"吃饭没？"

"还没，现在在车上，塞车呢。"

"我跟李阿姨联系了，她很高兴呢，我把你的电话号码给了她，她说让她儿子联系你，你们到时候约出来见面啊……记得去买几件新衣服，要打扮得漂亮点，知道了吗？"

"知道了，他叫什么名字？"

"李越。"

"他要是打电话给你了，你要跟我说啊。"妈妈的声音很高。

"好。"她把电话拿得离耳朵远一点说，"那我到时再给你电话。"

前面的车已经动了，赵泛舟也跟着发动车子，眼睛时不时看向正在打电话的周筱，真郁闷，听不懂她的方言。

她放下电话，揉揉被妈妈叫得有点痛的太阳穴。

"是你妈妈吗？"他问。

"嗯。"

"说什么呢？听起来很兴奋。"他状似不在意地问。

她放下揉着太阳穴的手，硬是挤出一个娇羞的笑："没啦，叫我相亲呢。"

赵泛舟一个猛踩刹车，方向盘转了一百八十度，车轮和地面摩擦发出吱的一声，两人都因为惯性而向前冲去。

周筱捂着被撞疼的胸口，瞪着他，他疯了吗？

"刚刚有只狗冲出来。"他淡淡地解释。

她探头去看他说的狗，连根狗毛都没看到，哪儿来的狗？

"没有狗！"她有点生气，刚刚多危险啊。

他漫不经心地张望了一下："我眼花。"

后面被堵住的车主开始狂按喇叭，甚至有几个人将头伸出窗外来骂人。周筱扯了一下赵泛舟的衣服："开车啊。"

赵泛舟望了她一眼，发动车子。

周筱开始怀念堵车了，他怎么可以把车开得飞快，脸上的表情却像踩单车一样悠闲自在？

赵泛舟把车停在一家餐厅前，打开车门下了车。周筱还在车里惊魂未定，他绕过来帮她开了车门说："走吧，请你吃饭。"

她被他若无其事的态度搞糊涂了，呆呆地下了车跟着走进餐厅。

她一直都在小心翼翼地观察着他，但是除了眼神冰冷了点之外，他似乎没什么异常。

赵泛舟看她一脸嫌恶地看着牛排上拿来装饰的胡萝卜丝，笑着问："还是不喜欢吃胡萝卜吗？"

"嗯。"她不懂他怎么心情那么好。

他把自己的盘子推过来，伸过叉子来拨她盘子里的胡萝卜丝："给我吧。"

"没关系啦，不吃就行了。"周筱想阻止他又不知从何阻止，总不能拿着叉子跟他来场华山论剑吧。

周筱特无奈地看着他优雅地把牛排切成一小块一小块的，再看看自己，切牛排跟锯木头似的，是不是她的刀特别钝啊？

就在她还在犹豫要不要让服务员换一把刀的时候电话响了，她拿出来一看，是不认识的电话号码，难道是那个李越？

"喂，你好？"

"你好，请问是周小姐吗？我是李家的儿子李越，不知道周阿姨跟你提过了没有？"他的普通话带点潮汕腔，听起来挺亲切的。

"哦，我是，我妈提过你了，你好你好。"

赵泛舟抬眸看了她一眼，握刀叉的手紧了一紧。

"是这样的，我后天就出差了，估计要一个来星期才能回来，如果你明天晚上有空的话我们就约出来吃个饭吧？"

"哦，好啊，什么地方见？"周筱不自在地瞄了赵泛舟一眼，他正在低头切牛排，真是个爱切牛排的孩子啊。

"就××路上的××餐厅行吗？"

"行啊，那七点半可以吗？"周筱迅速算了一下时间，她下班过去差不多就这个时间。

"可以，那到时见，拜拜。"

"拜拜。"她放下电话，低头发现她面前的牛排不见了，疑惑地抬头看向赵泛舟，他笑着把盘子推过来说："切好了。"

"哦，谢谢。"多管闲事！切那么小块，害她不能大口吃肉。

吃完饭，赵泛舟开着车送她回家，又好死不死地遇上堵车。周筱看车刚好停在某家服饰店对面，就无聊地端详起店里的衣服来，看着看着突然想起妈妈叫她要打电话告诉她，于是就掏出电话来跟妈妈说了一下明天要跟李越见面的事，妈妈尖叫着让她一定要好好打扮一下，她只得连声答应。

"你妈妈很高兴？"赵泛舟手放在方向盘上，眼睛不知道在看哪里。

"是吧。"周筱说。

"你妈妈很讨厌我吧？"他又接着问了一句。

"呃……还好吧。"不讨厌是不可能的吧？她妈妈当年差点搭飞机到美国把他灭了，后来还是爸爸给她分析了一下情况，比如说，第一，她不知道赵泛舟在美国哪个地方；第二，英语她只会说"hello"；第三，飞机票很贵。由于以上原因，她妈好不容易才打消了出国杀人的念头。

"对不起。"他说。

周筱摇摇头，也不知道要说什么，突然灵光一闪，说："开门让我下车。"

"你去哪儿？"赵泛舟疑惑地看着她。

"买衣服。"她指着路旁的服饰店，"我妈说得打扮得像样点。"

赵泛舟缓缓地把车开到那家店的门口，开门让她下车，然后也跟着下车。

周筱挑中了一件黑色的雪纺连衣裙，转身问赵泛舟："这件怎么样？"

他看看她，再看看连衣裙，她皮肤很白，又是娃娃脸，穿上黑色会显得特别娇嫩可人，于是他摇摇头："黑色不好，没有朝气。"

"那这件呢？"她又拿出一件白色的洋装，在身上比画着。

"衬得脸色惨白。"她要是穿上白色的，整个人就像个洋娃娃。

她很失望地挂回衣服，完全不知道要选什么衣服了。

店员在旁边听得一头雾水，这位小姐明明就很适合刚刚挑的两件衣服啊，她男朋友眼光不好吧？

"你试试这件。"赵泛舟拿出一件藕色的衣服递给她。

周筱犹豫地拿着衣服进去试衣间，她怎么觉得这衣服的颜色脏脏的啊？

她换好衣服出来，赵泛舟满意地点点头："挺好看的，就这件吧？"

"真的？"周筱转头去看店员小姐，店员小姐狂点头："真的，很好看，小姐皮肤很白，穿上去精神。"

赵泛舟提着衣服走出来，周筱跟在后面很郁闷，他还真的付钱让她买衣服去相亲？

店员小姐目送两个人走远，狂喜，拿起电话给店长打电话："店长，店长，我们店里那件一直卖不出去的衣服被我卖出去了……对……就那件看起来脏脏的藕色连衣裙啊……而且我是原价卖出去的……我这么尽心尽力，你要给我提工资啊……"

第二天。

周筱起床起晚了，赶着上班，一时又找不着赵泛舟给她买的衣服，只得随手从衣柜里抓了一件衣服穿上，匆匆下楼后发现赵泛舟早已在楼下等她。她赶时间，也就懒得跟他矫情，跳上他的车就拼命催他："你要是能在二十分钟内把我送到公司，我就叫你爹。"他打量了一下她的穿着，有点不满："我可没兴趣乱伦，你怎么没穿昨天买的衣服？"

"没找着，你快点开车啊，我要迟到了。"她急得要死，哪有时间跟他讨论穿着啊。

他瞪了她一眼，慢吞吞地发动车子："知道了。"

"知道了你倒是快点啊。"周筱拼命催，今天有个很重要的会，她是负责做会议记录的，要是迟了经理非扒了她的皮不可。

"那我要是没来接你还不就得迟到？"他老神在在，难得她有求于他。

周筱突然凑上去，在他脸颊上亲了一口："这样行了吧，求你了，开快点。"

他眸光一闪，抓着方向盘的手一紧，脚下油门一催，车子跟离弦的箭似的飞出去。

经历了一个上午兵荒马乱的会议，周筱闲下来才意识到她早上做了什么，病急乱投医讲的应该就是她这种行为吧。她当时头脑一热就亲了下去，也不知道他会怎么想。算了，国外回来的，这有啥。再说了，他俩本来就很暧昧，划清界限反正是不可能的，他爱怎么想就让他想去，姐姐愿意亲他，他就该谢主隆恩了，但是……她晚上要去相亲啊，这样会不会很没有节操？不管了，这年头，男男女女，道德观薄得很，她算好的了，可是……

周筱一个下午都在和自己的道德观做斗争，累得要死。

赵泛舟一早上心情都很好，做起事来也特别事半功倍。中午的时候和谢逸星一起吃午餐，顺便想谈谈和德国那家公司合作的事，但那小子一直心不在焉的，听说他最近情路不顺，他也就干脆不谈了。

回到办公室，看了两个合作方案之后他突然就发起呆来。她的嘴唇干干的，大概是刚睡醒没喝水吧，但是软软的，印在他脸颊上的时候他觉得全身的汗毛都竖起来了，幸好后来飙了会儿车，不然指不定会像个毛头小子一样脸红心跳。

谢逸星在赵泛舟的办公室外敲了几下门，没有得到响应就自己推了门进去，然后就看到他手里拿着文件，但视线却不知道落在哪里，敢情这家伙也会发呆？

"泛舟，泛舟。"谢逸星叫了两句，才把赵泛舟拉回现实。

"怎么？"赵泛舟放下文件。

"今晚德国的客户会过来，我有点事，所以你去接待？"

"我今晚也有事。"

"你有什么事啊，我今晚是真的走不开。"谢逸星奇怪地看着他，他不是拼命三郎吗？

"那让陈经理去接待好了。"赵泛舟没有正面回答他的问题。

"你又不是不知道那些德国人，麻烦得要死，陈经理哪里对付得了他们。"谢逸星叹了口气，"今天吴馨订婚，这是我最后的机会了。"

"那晚上交给我，让你的秘书跟我一起去。"

"怎么？看上我的秘书了？"

赵泛舟瞥了他一眼："不错嘛，还有心情开玩笑。"

谢逸星苦笑："不然呢？我难道去跳楼？"

周筱刚踏出办公室的时候就被经理叫住了，让她把张姐留下来的报表做完，张姐下午请了假去试婚纱，所以报表只做了一半。周筱也不好意思说她要赶着去相亲，只得快速把报表做完，她离开公司的时候下班时间都过了半个多小时。她掏出手机寻找有车的朋友——谢逸星、蔡亚斯、赵泛舟。她打了谢逸星的电话，不通。打给蔡亚斯？又不是疯了。她百般无奈之下只得打给赵泛舟："呃，可不可以送我去××路？"

"我在接客户，不是很方便，待会儿给你电话。"

周筱还没来得及说什么，电话就挂断了。一股气冲上周筱的脑袋，不送就不送，有什么了不起的。

她好不容易等到一辆出租车，匆匆忙忙赶到门口的时候已经迟到了二十来分钟，也亏得那人好脾气，没打电话来催。

进了门口，她才发现，什么好脾气！他根本也还没到，于是她找了个位置，安心地坐下来等。

她坐下五分钟后，电话就响了。

"不好意思，我到了，你在哪儿呢？"

"我穿黑色衣服，坐在靠门口的位置。"

"你好。"一个身影停在桌子旁，周筱缓缓地抬头看他，视线从鞋子到裤子，再到衣服，然后到下巴，最后到整张脸。她心里只有一个想法：妈，你为什么要这样害我？

大家小时候都这么被妈妈恐吓过吧：你要是不把碗里的饭吃完的话，长大后脸就会坑坑洼洼的，奇丑无比。

周筱愣愣地听他滔滔不绝地讲他去过哪些地方做生意，心里感觉万念俱灰，唯一想做的事就是抓住他的肩膀疯狂摇着问他："你小时候为什么不把饭吃光，为什么？为什么？为什么……"

吃完饭，李越提出去咖啡厅坐一会儿聊聊天，周筱一时想不出脱身的理由，只得硬着头皮跟着去。

哪知一出了餐厅门口就遇到赵泛舟带着一群外国佬往餐厅里走，旁边还站着一个漂亮的女人。两人打了个照面，赵泛舟想打招呼来着，但周筱还在生气他挂她电话的事，就扭过头去跟李越说话，头一扭她就后悔了，她往哪边扭不好啊？偏偏扭过去看月球表面？

赵泛舟看她那脸鼓得，就知道又惹到她了，但他刚刚实在是没法抽身啊，一个德国客户突然找不到护照，过不了海关，瞎折腾了半天才在另一人的口袋里找到护照。她打电话过来那会儿他正在跟海关交涉，压根儿没法儿好好跟她解释。也不想想，他现在就一戴罪立功的身份，哪敢无故挂电话啊？这不，为了知道她在哪家餐厅相亲，他硬是让一同事把××路上的餐厅都调查了一遍，幸好××路的餐厅也不多，不然他还真找不着她。他拉着客户过来了，她又要走了，也不知道去哪儿。她旁边那只长得跟野狼似的家伙口水都快滴下来了，他十分不爽，他为什么总是得看着她跟另一个男人走？（仅代表天下女性送你两个字：活该！）

咖啡厅内。

周筱其实并不喜欢咖啡这种饮品，觉得闻起来有股焦味。作为潮汕人,她比较喜欢喝茶,淡淡的茶香沁上鼻子,有一种让人暖到心窝的幸福。但对面这个也是潮汕人的李越一直跟她说一堆什么蓝山、拿铁、摩卡、卡布奇诺……她听得一愣一愣的,于是她秉着输人不输阵的心态跟他讲绿茶、红茶、青茶、黑茶,然后讲铁观音、水仙、普洱、龙井……也把他讲得一愣一愣的。

最后两人实在谈不拢,他硬是下了一个结论:喝咖啡比喝茶有品位。品位他个头!幸好他不是她的那杯茶,不然她都不知道要短命几年,说起这个,人家英语都有"You are not my cup of tea",也不见人家说"You are not my cup of coffee"。所以嘛,明显茶高级多了。于是周筱微笑地看着他口沫横飞,自己在脑子里天马行空。

周筱回到家的时候已经是十一点多了,她关上李越的车门,礼貌地跟他说了声谢谢晚安之后就快步上楼,余光扫到赵泛舟的车停在一旁,车里有一点点的红光一闪一闪的,他什么时候也抽烟了?管他呢,爱抽抽去,她加快了上楼的脚步。

赵泛舟按熄手里的烟,看到她安全回来,他也总算是安心了,看来她今天这场相亲是没戏了,对方长得那么抽象,作为外貌协会荣誉会员的她应该是不会看上的。他对着后视镜看了自己一眼,苦笑,这小丫头以前多迷恋他的皮相啊,现在竟然舍得连这副皮相也不要了,真倔啊。

周筱回到家,袁阮阮在客厅里看电视,她手里按着遥控,漫不经心地说:"学姐回来了啊?"

"嗯。"周筱随口应了一声,绕过客厅去阳台收衣服洗澡,手里拿着晾衣架,眼睛还是忍不住往下瞄了一眼,车子还在,他怎么还不走?

"你刚刚有没有看到赵学长啊?"袁阮阮突然想起什么似的,拦住了走过她身边的周筱。

"嗯。"

"我九点多回来就看到他在楼下了,哇,他这都等了两个来小时了。"袁阮阮贱兮兮地笑,"那你们刚刚说了什么?"

"没说什么,我没理他就上楼了。"

216

"不是吧，你们不是号称还是朋友吗？"

周筱瞪了她一眼，会不会说话的，什么叫号称？本来就只是朋友。

"我去洗澡了。"周筱抱着衣服进了浴室。

洗完澡出来，周筱吹干头发躺在床上发呆，快进入梦乡之前她突然想起要定闹钟，于是挣扎着起来找手机，拿到手机才发现有两条短信。一条是李越的，大意是觉得她的性格不是很适合他，还是只当朋友好了，周筱冷笑一声，她差点跟他吵起来，哪里会适合？幸好他觉得不适合，不然她还真不知道怎么跟她妈说呢。

一条是赵泛舟的："今天是真的临时有很急的事，是我不好，不要生我的气好吗？"他那种像情人般轻轻哄着她的语气，让她鼻子突然一酸，居然来这套！

第十九章

　　周筱她妈把她骂了一顿，说是有那么好的对象不好好珍惜，非让人家跑了。她实在是被骂得没法，就问她妈："妈，你见过他吗？"

　　"没啊。"她妈不假思索地回答。

　　"没见过你就知道他是个好对象？"周筱叹了口气，"我知道你想让我找老实可靠的，但你也得找个能看的吧？"

　　"你这死孩子，瞎说，人家李家夫妇长得多端庄，她儿子能差到哪里去？"她妈压根儿不信她。周筱相当无奈，也不知道怎么跟她解释科学上有种说法，叫基因突变。

　　"我不管，楼上陈家的表亲家有个男孩子，也在G市工作，是中学老师，我已经把你电话给了人家了，你们聊一聊就出来见面，知道了吗？"这就是传说中的铁腕政策。

　　"妈，你不能老把我的手机号乱给人啊。"周筱很无奈。

　　"我这不是替你操心吗？你要自己能带个人回来给我看，我还能这样？"

　　"好啦，我知道了。"周筱知道跟妈妈争论这个绝对讨不到好处，见就见，就当多交个朋友。

接下来的一个月内，周筱正式见识到了她母亲大人的交际圈有多么浩瀚无边，她前前后后见了不下二十个人，来自祖国五湖四海，什么货色都有，她都快成相亲专业户了。而且，她相亲那路途跟《非诚勿扰》里的葛优差不多一样坎坷，来的尽是些牛鬼蛇神。

比如说前天那位好了，一坐下就问她学什么专业的，她说对外汉语，他一脸失望，敢情这年头相亲也有专业歧视？搞了半天，原来人家想找个念外语的，以后可以对孩子进行双语教育。这娶老婆的目的市面上流行的也就那几种：要么想娶回去当老妈子，要么想娶回去当免费床伴儿，要么想娶回去当花瓶供着，要么想娶回去当生孩子机器的……但这娶回去当外语学习机的她还真是第一次听到。

再说说上个星期那位好了，人是长得斯斯文文的，一听说她是中文系毕业的，两只眼睛冒光，大有相见恨晚的感叹，于是拉着她张嘴闭嘴都是诗词歌赋、人生哲学、理想抱负，那个出口成章啊！估计唐诗三百首他都背得滚瓜烂熟了，而周筱自问能背出个二十首就该偷笑了。见了两次面，对方倒是挺有心，但周筱怕了，她那二十首唐诗在前面两次见面用得差不多了，再接着见面他就该发现她是文盲的本质了，她还是不要再顶着中文系毕业的招牌招摇撞骗比较好。

哦，还有昨天那个，长得倒是一脸细皮嫩肉，腰细得跟筷子似的，声音跟蚊子是同一个频率，周筱都不好意思跟他说话，生怕一个不小心太大声了会吓着他。

还有，现在的这个，长得挺忠厚老实，讲话什么之类的倒也挺正常，但聊着聊着突然很严肃地跟她说："周小姐，我看我们挺适合，不如我们这个月底就抽时间把事情办了吧？"

"什么事情办了？"周筱吃了一惊，该不会是她想的那个吧？

"婚事啊，你我年龄都不小了，也没有必要浪费时间在认识上面了，结了婚之后有的是时间好好认识，而且，我手上攒了不少钱，你结了婚之后也不用这么辛苦出来工作了，就留在家里享福就行了。你觉得呢？"他表情特认真。

呃……周筱完全呆住了，半天都没反应过来，他以为他是在古代买小妾吗？

对方等不到她的回答，又追问："周小姐，你觉得呢？"

"啊？这……我应该不能配合。"她只能这么说。

"为什么？"

"我们这才刚见面，这样不合适吧？"周筱婉转地说。

他盯了她好一阵子，搞得她脊梁都开始发麻了。

"这么说吧，我是真的挺喜欢你的，但是我工作忙，实在没什么时间跟你培养感情，我是想说如果我们以后势必会结婚的话，不如就省略掉中间那段直奔主题。我结婚后绝对会对你很好，而且我也不是三心二意的人……当然，如果你还是觉得这样不合适的话，我也会尽量抽出时间来培养感情。"

周筱总算是听明白了，这人想偷懒，一步到位嘛。她喝了一口水，才慢悠悠地说："既然……"她顿了一下，一时想不起他的姓，就把嘴边那句×先生吞了回去，"你这么忙，那就忙你的吧，我也不好意思让你抽空来陪我这个闲人。算算这顿饭也吃了快一个小时了，挺浪费你时间的，不如你就先去吧，耽误了你的时间我也挺不好意思的。"

她的话客客气气的，把对方堵了个死死的。

离开餐厅的时候他还提出要送她回家，她笑着说有朋友在附近，不用麻烦他了。

周筱上了赵泛舟的车，他没什么表情，也没问她相亲进行得怎么样。

他挺不容易的，每一回相亲都亲自送她到目的地，然后在外面等着。结束后，如果她上了他的车，他就送她回家；如果她上了相亲对象的车，他就开车在后面远远地跟着，等到确认她安全到家了才开车离去。她刚开始很奇怪为什么他每次都知道她什么时候要去相亲，后来发现袁阮阮对她相亲的事特别热心，大概就知道为什么了，但她也不戳破，每回跟不认识的人出去，她心里也没底，既然他爱当护花使者就让他当去。

"我刚刚被求婚了。"周筱将头靠在车窗玻璃上，突然很想跟他说说话。

赵泛舟不说话，直视着前方。

周筱也不管他有没有反应，接着往下说："其实我很多老家的朋友都是这样，毕业、相亲、结婚、生孩子，我小学同桌的孩子都会打酱油了，上次回家过年那小孩抓着我叫姨，我还死活要哄他叫我姐姐呢。"

赵泛舟微微侧过头看了她一眼，她望着窗外，散发着一股迷茫的无助。

"我没问过她们有没有想过爱情这件事，问了显得太矫情，估计得被鄙视。但她们看起来都挺幸福的。"周筱笑了一笑，"说不定这才是可以找到幸福的方法呢。"

他突然感到一阵心慌，这样的她在他眼前他却捉摸不透，这么近，却那么远。

"你说，是不是干脆我也这样嫁了算了？"周筱回过头来看他，笑着说。

赵泛舟一手握着方向盘，一手伸过去拉她的手，紧紧握着。周筱也不挣脱，就看着两人紧握的手，过了挺久才用一种让人听了掉一地鸡皮疙瘩的声音幽幽地说："你当年要是没走就好了。"

赵泛舟一愣，紧紧捏住她的手，她的手心冰凉冰凉的。

"喂，虽然现在我没你的份了，你也不用把我捏成残疾人。"她笑着摇摇被捏紧了的手。赵泛舟，难受了吧？就是要你难受！女子报仇三年不晚。

他手上的劲松了一点，但还是牵着她的手："你有没有吃饱？"她每次相亲都吃不饱，一个月下来居然都瘦了，能相亲相到瘦，也算难得。

"没。"她吃了几口就被求婚了，哪还有心情吃饭啊。

"想吃什么？"

"没啥想吃的，送我回家吧，很累。"

周筱回到家，袁阮阮瘫在沙发上。她过去踹她一脚："干吗呢，这么冷的天也不怕感冒。"

"学姐，你把学长让给我吧，我最近缺男人啊。"

"你随便拿去用。"周筱拍了一下袁阮阮的腿，让她挪出个位置来。

"唉，身在福中不知福啊你。"袁阮阮把腿架上周筱的腿，"你就不能再给他一次机会吗？他童年有阴影啊，难免的嘛，电视上那些连环杀手都是童年有阴影的。"

"那我该庆幸他没把我给杀了是吧？"周筱翻个白眼。

"真的嘛，你童年幸福美满，哪里知道他的苦啊？"袁阮阮抬起脚轻轻踹了周筱肚子一下。

"喂，你要踹死我啊，你怎么知道我童年幸福美满了？我小时候也被我爸吊起来打过啊，怎么没见我成虐待狂？"周筱按住袁阮阮的脚。

"你爸为什么把你吊起来打啊？"她家不是号称书香世家吗，还玩家暴？

周筱脸一红："呃……这个……我把他的珍藏版本四大名著卖给收破烂的了。"

"……"

门铃响了，周筱推袁阮阮去开门，进来的居然是赵泛舟，手里还提着饭盒之类的东西。

"不是说了不吃吗？"周筱赖在沙发上不动，回过头去瞪赵泛舟。他完全不理她，把东西提到厨房去。

袁阮阮跟在他后面："学长，有什么好吃的？"

"你自己看看。"赵泛舟把袋子递给她，"剩点给外面那个就好了。"他走出厨房，在周筱旁边坐下。

"去吃点吧。"

"不吃。"她斜靠在沙发扶手上，脚蜷起来，缩成一团，然后闭上眼睛不理他。

"真的不吃？有你爱吃的手撕鸡。"他接着引诱她。

周筱眼皮也不动一下，就哼了一声："不吃。"

赵泛舟微笑着轻轻挪近她，最近她的脾气是越来越大了呢，他把手搭在沙发靠背上，没有碰到她，却把她整个人圈进了臂弯。

突如其来的安静很诡异，周筱慢慢睁开眼，被靠得太近的赵泛舟吓了一跳，伸手去推他："你干吗？"

赵泛舟笑着坐好，说："没啊，看你要不要吃东西。"

"都说了不要！"周筱恼羞成怒地挥了他手臂一拳。

"好好好，不要就不要，我回去了，你饿了要记得吃。"赵泛舟站起来，突然又俯下去，大掌揉揉她的头说："不要饿到。"

老祖宗的智慧，说者无心，听者有意。

周筱怔怔地看着镜子，头发刚刚被赵泛舟揉得有点乱，她用手指梳了一下，心跳得有点失序。她拿了两件衣服，用力甩上衣柜门。

她洗完澡出来，发现袁阮阮坐在电视剧前吃东西，她也坐过去，说："他刚刚买的吗？"

"对啊，你吃不吃？"袁阮阮随手把东西递给她。

周筱接过来，嗯，好像真的都是她喜欢吃的东西，什么卤水鸡翅之类的，她想起刚刚赵泛舟说有手撕鸡，就问："不是说有手撕鸡吗？"

"啊你刚刚不是说不吃吗，我就吃了啊。"袁阮阮一脸无辜。

周筱无言以对，拿着东西往房间走。

"学姐，你不要都拿走嘛。"袁阮阮在身后大叫。

"你吃得够多了，剩下的我吃。"她头也不回地把东西拿到房间里，开了电脑，边看节目边啃鸡翅是人生最美好的事。

周筱对着电脑看《康熙来了》看到捧腹大笑。节目里讲最近有一对艺人分手了，闹得挺凶的，男方和女方都前前后后去上了好几次《康熙来了》，每去一次小S就糟蹋他们一次，而且一开始都一再强调说："你放心，我今天绝对不聊感情的事，那个你的前女友啊，上次来康熙大聊你的坏话，说你劈腿哎，我觉得你不是这种人，你真的劈腿了吗？""她上次来康熙我问她还爱不爱你，她哭了哎，你呢？"那男的被她问得有点慌，支支吾吾地说了一堆官方说法，最后小S给他下了个注解，不要解释了，就是还爱的意思嘛，真啰唆。蔡康永及时跳出来打圆场，小S随口说了句："我不懂，既然相爱，为什么不在一起？"她说得无心，节目上其他人也没什么反应，倒是坐在电脑前的周筱被她这句话给问呆住了。是啊，为什么？

后面节目播了些什么她都没印象，脑子里就好像有一个复读机，在不停地回放着小S的话："我不懂，既然相爱，为什么不在一起？"

周筱一个晚上都被小S骚扰着，她蹦蹦跳跳，来来回回，不停地问她："我不懂，既然相爱，为什么不在一起？"她想解释，但是怎么也发不出声音，她急得满头大汗，最后还是一阵手机铃声把她从梦魇中拯救出来。

"喂，"她把头蒙在被窝里接电话，"谁啊？"

电话这边的赵泛舟一愣，她刚睡醒的声音沙沙的，有一种慵懒的性感，他一瞬间喉咙有点发紧，居然讲不出话来。

"说话啊。"周筱等了一会儿之后发现没有声音，于是有点不耐烦地说。

"是我，起床了没？"赵泛舟的声音传了过来。

"是你啊，没起床，别吵我。"她一想到他就是害她做了一个晚上噩梦的罪魁祸首口气就好不起来。

"上班要迟到了。"他的声音里满是笑意。

周筱有点不满，他最近老是这样，脾气好得不得了，她没办法惹他生气，一点成就感都没有。她嗯了一声之后顺手按掉他电话，从床上爬起来，唉，上班上班，烦死人了。

周筱换好衣服慢吞吞地下了楼，果然赵泛舟已经在楼下了，真爽，现在她每天都有司机接送。她上了车，发现他今天穿得特正式，剪裁合身的黑色西装，里面是白色的衬衫和黑红条纹的领带。周筱看得有点发愣，好想对他吹口哨，他怎么能这么精英啊？

"你穿得这么……今天要去干吗？"她把到嘴边的衣冠禽兽吞了回去，偶尔还是积点口德比较好。

"有一个很重要的会要开。"他递给她一个小小的保温瓶。

她接过了拧开一看，居然是粥！确切地说不是粥，是稀饭，他从哪里弄来的稀饭啊？

周筱端着保温瓶，有点出神，也不知道是哪次相亲，天特冷，她实在是被冷到没心情应付相亲的人，于是拿了个理由溜了，但是她出来的时候发现赵泛舟不在车里，她在车旁等了十多分钟他才出现，她

224

被冷得一肚子火，忍不住臭骂了他一顿，他只是笑着递给她一碗粥说："天冷，喝点粥吧。"要说她不感动那是骗人的，但她一时还是拉不下脸来，只是冷着脸喝粥，然后还死要面子地念了几句说这里的粥不好喝，想喝家里的粥。（潮汕人喝的粥是稀饭，可以看到一颗颗完整的米粒）

"怎么了？不喝就先盖起来，等下冷了。"赵泛舟看她发呆就轻轻推了她一下。她回神来，盖上盖子问："你去哪里买的？"

"自己做的。"他说，想了想又补上一句，"有人教我，她说好吃了我才带来给你吃的。"

周筱拧着盖子玩的手顿了一下，假装漫不经心地追问："谁啊？"

赵泛舟看了她一眼说："谢逸星的秘书，也是潮汕人。"

"哦。"她随便应了一句，又拧开盖子，淡淡的米香随着水蒸气扑上来，她忍不住用力吸了一口气，问，"勺子呢？"

"嵌在盖子后面。"他伸手拿过盖子，翻过来，从里面取出一个可折叠的勺子递给她。

周筱咕噜咕噜地喝着稀饭，含混不清地问了赵泛舟一句："就是上次我在餐厅门口看到的那个女的吗？"

"哪个？"赵泛舟没有听清楚。

"算了。"她皱一下鼻子，继续喝粥，好好喝啊。

赵泛舟斜睨了她一眼："你该不会吃醋吧？"

"才……才……咳……没有呢。"周筱一紧张就有点结巴，又突然被粥呛了一口，剧烈地咳了起来。

赵泛舟停下车子，一手接过她手里的保温瓶，一手轻轻拍着她的背说："没有就没有，不用那么激动。"

好不容易她才止住咳嗽，挥开他的手，很是气愤，于是有点口不择言："我只是怕她跟我有一样的下场。"

赵泛舟被挥开的手僵在半空，停顿了好几秒之后才放下来，发动车子。

车内的气氛瞬间冰凝。

到公司楼下，周筱几乎是飞速逃离了车子，太恐怖了，她都有几年没见识到他的独门秘籍——江湖上人称"冷若冰霜寒蝉脸"了。今日一领教，果然英雄宝刀未老。

周筱一整天下来都是浑浑噩噩的，下班十几分钟了她还在呆呆地对着电脑看报表，乐得经理大妈直拍她肩膀说有前途。

电话在桌子上震动起来，她瞄了一眼，是赵泛舟，赶紧接起来："喂。"

"你加班吗？怎么还没下来？"

"没，我这就下去。"周筱挂了电话之后随便把一些东西丢进袋子就匆匆下楼。

赵泛舟倒像什么事都没发生过似的，递给她一罐热奶茶，看她拿着不动又接回来把易拉罐环拉开，递到她嘴边，她就着他的手喝了一口之后才发现有点暧昧，于是自己接过来喝。

车开到一半，袁阮阮的短信就来了。

发件人阮阮

学姐，我今晚煮饭给我同事吃，你能不能晚点回来？

周筱笑着按下短信：小妞又发春了，煮饭不给我吃就算了，还不准我回去。

两分钟后短信又进来了。

发件人阮阮

我情路这么坎坷，你就不要回来阻碍我了，反正在我没说你可以回来之前，你就不要回来。

她觉得很好笑，就拿着手机给赵泛舟看，他偏过头来说了一句："我开车呢，看不清。"

"袁阮阮叫我不要回去打扰她约会，我无家可归了。"她晃着手中的手机，"都不知道我要上哪儿去打发时间。"

赵泛舟听完说："不然去我家吧，反正不远，而且你也还没去过我家，晚饭也顺便买好了去我家煮吧。"

"不要，你说是煮饭，等下还不是我煮。"

周筱还在慢悠悠地喝着奶茶，手指抚在"原味"那两个字上，思绪有点飘远……

那时他们还在学校呢，赵泛舟在忙学生会的事，好几天都没空陪她吃饭，她闹脾气，非得要他去给她买奶茶。他心烦，根本没法体会她小女生的心情，扔下钱包说你自己去买，爱喝多少喝多少。她当时特委屈，觉得他就不能哄哄她吗？最后她真的赌气去超市买了一堆奶茶，提着回去的时候赵泛舟拿着一罐奶茶在楼下等她。她以前真的是个很好哄的孩子，接过奶茶马上就抱着他的手臂说好嘛，我刚刚也有不对，不过你为什么给我买巧克力味的呢，我不爱喝，我什么东西都要原味的，奶茶、麦片、薯片、可乐、饼干……都要原味的，记住了吗……

他真的就记住了。

"那吃火锅好了，我搞定一切。"赵泛舟打断她的回忆。

"好啊，我要吃很多牛肉丸。"她一听到火锅就来劲儿，这个冬天她还没吃过火锅呢。

"好，我们去买。"

果然，宁愿相信世上有鬼，也不要相信男人那张破嘴，切，还说他搞定一切呢。

周筱及时地把青菜从赵泛舟手里抢救过来："你再洗菜就烂了，出去把汤底煮起来。"

"好。"赵泛舟领命出去，十分钟后又回厨房，"是不是下了水，把东西全部丢进去就好？"

"是。"

周筱端着菜出去，赵泛舟不在饭厅，放在电磁炉上的锅里满满的都是水，已经开始在冒小泡泡了，大有马上就开之势。她吓了一跳，放下菜去端锅。

她端着锅往厨房走，刚好和从房间出来的赵泛舟狭路相逢于走廊上，赵泛舟皱着眉头看她端着这么一锅冒着热气的水，开口想说些什么但是又怕吓着她，只得心惊肉跳地跟在她身后走进厨房。赵泛舟家的厨房空间挺大，按理说两个人应该是不会有什么碰撞才对，但是周筱就是不知道哪条神经搭错了，突然就在料理台和赵泛舟之间绊了一跤，手一抖锅就从她手里滑了下来，眼看着水就要泼在她身上，在旁的赵泛舟一个箭步冲上去，用身体把她撞开，硬生生地用双手在锅落地前把它接住了，虽然水还是溅出来了不少，但都洒在了赵泛舟的身上，周筱毫发无损。

周筱被撞得一屁股坐在地上，惊恐地张大眼睛看着赵泛舟完成一系列电影里的动作。然后他的手迅速地泛红，她突然哇的一声哭了起来。

赵泛舟把锅往料理台一放就跑过来蹲在她前面，着急地问："怎么了？烫到哪里了？"

周筱拼命摇头，埋头痛哭。

"怎么了啊？还是摔到哪里了？哪里疼啊？"他手足无措地连连追问。

周筱只是摇头，抽噎着说不出话来，眼泪还在不停地掉。赵泛舟盘腿坐下来，伸手把她搂入怀里，轻轻拍着她的背小心地哄着："不哭不哭，怎么了啊？"

周筱头靠在他胸口哭了一会儿，才意识到什么似的推开他，扯着他的手到水龙头下冲水，眼泪还是不停地往下滴，一滴滴打在他的手臂上，他的手红得像要渗出血来的样子。

赵泛舟从她手中抽出一只手去关掉水龙头，一只手反牵住她的手："我没事，你别哭，让我看看你有没有被烫到。"

她稍微冷静下来之后才说："没，我没事。"

周筱和赵泛舟坐在客厅的沙发上，她一手小心地捧着他的手，另一手拿着药膏往他手上挤。她挤出一小坨，然后用手把它抹开，抹着抹着眼睛有点发痒，忍不住想拿手去蹭，赵泛舟眼疾手快地抓住她的手，口气有点急："你手上有药！"她一呆，垂着眼不讲话，手无意识地推抹药。

他低头凑过脸去看她的表情："怎么了？生气了？我是怕你眼睛弄到药。"

她不讲话撇过头去避开他的脸。

赵泛舟扬起唇角，她闹别扭的样子好……

他心脏的某个角落好像迅速地坍塌下去，向来引以为傲的自制力一瞬间溃堤，他用没被她抓着的那只手固定住她的头，对着她的唇，轻轻地吻了下去。

　　他在两人的唇齿间辗转反侧，直到感觉她都快没法呼吸了，他才退开来，低眼看她：她用力地呼吸着新鲜空气，两颊嫣红，眼底水光波动，嘴唇因为剧烈呼吸而微微张开，吐出温热的气息轻喷在他脸上。他眼神一暗，轻叹了一声，忍不住又把唇贴了上去，封住她的唇，又是一场唇和唇的缠绵厮磨。

第二十章

　　周筱一个人坐在空荡荡的客厅里，赵泛舟出去买吃的了，火锅是吃不成了，她老觉得他那红通通的手一靠近热的东西就会自焚，说什么也不要再吃火锅。赵泛舟就说那出去买回来吃，她跟他争了半天谁出去买东西，最后他懒得理她，拿了车钥匙出去了。

　　她环顾了客厅一下，他的客厅还真是简单，一台电视机、一组沙发和茶几，一个放杂七杂八东西的柜子，没了。

　　嗯……不知道没经过他同意可以参观他的家吗？不管了，他刚刚没经过她的同意也亲了她啊，礼尚往来嘛。

　　嗯，无聊的书房，办公桌、电脑、一堆大部头的书，装什么知识分子！

　　嗯，卧房就更无聊了，床、衣柜、桌子，没了。倒是桌子上放了一个奇怪的面具。周筱忍不住走过去拿起来看，怎么看着这么眼熟呢？她拿在手中翻来覆去地看，真丑啊，她怎么会对这么丑的东西觉得眼熟呢？

　　外面传来钥匙转动的声音，周筱赶紧小跑出他房间，跳到沙发上坐着。

　　赵泛舟一进来就看到周筱坐在沙发上刻意摆出一副随意的样子，

然而她手上的是……

他把东西拿去放在饭桌上，叫她："过来吃东西了。"

周筱站起来，才发现刚刚跑得太急，心不在焉地把那个面具也拿出来了，还紧紧地拽在手里。血整个往脸上涌，她恨不得把它当饼干一口一口吃下去。

"放茶几上就行了，过来吃东西。"赵泛舟好像很好心地帮她解围。

周筱把自己瘫回沙发上，手举着面具把玩，有气无力地说："我不要吃了。"反正人的一生，丢脸丢到她这个地步也算少有的，她还不如就饿死算了。

赵泛舟提着东西到沙发，放茶几上，从沙发上捞起她的上半身，坐下，把她的头枕在自己的大腿上，然后伸出手去茶几上拆塑料袋。

周筱快中风了！他怎么可以一切都做得这么理所当然？她说过要跟他在一起吗？有吗？有吗？

"要吃什么？7-11的鱼豆腐好不好？"赵泛舟用竹签戳了一个鱼豆腐喂到她嘴边。她张嘴咬下，躺着咀嚼有点困难，她挣扎着坐起来，他也不阻止，帮忙托着她的背让她坐好，递给她一根长长的竹签。

"我为什么觉得这个面具很面熟啊？"周筱拿着竹签指指被丢在一旁的面具。

"在云南的时候你送的。"

"对哦，难怪我觉得面熟。"她往嘴里丢进一块鱼豆腐，含混不清地说，"原来我以前的眼光这么奇怪啊？"

"把东西吞下再讲话。"赵泛舟皱着眉头说。

周筱瞪他一眼，开始管起她来了啊？

"你留着这么丑的东西干吗？"她把嘴巴里的东西咽下去后说。

"……睹物思人。"他没好气地说。

周筱脸一僵："你睹这么丑的东西思我？"

"……你怎么知道是思你？"

两人默默地吃着东西，周筱的手拿着遥控器不停地换台，眼睛没离开过电视，手不停地往嘴巴里送食物。

赵泛舟盯着她的侧脸，颊边的头发被她胡乱塞在耳后，耳边乱乱地翘了几根头发。他伸过手去把那几根头发塞好，她的身子僵了一下，又放松下来。

　　电话适时地响起，周筱丢下遥控去接电话："妈。"

　　"我跟你说，下一次的相亲对象是你舅舅的邻居，人家是个公务员，你给我好好把握。"

　　"妈……"

　　"嘟……"周筱没来得及讲话，她妈就把电话挂了，自从她开始在相亲这一条道路上摸爬打滚以来，她妈就一次次地败兴而归，最近老人家已经火得连话都不想跟她多说了。

　　她无奈地收起电话，接着拿遥控乱换电视频道。赵泛舟突然夺过她手上的遥控，扔到沙发的角落："你妈让你干吗？"

　　"相亲呗，还能干吗？"她耸耸肩，越过他要去拿遥控。他用力扯下她，她一时没防备，于是整个人跌在他怀里。她挣扎着要起来，他用力地把她按得死紧。

　　"你神经病啊，放开我。"她趴在他腿上扑腾，像被翻过身的乌龟一样四肢乱划动着。

　　"不准去。"他把她抱起来置于腿上，手从后面环住她的腰，头放在她的肩膀上。

　　周筱用力地去掰腰上的大掌，冷哼了一声："你凭什么管我？"

　　赵泛舟用力地收紧手臂，把下巴顶在她的肩窝处，用下巴的那块骨头去用力地钻她肩上的骨头。

　　她边把身子往前倾想躲开肩膀上的脑袋，边叫："喂，很痛。"

　　"知道痛就好，不准去。"

　　"你管我啊，我之前又不是没有相过亲。"她用力地拍她腰上的手。

　　"之前那能一样吗？"他有点生气了。

　　周筱奇怪地掉过脑袋去看他："哪里不一样了？"

　　赵泛舟气结，刚刚两人才在沙发上……她……她居然问他哪里不一样？他用力地吻上她的唇，咬了一口，松开，说："就是这个不一样。"

她捂住被咬了一口的嘴唇，不可置信地看着他："你怎么可以这样？"

"为什么不可以？"他又咬了她脖子一口，挑衅地看着她。

周筱松开嘴巴上的手去捂脖子："你怎么这么无耻了？"

"你前脚跟我接吻，后脚就要去相亲，到底是谁无耻啊？"他气得吹胡子瞪眼。

"接吻有什么了不起的，我跟蔡亚斯也接过。"心直口快是她的特色。

赵泛舟一脸阴霾地松开手，周筱迅速滑下他的腿，溜到沙发的另一边坐下，和他远远相望。

她吞吞口水，有点害怕，她还真没看过他那种表情，在她眼睛里他已经幻化成一个炸弹，导火线在慢慢地燃烧，一点一点地接近引爆点。

周筱不自在地挪挪坐的地方，好像坐到什么东西了，低头一看，果然，是那个丑得要死的面具，她挪了一个较大的动作。赵泛舟以为她要走，突然朝着她扑了过来，她吓一跳，反射性地就抓起旁边的面具扔向他。

面具砸向赵泛舟的时候他伸手要往回挡，突然意识到如果挡了回去可能会打到她，于是手腕一转，手掌把面具挥向旁边，木质的面具边划开他被烫得通红的手掌，血顿时从那道长长的口子渗了出来。

周筱呆呆地望着他血流不止的手掌，眼前一片天旋地转，晕了。

赵泛舟看着她软软地倒向沙发，愣了一秒，也不理还在流血的手，跨过去把她扶好躺在沙发上，用没有流血的那只手用力按向她的人中。

周筱觉得人中的地方一阵刺痛，悠悠转醒，一睁开眼就看到赵泛舟蹲在她面前。

赵泛舟见她醒了，有点着急："眼睛闭起来，我去处理一下我的手。"周筱赶紧乖乖地闭上眼睛，动都不敢动。

赵泛舟处理好手出来，发现周筱还是闭着眼睛躺在沙发上，眼睫毛因为太用力闭眼而微微颤动着，眼角挂着一滴泪，嘴唇咬得死紧，他一肚子火都被她那可怜兮兮的样子给弄没了。他叹了口气，俯身在她唇上连啄吻了两口说："好了，起来吧。"

周筱委委屈屈地坐起来，也不敢抗议他刚刚又偷亲她的事，眼睛想瞄他的手又不敢，委屈得要死。

"我不是故意的。"她扁起嘴，"对不起。"

"知道。我没事。"赵泛舟在沙发上坐下，将受伤的那只手不留痕迹地摆在身后。

"给我看看？"周筱凑过去要看他的手，他不让，只是说："我们现在有更重要的事要谈。"

"谈什么？"

"不可以去相亲。"

"不行啦，我妈会剁了我的。"

"你跟她说你有男朋友了。"

"我哪有？"

"你再说一次？"他斜瞥她一眼。

"你不能用威胁来让我和你在一起啦。"她委屈地说。

"那你到底想怎么样？"赵泛舟有点挫败。

"我也不知道。"她低头委屈地对手指。

"……"

电话铃声又一次适时地响起，这一次是袁阮阮。

"喂，学姐，你在哪里啊，现在可以回来了。"

"在附近，那我就回去了。"她挂下电话，望向赵泛舟。他无奈地说："走吧，我送你回去。"

下了楼，周筱看他没有要开车的意思，忍不住提醒："你不开车吗？"她不想跟他单独相处这么久，而且，她瞄了一眼两人紧握的手，她也不想在马路上跟他手牵手。

"你觉得我现在可以开车吗？"他给她看缠了绷带的那只手，她缩了一下。

"我以前怎么不知道你晕血？"他很快地把手缩回来，问了她一句。

"这又不是什么值得炫耀的事。"她嘟囔了一句，想抽回被握着的手，"你这只手上都是药，我不要和你牵手。"

赵泛舟瞪了她一眼，也不想想是谁害的，还敢嫌弃？

"别动，会痛。"他皱起眉说。

"哦。"她真的就不敢动了。

周筱家楼下，她说了句拜拜转身要上楼，他却不松开牵着她的手。

两人就在楼梯口僵持不下。

"好啦，你放开我，我明天给你答案。"周筱懊恼地说。

他定定地看了她一会儿，才松开手说："这一次我不会再离开你的。"

"嗯。"

"还有，接吻很了不起，我只跟你接过。"

"……"

她飞奔上楼。

第二天是星期六，周筱一早就被赵泛舟的电话吵醒，她有点火，按掉电话，关机，翻个身继续睡觉。

等到她睡饱，太阳已经高高照在桑干河上。（不好意思，借丁玲阿姨的书名一用）

她眼睛半睁半闭，像喝醉一样歪歪斜斜地走出房门，沙发上的人让她精神一正，整个人清醒了过来。

"你怎么会在这里？"

"袁阮阮开门让我进来的。"

周筱开始左顾右盼找那个引狼入室的女人。

"不用找了，她出去约会了。"他好心地告诉她。

"你来多久了？"

"你挂了我电话后不久。"

"哦。"她想起自己还没刷牙洗脸，转身走向浴室。

她看着镜子里的自己，嗯……蓬头垢面的，很有大婶的韵味。她用手指用力梳开打结的头发，扯得自己的脑门有点痛，早晚要把这把稻草剪了！

周筱刷完牙径自去房间换下睡衣，她出来的时候赵泛舟在阳台抽烟。她拉开玻璃门，倚在门上看他的背影。

他听到门的声音转过身来，顺手掐掉烟说："出去吃早餐吗？"

周筱答非所问地说："你什么时候开始抽烟的？"

"初中。"

原来他也叛逆过啊。

"大学的时候没见过你抽烟啊。"她有点不解。

"高中的时候就戒了。"

"那……那我们出去吃东西吧。"她本来是想问那现在为什么又开始抽了的。

他眼底有一丝失望一闪而过。

吃面……

安静……

周筱努力地回想昨晚辗转了大半夜的话，发现什么都想不起来。（这个故事教育我们，太困的时候不要胡思乱想，早睡早起人生惬意）

既然想不起来，她只得另辟一番说法："你有没有想过戒烟？"

"嗯？"赵泛舟抬头看她。

"你戒烟，我们就在一起。"她轻松的表情让他误以为她好像在说今天天气很好。

他瞪大了眼睛看着她，脑袋当机。

"喂，你怎么说？"周筱等了半天没等到响应，忍不住催他。

"好。"他回过神努力抑下狂喜，顿了一下说，"还有没有补充的？"

她一头黑线，还有没有补充的？他以为他在谈生意啊？

"呃……我明天得去相亲。"既然他要补充，她就补充个爆炸点的。

"你先别说话，让我把话讲完。"她截住他的话，"我不去的话我妈会发火，而且我真的不敢跟我妈说我又跟你在一起了，所以我爸妈那边你要自己想办法搞定，反正没搞定前我得接着相亲。"

"知道了。"他阴沉地说，"还有吗？"

"暂时想不起来，就先这么多吧。"她又低下头去吃面，吃着吃着想起昨晚想的某些片段，"我又想起一点了，可以补充吗？"

"可以。"

"不管以后发生什么事，先让我知道。就算你要离开也好，你要跟别人在一起也好，反正先让我知道。"

"我不会再离开你了。"

"你会不会离开我不管，总之你先答应我这个。"那种突如其来的打击太可怕了，就像一个人走在路上，如果知道前面有块玻璃，即使不可避免会撞上，心里还是有个底儿，总会尽量减少伤害。但如果毫不知情地撞上了，在那种完全没有防备之下撞上去，那是痛彻心扉的痛。

赵泛舟很郑重地说："好，我答应你。"

"那……合作愉快？"两人真的很像在谈判，周筱忍不住伸出手来要和他握手。

赵泛舟瞪了她一眼，懒得理她，低头吃面。她讪讪地收回手，也低下头吃面。

星期天下午，赵泛舟坐在餐厅的一个角落，遥望他的女朋友相亲。

周筱浑身不自在，角落里有一道刀子般的视线不停地射向她，搞得她觉得自己像挂在墙上的靶子，飞镖咻咻地射向她。

"周小姐，你平时的兴趣是什么？"对面的徐先生问她。

"嗯……看书，听音乐。"她总不能说她的兴趣爱好就是窝在电脑前看无聊的综艺节目吧。

"你都看什么类型的书，听什么类型的音乐？"他又问。

"呃……新书和新歌。"她有点尴尬，还真的不知道什么回答他。

他突然笑了起来："周小姐真幽默。"

她赔笑，哪里幽默了？

赵泛舟用力地把手中的杯子放到桌子上，发出砰的一声。餐厅里所有的人都看向他，他若无其事地摆着臭脸，方圆五百里内都可以闻到的臭啊。

"现在有些人挺没素养的，吵到别人也不会不好意思，周小姐，你觉得呢？"徐先生忙着发表他的见解，周筱只好接着赔笑："是啊。"

服务员上菜。

"周小姐，试试我的牛排吧，这里的牛排很嫩的。"徐先生把面前的盘子推向她，她吓了一跳，哪里敢去吃他的啊？又不是不要命了。

"不用了。"她摇摇头。

"我还没吃过，你放心。"

"不是，我不吃牛肉的。"善意的谎言，善意的谎言。

"这样啊，挺可惜的，你都喜欢吃什么东西呢？周小姐。"他把盘子挪回来。

周筱快疯了，他一口一个周小姐，也不酌量一下她的名字，怎么听都像是"周筱姐"。

"你叫我周筱就好，你老叫周小姐，听起来怪怪的。"她终于忍不住说。

对方一呆，又笑了起来："你真的很幽默啊，周筱。"

"呵呵。"赔笑赔笑。

"你还没回答我你喜欢吃什么。"徐先生提醒她。

"呃，大概就是一般人喜欢吃的东西。"她大概不能告诉他说她无肉不欢吧？

"一般人喜欢吃的东西是什么东西？"他笑着问。

"……"

"逗你的……"徐先生自顾自笑了起来。

"呵呵，你也很幽默。"周筱忍住翻白眼的冲动。

吃过饭，徐先生提议去看电影，她推说有事就溜了。

赵泛舟在街角的转弯处等她，她过去挽住他的手，赔了个笑脸，真是倒霉啊，一天都在赔笑脸。

"刚刚你们在聊什么？"赵泛舟黑着个脸问。

"没聊什么，就兴趣爱好之类的，相亲都问这些有的没的啦。"她打哈哈。

"没聊什么那你笑得那么开心？"

"哪有？"

"没有吗？"

"绝对没有。"

说时迟，那时快，周筱她妈的电话追了过来。

"妈。"

"女儿啊，刚刚我收到对方来信，据说对你相当满意。"妈妈很兴奋。

"哦。"她敷衍地回了一句。

"你觉得呢？"

"还行吧，妈，听说那个赵泛舟回来了。"周筱看了旁边的人一眼，小心翼翼地说。

"回来了？在哪里？小兔崽子还敢回来，老娘灭了他！"妈妈突然大叫起来，周筱冒冷汗，相当怀疑她老母以前是不是混黑社会的。

"我只是听说而已。"她心虚地说。

"我跟你讲，他要是敢来找你，你不要理他，你要是敢跟他纠缠不清，看我怎么收拾你！"

"呵呵。"周筱连吞口水都有点困难了，只好胡乱编个借口挂了电话，"妈，我等的公交车来了，先挂了啊。"

"记住，你要是敢和那臭小子在一起，我就不认你这个女儿。"

"知道了。"

挂了电话，她把脑袋顶在赵泛舟手臂上，有气无力地说："我妈说如果我和你在一起，她就不认我。"

赵泛舟摸摸她的头，顺了一下她的头发说："我会有办法的，相信我。"

周筱在浴室洗澡，赵泛舟在客厅和袁阮阮一起看电视。

"学长，换个台吧，我看他们抢一颗球抢了那么久，真累。"袁阮阮抱怨道。

赵泛舟侧目看她一眼，不吭声。袁阮阮把遥控拿起来又放下，算了，她没有勇气转台，还是继续看一群高人抢球好了。

袁阮阮在无聊地数着二号那个黑黑的球员偷偷瞄了几次场边穿着短裙的拉拉队队员。

沙发前面桌子上周筱的手机响了，看电视的两人不由自主地瞄了一眼，屏幕上闪着徐先生来电。

赵泛舟自然地接起电话："喂？"

"呃……你好……我找周筱。"对方显然没料到会是男的接电话。

"她在洗澡。"

"哦，你是……她弟弟？"对方试探地问。

"不是，朋友。她洗完我会告知她你来过电话的。"

"哦……好，谢谢。"

"不客气。"赵泛舟放下手机，继续看电视。

周筱擦着头发走到客厅，问他们俩："刚刚我的电话响了吗？"

袁阮阮不敢吭声，看向赵泛舟，赵泛舟眼睛没有离开电视，随口回了一句："响了，我帮你接了，是上次相亲的徐先生。"

周筱停下擦头发的手，说："你刚刚没有乱说话吧？"

"没有。"他的眼睛一直盯着电视屏幕上那颗传来传去的篮球。

"真的没有？你没有说你是我男朋友之类的话？"周筱不相信。

"没有。"赵泛舟一拍大腿，懊恼地叫了一声："进了！"

周筱转向袁阮阮问："他刚刚真的没说他是我男朋友？"

袁阮阮摇头，心想，他的确没说你是他女朋友，他只说你在洗澡。

周筱松了口气，拿起手机回拨过去，半天都没有人接，她只得发了条短信过去："徐先生，刚刚找我有事？"

短信很快就回了过来："没什么事，只是想和你聊聊，既然你不方便就算了。"

周筱觉得奇怪，瞪向赵泛舟："你一定说了你是我男朋友对不对？你想害我被我妈骂死啊？"

赵泛舟没反应，还是兴致勃勃地盯着电视。周筱火冒三丈，把搭在脖子上的毛巾抽下来，扔向他："你当我死了啊？"

他扯下蒙在他头上的毛巾，说："都说没有了，你不信我也没办法。"

周筱又掉过头去问袁阮阮："阮阮，你老实说，有没有？"

"真的没有啦，我发誓。"袁阮阮很郁闷，她这是招谁惹谁了啊？

周筱苦于无证据又无证人，气馁地挨着赵泛舟坐下，顺手抄起遥控乱按。

赵泛舟抢过遥控："我要看球赛。"

"要看回你家看去。"周筱趴过去抢遥控，赵泛舟把遥控举得高高的，她拼命地伸手去够，于是就形成了她下半身趴在他腿上，上半身倚在他胸膛，手伸得老高的古怪姿势。

袁阮阮看着两人暧昧的姿势，一滴冷汗滑下来，现在是怎样？好歹把她当个存在的生物好吗？

半分钟之后，周筱总算意识到两人的姿势有点不雅，尴尬地咳了一声后坐好。

"懒得理你，爱看看去，我去上网了。"周筱丢下一句话就跑回房间去上网。

"嗯……我也去上网。"袁阮阮也补了一句，虽然没人在乎她去干吗，泪奔……

赵泛舟耸耸肩，继续看他的比赛。

周筱一登录QQ，就有好几条系统消息提示，有一个叫"艺术之子"的人要加她，验证消息上写了她的名字，她估计着是以前的同学，就点了通过并添加对方为好友。

她一点通过，电脑下方的QQ就咳了两声，一个小喇叭跳了出来。说实在的，她实在不怎么喜欢QQ的某些声音，那咳嗽声听着就跟有肺痨似的，让人堵着慌。

艺术之子：Hi，知道我是谁吗？

小周（周筱的网名 真没创意）：不知道。

艺术之子：猜猜看。

小周：不猜。

艺术之子：呵呵，我是萧晋啦，不知道你还记得我吗？

周筱犹豫了一会儿，挠挠脑袋，想不起来是谁。

小周：记得，怎么可能不记得呢？最近怎么样？

艺术之子：还不错，之前的事对不起。

周筱又开始郁闷了，早知道就不要说记得他，她连他是谁都想不起来，哪知道之前发生了什么事，既然想不起来的事，她也就乐得大方。

小周：没关系，过去就算了。

艺术之子：那就好，对了，交了男朋友没？我不会成为你的阴影吧？呵呵。

周筱从她少得可怜的情史中拼凑出来他是谁了，那个无缘的——不知道算不算的——前男友。

小周：不会。

艺术之子：哦。

周筱懒得找话题跟他聊，就关了对话框去看电影，看着电影的时候那个嘀嘀嘀的声音又响了起来，她按下暂停去看，又是他，阴魂不散啊。

艺术之子：我其实挺喜欢你的，呵呵。

小周：嗯，谢谢。

艺术之子：我们还有可能吗？

小周：没有。

艺术之子：为什么？你还在怪我？

小周：没有，我有男朋友了。

艺术之子：那公平竞争总可以吧？

周筱有点恼火，键盘敲得噼里啪啦，要不是看在他是袁阮阮朋友的分上她早就开骂了。

小周：不可以，我下线了。

赵泛舟进了她房间就看到她气得脸鼓鼓的在敲打键盘，他凑过去看，她瞪他一眼也没阻止。他简单看了两眼，原来有人要撬他墙脚啊。

"谁？"

"无缘的前男友。"周筱移动鼠标去点隐身。

"蔡亚斯？"

"不是，你不认识的。"她对着电脑犹豫了两秒，把"艺术之子"拉入黑名单。

"我为什么不认识？什么时候的事？"赵泛舟把她的椅子转了过来面对自己。

周筱随着椅子被转了过来，身子有点不稳，用手撑了一下靠背才坐稳，不解地看着他说："你为什么会认识，当时你在美国啊。"

赵泛舟无言以对，总不能说他当时在她身边安排了线人，而且很明显，这线人还很不尽职？

他愤愤地走开，回到客厅去看电视。

周筱跟出客厅的时候就看到他一脸阴沉地按着遥控，声音调到震耳欲聋。她好笑地在他旁边坐下，伸手到他面前。赵泛舟看了她一眼，把遥控放在她摊开的手掌上。

她接过来把电视的声音调小，说："你想出办法来说服我妈没有？"

"想出来了。"赵泛舟板着个脸说。

"真的？什么办法？"

"我们明天去结婚，先斩后奏。"他随口说，又追问了一句，"你到底还有几个前男友是我不知道的？"

"嗯，等等，我算算看。"周筱煞有其事地掰着手指数，"大概五六个吧。"

"五六个？"赵泛舟提高音量反问道。

"不行吗？谁叫你跑去美国。"周筱拽拽地说。

赵泛舟伸手架过她的脖子，勒住威胁道："你再说一遍，几个？"

"好啦好啦，就两个嘛，放开我啦，不能呼吸了。"周筱挣扎着掰开他的手，用力吸了几口气，"说真的啦，你到底有没有想好怎么应付我妈？"

"真的就两个？哪两个？"

"就蔡亚斯跟一个你不认识的，你到底要不要回答我的问题？"

"我过年和你回家，到时要杀要剐随便你妈。你跟他交往了多久？"

"不超过三天，行了吧，不准再问了。我过年才不要带你回家呢，我妈会杀的人是我不是你。"周筱掐他手臂。

"不要告诉她我们交往了就行了，我去你家道歉，表明我想重新追求你。你只要扮出你也没想到我会突然出现的样子就行了。"他揉着被她掐红的地方说。

"这样真的可以吗？"周筱怀疑地看着他。

"试试看吧，反正你只要扮作什么都不知道的样子就好了。我会逆来顺受，吃苦当吃补的，总之我要精诚所至金石为开，感动你妈妈。"

"你的方法好烂啊。"她忍不住抱怨了句，虽然她也没别的办法。

"不然你有更好的办法？你跟他为什么只交往了三天？"赵泛舟凑到她眼前。

周筱推开他的脸，从桌子上拿起遥控说："怎么，你嫌少？要不要我去找他多谈几天？"

"你试试看。你刚刚是不是把他拉入黑名单了？他有没有你电话？你有没有他电话？"他不死心地追问。

周筱置若罔闻，调大音量，转来转去地找好看的节目，留下赵泛舟一人在旁边跳脚。

第二十一章

　　周筱没想到，赵泛舟都还没去见她的家长，她就先被他拖去见他的家长了。

　　餐厅里。

　　周筱有点担心地偷瞄几眼对面坐着的妇女——赵泛舟的大妈，脑袋里开始回想为什么她会沦落到这里：她早上起床的时候赵泛舟说要带她去看电影，她欢欣鼓舞地把自己打扮得妖娆美丽，然后下楼等赵泛舟。然后一辆车从远处开来，门一打开，下来一个雍容华贵的妇女，热情地握住她的双手说："周筱是吧？我是泛舟的妈妈，刚下飞机，听说你们要去看电影，就自己跟来了，你不会不欢迎吧？"这问题问得好啊！她还真的不是很欢迎。

　　"平时工作辛不辛苦啊？"

　　"啊？"周筱一时没从自己的世界出来。

　　"我妈问你平时工作辛不辛苦。"赵泛舟拿过她的碗，给她舀了碗汤。

　　"哦，还好，不会很辛苦。"她有点不好意思地笑。

　　"那就好。"

周筱接过赵泛舟递过来的碗，小口小口地抿着汤，绞尽脑汁地想话题。

"阿姨，你平时在家都做什么事啊？"她好不容易想出个话题。

"写写毛笔字，练练气功。"

"哦。"消遣真高雅。

好吧，又是一阵沉默。

周筱脚在桌子底下踹了赵泛舟一下，还不解气，真想把这个小兔崽子丢到大海里去喂鲨鱼。

赵泛舟把脚缩回来，他也很无辜啊，他出门的时候大妈突然出现在他家门口，他和她家的距离太近，他连打个电话通风报信的机会都没有。

"周筱啊，你们打算什么时候结婚啊？"赵泛舟他妈突然又丢出一颗炸弹。

"啊？呵呵，这个……"

"妈，你别吓着她。"赵泛舟不赞同地说。

赵妈妈心里咯噔了一下，有点欣喜，又有点难受，这还是他第一次直接叫她"妈"。

"这还没进门呢，你就开始护着了啊？"赵妈妈玩笑似的说。

周筱一怔，也不知道她的话是取笑还是讽刺，心里有点紧张就更加不敢吭声了。

赵泛舟的手在桌子底下握住了周筱的手，说："我们有打算的，等我在公司稳定下来了就结婚。"

赵妈妈可没那么好打发："这有什么好等的，结婚了你还是可以好好拼事业啊，先成家后立业你没听过啊，而且我听说你公司发展不是挺好的嘛？"

周筱有点转不过弯来，她本来以为赵泛舟妈妈的出现会跟电视里演的那样，先给她个下马威，然后拼命打压他们俩的爱情，然后他们亡命天涯做一对苦命鸳鸯。没想到赵妈妈一出现就逼婚，她都开始怀疑这是不是赵泛舟搞的鬼了，反正这家伙一肚子的坏水。

她挣开桌子底下被握住的手，然后用指甲掐住他的手背，揪起皮肤用力地转了一圈。

赵泛舟作势要拿勺子，她才松了手，他把手一放上桌面马上又缩回桌子底下，她也太狠了吧？这么深的指甲印被看到还得了？

"周筱啊，你爸妈对你们的事怎么说？不如哪天约个时间让双方家长见个面吧？"赵妈完全不知道眼前这俩孩子私底下的小动作。

"呃……阿姨，我家里人还不知道呢。"周筱冒傻，居然就和盘托出了。

赵妈没想到会得到这个答案，愣了一下才说："怎么还不知道？你没说吗？"

"妈，主要是当年我就这样走了，她爸妈知道了难免不高兴，所以她才不敢回家说。"赵泛舟抢在周筱前面说。

"那也是，但是你们也不能这么拖着啊。"

"所以我过年准备和她回家，想办法得到她家里人的谅解。但是这样的话我过年就不能陪你了，如果你不同意的话我再想别的办法。"

"没事，你去，只要到时给我带个媳妇儿回来就好了。"他妈倒是爽快地答应了，还一脸兴奋地说，"去的时候记得要多带点礼物，不然等下吃完饭我们也别看电影了，去给亲家公和亲家母挑礼物吧。"

周筱尴尬得要死，亲家公和亲家母都出来了？不过幸好赵妈妈没她想象中那种豪门的嘴脸，不然她还真的不知道要怎么应付。

吃过饭，在赵妈妈的大力鼓吹之下，三个人浩浩荡荡地杀到了百货商店。周筱这会儿才体会到什么叫豪门的派头，赵妈妈先是挑了一件外套说是要给亲家母的，打了五折下来后面还跟了四个零。周筱硬是给拦下来了，说这衣服带回去估计她妈会买个框裱起来挂在客厅。赵妈妈也不灰心，转身就又挑了一套带玉坠子的项链，说是母子链，大的一条给妈妈，小的一条给女儿。这套更夸张，是那件衣服价格的三倍。周筱怎么也拦不住，赵妈妈非得说这样还给她省了钱，她就不用再花钱给周筱买见面礼了。

周筱扯了扯赵泛舟的衣袖，他给她一个我爱莫能助，你自求多福的表情。

既然花钱的人不心疼，那她在旁边着什么急？于是她跟他一起，冷眼看赵妈妈败家，而且不时感叹一下，她的信用卡到底有没有上限？

最后他们离开百货公司的时候，周筱挽着赵妈妈走在前面，赵泛舟手上挂满大大小小的袋子跟在后面。

"你家里人对泛舟很生气吗？"赵妈妈问周筱说。

"呃……还好吧。"周筱总不能说她妈恨不得扒他皮、抽他筋、拆他骨、喝他血吧？

"其实换作是我的女儿被这样对待，我早就把那小子灭了。"赵妈妈拍拍周筱的手说。

嗯……果然，天下的妈妈都是一样的，都爱灭人。

周筱突然觉得和赵妈妈的距离拉近了很多，一直紧绷着的神经也松了下来，笑着说："阿姨，我会帮着他的，不会让我妈灭了他。"

"那就好，如果你妈灭了他，我也还真不知道一时之间去哪儿再找个儿子。"赵妈妈也跟着她笑起来，"不过啊，也该让他吃吃苦头，这孩子，虽然经历的事比同龄人多了点，但还是习惯了什么事都按着他的想法去做，其实没几个人拧得过他的死脾气。他小时候刚被带到我家来的时候还绝食了好几天，后来搞到差点送医院。还有啊，小时候他养过一只乌龟，乌龟冬眠的时候他非要吵醒它，说要带它去散步。还有啊，初中的时候被我抓到他抽烟，叫他戒他说什么也不肯，骂也骂过，打也打过，他说不戒就是不戒。还好后来自己想开了，突然又戒了……"

嗯……果然，天下妈妈都是一样的，都爱爆料。

但是，带乌龟去散步？而且是带冬眠期的乌龟去散步？这是什么逻辑啊？

赵泛舟跟在后面，微笑着看前面的两个女人有说有笑。

赵妈妈待了四五天就回去了，这期间这对未来的婆媳大有相见恨晚的感叹，相处得可真是水乳交融。

所以送赵妈妈上飞机前，两人都是依依不舍的，恨不得演十八相送。

临登机，赵妈妈还拉着周筱的手说："你们俩好好过，他要是敢欺负你的话你就告诉我，看我怎么收拾他！"

"好，阿姨你路上小心，我们过完年去看你。"

"唉，要过完年才来啊？不然你现在补个机票，跟阿姨一起去？"赵妈妈一脸的舍不得。

周筱转头看赵泛舟，用眼神询问：可以吗？

赵泛舟叹了口气，怎么可能可以？他无奈地催他妈："妈，你可以进去了。"

"过年后要来看我啊。"

"好。阿姨你要保重，注意身体健康。"

"我会的。你也要注意身体，三餐多吃点，不要学有些女孩子减肥。"

"嗯。"

这俩女人在演《蓝色生死恋》吗？

周筱晚上九点多到的家，喝了妈妈煲的汤，洗了个澡，陪爸爸看了会儿球赛，等到她回房睡觉的时候已经是十一点多了，也不知道赵泛舟找到住的地方没有，他们车一停就发现爸爸在车站等她，所以赵泛舟躲在车上看着她被她爸爸接走，回来之后她也不敢给他电话或短信。唉，怎么有种历史重演的感觉。

房门一关，她就给赵泛舟打电话。

"你找到住的地方了没？"她压低声音说。

"找到了。"

"在哪里？"

"××酒店。"

"哦，那你早点休息吧，明天的事自己搞定，我什么都不知道啊。"

"没见过撇清得那么快的。你也早点睡吧。"

赵泛舟把手机闹钟设好后就躺在床上，他跟周筱说得很轻松，其实他心里特忐忑，明天有场硬战要打，还是早点睡吧。

周筱在厨房淘米，突然听到砰的一声，妈妈气冲冲地提着菜冲了进来。

时间调回到早上八点，周筱妈妈正在菜市场里和三姑六婆聊天。

"周太太啊，我昨晚看到你女儿回来了，变得更漂亮了啊。"三姑说。

"唉，没有啦，长得就那个样。"妈妈笑得花枝乱颤。

"女儿有男朋友了没啊？有的话就赶紧让他们把婚结一结。"六婆见不得妈妈太得意，补了一枪，正中妈妈伤口。

"唉，她还小。我们舍不得。"妈妈死要面子地说。

"哪里小了，我跟你说啊，这女大不能留啊，不然以后可有得你操心的。"疑似跟妈妈有仇的六婆接着说。

"你们聊吧，我去买鱼了。"妈妈黑着个脸走开了。

时间再拨回现在。

妈妈一进门就雷厉风行地开始打电话："喂，大姑啊，是我，对对对，那个你上次说的那个谁家的儿子回来了没？是，我女儿回来了，对啊，有时间就约出来吃个饭嘛……嗯，好，我会跟她说。"

挂下电话，妈妈对着周筱说："晚上去相亲。"

周筱求救地看向在餐桌旁看报纸的爸爸，爸爸把报纸拿高，挡住女儿的视线，好一个见死不救的爹！

"妈，我可不可以不要去？我昨天晚上才回来，好累，想休息一下嘛。"周筱只得对妈妈撒娇。

妈妈瞟了她一眼："是有多累，让你吃个饭而已，又不是让你下田。"

周筱无计可施，死赵泛舟，怎么还不出现？！

说曹操，曹操到，门铃叮咚叮咚地响了，周筱的心提到了嗓子眼，但还是若无其事地淘着米，只是手微微颤抖。

刚起床的弟弟揉着眼睛去开门，声音远远地传进厨房来。

"你找谁？"弟弟的声音。

"你不记得我了吗？"赵泛舟的声音。

"你谁啊？"弟弟再揉眼。

"都长这么高了啊你。"

周筱都快疯了，都什么时候了？他还在这边给她上演"好久不见，你还记得我吗"的戏码？

妈妈和爸爸疑惑地走出去，周筱跟在他们后面。

"叔叔阿姨好。"赵泛舟微笑着说。

爸爸和妈妈同时转过头来看周筱，周筱赶紧换上一个惊讶的脸孔，颤抖着指着他说："你……你怎么会在这里？"

"你是姐姐的前男友？"弟弟突然意识到了，一个箭步挡在周筱的面前，一脸要打架的样子。要不是情势实在有点严峻，周筱真的很想感动一下的，她的弟弟都长成会保护姐姐的小小男子汉了。

"出去。我们家不欢迎你。"妈妈沉下脸说。

赵泛舟还是挂着笑容说："阿姨，我知道以前的事是我不对，我真的知道错了，我是诚心诚意来道歉的，希望你和叔叔能原谅我。"

"出去。"妈妈指着门说，手因为生气而有点发抖。

"阿姨……"赵泛舟还想说什么，弟弟突然推了他一把，大叫道："我妈叫你出去！"

他一个踉跄，差点撞在门上。

八个字——剑拔弩张，一触即发。

"你先出去。"爸爸冷静地说，"现在大家的情绪都不稳定。"

赵泛舟点点头，说："阿姨叔叔对不起，让你们生气了，我在门外等着吧。"说完他走了出去，带上了门。

客厅。

爸爸拿着清凉油给妈妈搽胸口，妈妈因为刚刚太生气而胸口痛。周筱不敢吭声，有点被吓到了，满脸泪水，都是她不好，是她害妈妈生气。

"都什么年纪了，还学人家发什么火。"爸爸忍不住说了妈妈几句。

"我能不生气吗？他还有脸上我们家！想当年我是怎么对他的，他又是怎么对我女儿的？"妈妈又气了起来，抬头正要说周筱，看她满脸泪水，语气缓了下来："又不是骂你，你哭什么？眼泪擦一擦，难看死了。"

周筱抹去泪水："妈，对不起。"

"对不起什么，又不是你的错。"妈妈没好气地说，拉了她坐下来，转过去跟爸爸说："去把她刚刚洗的米拿去煮。"

"那，你跟妈老实说，你跟他有没有牵扯？"妈妈拉着她的手说。周筱不敢吭声，心虚地摇了摇头。

"真的没有？"

周筱不敢看妈妈的眼睛，盯着自己的脚趾头不出声。

"天哪，这是造了什么孽啊，难怪相亲怎么都相不成。"知女莫若母，看她的样子妈妈一下子就猜到了，"你是想气死我是不是？"

"妈，你别生气，我跟他分手。"周筱看妈妈好像喘不过气来的样子，急了，"我真的跟他分手，马上就分。"

"好，那你现在去叫他进来。"

赵泛舟站在门口，盯着他们家门两边的春联发呆，时间缓慢得他能够数清楚自己的每一次心跳、每一次眨眼。

周筱拖着沉重地脚步去开门，对着外面的赵泛舟说："我妈叫你进来。"

赵泛舟看了她一眼，看她眼神闪躲，心就沉了下来。

爸爸和妈妈坐在客厅的长沙发上，妈妈对着进来的两个人说："坐吧。"

周筱绕过茶几坐在远一点的小沙发上，赵泛舟在靠近门口的沙发上坐下。隔着茶几赵泛舟想看清楚周筱的表情，但她老低着头。

"叔叔阿姨，今天我来是特地来跟你们郑重地道歉的，希望获得你们的原谅，再给我一次追求周筱的机会。"赵泛舟从周筱那里得不到响应，心里更没底了。

"哼，你也别说得那么好听。你们的事我已经知道了，不用再演给我们看了。"妈妈摆出个资深老佛爷的态度。

"既然今天你都来到我家了，来者是客，刚刚的态度是我的不对。"

周妈妈扑朔迷离的态度吓得赵泛舟连连说："不会，不会，都是我的突然出现太唐突。"

妈妈喝了口水说："这样说吧，我自己养的女儿自己知道，她什么毛病没有，就是识人不清，但她年轻，识人不清也是正常的，错就错在我们这俩老的也跟着瞎起哄……当年把女儿交到你手上是我的失误，我也就认了，现在说什么都不可能一错再错。"

"阿姨，您别这么说，一切都是我不对，我知道错了，以后我会好好对周筱的，再给我一次机会吧。"赵泛舟很诚恳地说。

一直没怎么说话的爸爸突然说："这也没有什么机会不机会的说法，当年我们是相信你会对她好，才放心地把她交给你，事实证明你并没有心疼她，既然你不心疼就算了，谁家的孩子谁家疼，你不心疼我们心疼。"

爸爸妈妈的一番话说得周筱眼眶一热，又想哭了。

"叔叔……我以后会好好对她的。"赵泛舟四面受敌，垂死挣扎，"以前我太小，不知道怎么对她好，什么事情都从自己的角度出发，但现在我不会了，我知道怎么样对她才是好的。你们不原谅我没关系，但请给我一个证明的机会。"

"周筱，你表个态吧。"妈妈突然对一直沉默不语的周筱说。

周筱抬起头来，看了妈妈一眼，才转过去跟赵泛舟低声说："我们分手吧。"

没想到被倒打一耙的赵泛舟愣住了，脑袋一片空白，呆呆地看着周筱说不出话来。

电话响了半天，赵泛舟才回过神来，他是什么时候回到酒店的？

"妈。"

"泛舟啊，今天和周筱的爸妈谈得怎么样了？"

"他们很生气。"

"这样啊？那怎么办？"大妈的声音很是焦虑。

赵泛舟突然灵机一动，是时候打妈妈牌了，虽然有点无耻，但只要有效就好。

"妈，你能不能抽空来一下？"

周妈妈对于女儿的表现很满意，煲了一大锅周筱最爱喝的凉瓜排骨汤准备好好犒赏她。

周筱在房间里发呆，脑子里都是赵泛舟走出门时的样子，那么震惊，连她在慌乱中偷偷扯了一下他的衣袖他都没发现。他会不会真的以为她要跟他分手了？她想给他打电话，但想起自己刚刚当着妈妈的面把他的号码从手机里删除了。

"出来喝汤，我煲了你最爱喝的凉瓜排骨汤。"周妈妈推开房间的门，看到女儿拿着手机发呆，气不打一处来，"你最好别想通过朋友问他的电话，不然看我怎么收拾你。"

周筱看了她一眼："知道了。"对哦，她怎么没想到问谢逸星呢。

她心不在焉地喝着汤，脑子里转着要怎么跟赵泛舟解释她的临阵脱逃。

但看在周妈妈的眼里就完全不是这么一回事了，她女儿从小就是开朗活泼的孩子，现在却失魂落魄的，眼睛还水汪汪的，感觉跟她说话大声一点就会把她吓哭。周妈妈看了周筱碗里的汤，她都喝了半个小时了，还没喝完？

"汤都凉了，你在想什么？"周妈妈提醒道。

"啊？哦。"周筱端起碗，咕噜咕噜把汤喝下，回到房间。

周筱回到房里轻轻掩上了房门，给谢逸星打电话，发现谢逸星电话居然停机了，她再打给袁阮阮，竟然没人接，这回她是真的联系不上赵泛舟了。她想去他下榻的酒店看一下，但是不知道要编什么借口出门，而且如果她去了，他已经走了呢？想到这她就想哭，他会不会再一次不告而别啊？应该不会，他答应过她的，但是她说了要跟他分手，他会不会就觉得不用告诉她了？还是……她严重怀疑自己再这么想下去会疯掉。

周爸爸被周妈妈硬逼着过来跟女儿谈心，刚推开门就看到女儿一副泫然欲泣的样子，他吓了一跳，转身想出去，被门口的周妈妈狠狠地瞪了一眼，只得硬着头皮踏入女儿的房间。

"筱啊，来，跟爸爸聊聊。"周爸爸拍拍女儿的脑袋说。

"爸，我没事，不想聊。"周筱有气无力地说，她发现她现在除了装可怜外没别的路可以走了。

"不想聊啊，好吧。"周爸爸如释重负地走出去，周妈妈气得差点没弑夫。

"你就不能好好跟她聊聊？"周妈妈拧着周爸爸的胳膊说。

"你都听到了啊，她不想谈，你逼她也没用啊，再说了，你想谈怎么不自己去找她谈？"周爸爸说。

"我都当坏人棒打鸳鸯了，还怎么好意思去说什么。"周妈妈没好气地说。

"其实我想想好像也没有必要逼他们分手，你自己不是常说浪子回头金不换嘛。"周爸爸说。

"你得了，少给我这么放马后炮。"周妈妈瞪了周爸爸一眼，"他当年搞得女儿这么难过，我给他点苦头吃吃怎么了，再说了，他要是真有心跟咱女儿在一起，这点阵仗就会吓跑吗？"

赵妈妈十万火急地赶到机场，临上飞机前还拍着胸脯给儿子打了个电话："儿子，别担心，妈来帮你追媳妇。"

两个小时后，赵泛舟和赵妈妈离开机场，上了出租车，直奔周筱家。

他们到周筱家楼下的时候已经是晚上八九点了。

叮咚叮咚的门铃响起，周妈妈去开门，发现门外站着兔崽子赵泛舟和一个雍容华贵的妇人。周妈妈皱起眉头问："你还来干什么？"

"阿姨好，这是我妈妈。"赵泛舟礼貌地说。

"你好。"赵妈妈微笑着说。

"呃，你好。"周妈妈条件反射地开始客套，"请进。"

"请坐。"周妈妈对赵泛舟和他妈妈说，转头朝里面叫："孩子爸，周筱，出来。"

周筱走出来的时候吓了一跳，赵妈妈也来了？

赵妈妈看到周筱出来了，站起来牵住她的手。周筱乖巧地叫了声："阿姨好。"

"好，才几天不见啊，阿姨可想你了。"赵妈妈握着她的手坐下。

周妈妈郁闷了，她女儿就这样被挟持着坐到那边去了？她咳了一声："周筱，过来这边坐。"周筱乖乖地挪到妈妈身边坐下。

"不好意思，我见到周筱太高兴了。"赵妈妈笑着说。

正所谓伸手不打笑脸人，周妈妈也只好笑着说："没关系，有长辈这么喜欢她，我们也很高兴。"

"是这样的，之前泛舟不懂事，做了一些对不起周筱的事，他当然有不对，你们不想原谅他我也明白。他当时还小，而且这件事很大部分是我的问题，我当时，嗯……精神方面不是很稳定，他怕我吓到周筱。"

周妈妈和周爸爸对看一眼，不说话。

"放心，我现在已经完全治愈了。为人父母的无非都是想让自己的孩子过得好，你们是，我也是，如果孩子们在一起过得幸福快乐，做父母的何不乐见其成呢？"

"你这么说当然不无道理，但是我们放心不下。"周妈妈有点僵硬地说。

"这也是，换成是我女儿我也会放心不下。"赵妈妈笑着说，"不过，站在一个母亲的角度，我还是希望你们再给他一次机会。你不会忍心拒绝一个母亲的要求吧？"赵妈妈深深地望进周妈妈的眼睛。

周筱和赵泛舟对视一眼，有点尴尬，怎么会这样？没想到赵妈妈是走连续剧路线的人。

更让他们想不到的是，周妈妈居然吃这一套，她也深深地回望进赵妈妈的眼睛，感动地说："你的诚意我感觉到了，我决定再给他一次机会。"

天哪，洒狗血的连续剧，你们都把中国妇女教成什么样了！

在座其他三人冷汗直流，于是两人在父母的见证下，正式进入了试用期。

第二天赵妈妈就飞回去了，赵泛舟住进了周筱家，于是在周筱家，你常常可以听到以下对话：

"小舟，帮阿姨把菜洗了。"

"好。"

"小舟，帮阿姨把鱼杀了。"

"好。"

"小舟，跟阿姨一起去买菜。"

"好。"

"小舟，明天你起来做早饭，我很累。"

"好，阿姨你好好休息。"

"小舟，地是不是脏了？"

"我来拖。"

他们家多了个免费的帅哥用人，任劳任怨，鞠躬尽瘁，死而后已。

某天，周妈妈带着赵泛舟从菜市场回来，心情大好，刚刚在菜市场，三姑六婆们那个嫉妒的眼神充分满足了周妈妈的虚荣心。

"周太太，这就是你家周筱的男朋友啊，前几天不是说她还小嘛，原来是藏了这么个一表人才的准女婿啊。"三姑说。

"长得人模人样是真的啦，就怕徒有外表。"六婆羡慕嫉妒，"做什么工作的啊？你就不怕你女儿将来要养他？"

这群人仗着赵泛舟听不懂潮汕话，就当着他的面讨论起来了。

周妈妈这才想起，这阵子忙着奴役他，都忘了问他是做什么的了，于是干脆就当场问："小舟，你做什么的？一个月大概多少工资啊？"

"我和朋友一起开了家公司，工资不固定，看每个月公司的营利。"

六婆扬起得意的笑，好像在说，看吧，小白脸连固定的工资都没有。周妈妈面子拉不下来，追问道："那到底你一个月有多少钱，该不会养不起我女儿吧？"

赵泛舟愣了一下，一个月挣多少钱还真是不好算，看看旁边一堆虎视眈眈的三姑六婆，他大概明白了，笑着说："平均的话一个月有个五六万。"

"喂，我妈为什么心情那么好？"在饭桌旁等吃饭的周筱问忙来忙去的赵泛舟。

　　"我讨她喜欢呗。"赵泛舟在周筱身边停下，看向周妈妈，周妈妈正背对着他们做菜，周爸爸在外面的客厅看报纸，他迅速地俯下身子，在周筱唇上啄了一口，转身说，"我去帮阿姨做菜。"

　　周筱捂着嘴，瞪着他的背，恨不得把他的背烧出两个窟窿来。

第二十二章

赵泛舟在春节期间以他吃苦耐劳的精神感动天感动地顺便感动了周筱她妈，顺利抱得美人归。

美人最近在闹别扭，据说是他们部门原来对她很好的经理退休了，换了个处处找她麻烦的新经理。

周筱趁着中午休息的时候打了个电话给赵泛舟，想抱怨一下新来的经理有多神经病，但是赵泛舟在开会，没空理她，下班他也说没空来接她，当然晚上就更没空和她一起吃饭了。他最近忙得要死，周筱什么时候找他都是没空没空。

好啊他！追到手了就没空了是吧？她倒要看看他什么时候有空。

正在十七楼开会的赵泛舟突然觉得背脊一阵凉，有种不祥的预兆。

赵泛舟回到家的时候已经是半夜一点多，他开了门开了灯，被坐在沙发上的周筱吓了一跳。

"这么晚了你怎么在这里？怎么不开灯？"他边换鞋边问。

周筱看了他一眼，幽幽地飘向门口："我回去了。"

他反手抓住她的手腕，扯回来安在怀里，低头问："怎么了？是工作的事吗？不开心就不要做了。"

"我没事。你让我回去。"她的手贴在他腰上，用手指若有似无地画着圈圈。他拉下她的手，不赞同地看着她："到底怎么了？"

"没啊，就是想你了。"她突然妩媚地一笑，咬上他的唇。

送上门的美食岂有不吃的道理，赵泛舟笑着搂住她，用力吸住她的唇。

周筱在赵泛舟闭上眼睛的那一刻用力推开他："你应该很累了，去洗澡吧。"

还陶醉在热吻中的赵泛舟不理她，凑上去要接着吻，她跟条泥鳅似的扭来扭去，推着他："你去洗澡啦。听不懂吗？"

赵泛舟停下来，疑惑地看着她问："你是说真的？"

"不要算了。"周筱作势要走，赵泛舟又拉住她说："我马上去洗。"

"去吧。"周筱露出一个娇羞的笑。

赵泛舟进了浴室，有点兴奋，就先在洗脸台洗了把脸，冷静了一下之后突然觉得不对啊，这不是周筱的作风，他转身出去，发现周筱侧躺在床上单手支着脑袋对他笑，纯洁可爱。

好吧，他承认他太多疑了，他又回去浴室洗澡，带着不可置信的微笑，洗了个战斗澡。出来的时候，人去楼空，只有一张便条纸贴在床头："亲爱的，我突然想到我有事，就是那个变态经理啊……算了，反正你也没空知道我的事。我先回去了，下次继续，爱你哦。"

他拿着纸条站在床头，哭笑不得。

第二天晚上，赵泛舟回到家，门下透出光线来，证明里面有人，他深吸了一口气，推门进去，没人？厨房里飘出阵阵菜香，搞得他食指大动。他偷偷地走进厨房，周筱在熬什么东西，他敲了敲门，周筱回过头一笑："回来了啊？先去洗个澡，出来就可以吃饭了。"

他靠过去，从背后圈住她的腰，头埋在她的头发里，吸了一口气，嗯……有洗发水的香味，还有……油烟味。

她拿肘子撞了一下他的肚子："去洗澡，快点，我汤快熬好了。"

他赖着不肯走，用力圈紧她的腰，"你亲我一下我就去洗。"

周筱翻了个白眼，转头敷衍地碰了一下他的嘴唇，"好了，去洗吧。"

赵泛舟也不在意，咬了一口她的脖子，放开她。走出厨房门的时候突然想到什么又回过头来加了一句："你要是再玩昨天的把戏，看我怎么收拾你。"

"去洗澡啦，那么啰唆，谁跟你玩把戏，我昨天那是在抗议。"她把火调小，头也不回地说。

又一次，他洗完澡出来的时候房间里已经没有她，只有一张大大的便条纸留在饭桌上："看你很累，就不打扰你了，估计你也没空吃饭，煮好的菜我带回去喂阮阮，冰箱里还有菜，不过是还没煮的，你要有空了就自己煮吧。此致敬礼。"

赵泛舟站在满是饭菜香的厨房里，饥肠辘辘。

"学姐，你人好好哦，还煮那么多东西给我吃。"袁阮阮边吃边感恩。

"多吃点啊，对了，这几天赵泛舟要是来找我就说我不在。"周筱看着手里的手机，赵泛舟的短信，很短——看我怎么收拾你！

"为什么？你们吵架了？"袁阮阮咬着筷子问。

"没，我就是教他一点做人的道理。"周筱说，其实她心里有点发毛，还是想个办法躲他几天吧。

"那要是他问我你去哪里了呢？"

"就说我出国了。"周筱沉思了一会儿之后说。

"你怎么出国啊，你不是连护照都没有吗？"袁阮阮看着她问。

"谁说真的出国啊，我就是去旅个游，避避风头。"周筱推推阮阮的脑袋，这孩子也太傻了吧。

"你到底做了什么事需要避风头啊？"袁阮阮不懂，是多严重的事啊。

"好像也没什么事，其实就是我进了公司之后还没休过假呢，干脆休个假出去旅游，我说去旅游的话他一定要我等他一起去，他那么忙，等到他有空我就白发苍苍了。"周筱突然觉得自己实在是太天才了，想出这么好的办法，又可以出去玩，又可以顺便整整赵泛舟。

"这样好吗？不会出事吧？"袁阮阮还是不放心。

"白痴，能出什么事啊，我逗他玩呢。"周筱摆摆手，"反正我就去几天，让他急一急也好，谁叫他老丢下我就走呢，这次换我丢他。"

"那你去哪里啊？什么时候去？"

"去哪里还不知道呢，我也是临时起意，什么时候假批下来了我就什么时候去。"周筱想了想说。

第二天，周筱一上班就递了休假申请书，没想到下午假条就批了下来，而且一下子批了十天，真是有效率有良心的资本家，于是她在下班前都在搜索旅行数据，最后定了去苏州，去看看传说中的苏州园林。下班的时候周筱就去机场订飞机票，然后回家收拾东西，等一切都搞定的时候才晚上十点多。她突然觉得这一切也太顺利了吧？

于是第二天周筱就踏上了旅途，临上飞机前给袁阮阮打了个电话。

"阮阮啊，我去旅行了，现在就要上飞机了。"

"什么？啊——"阮阮在电话里尖叫，"你太过分了，昨晚也不告诉我，我就说你在房间里乒乒乓乓的不知道在干什么。"

"不说了，我得去办理登机了。"

"那你去哪里啊？什么时候回来？"袁阮阮忙问。

"不告诉你，你嘴巴那么松，随便就被赵泛舟那个奸诈小人套出来了。"周筱挂了电话，给赵泛舟发了条短信，然后关机，快快乐乐地旅游去。

赵泛舟在开会，手机在口袋里震了两下，他突然想起周筱当年说的"震动的声音像放屁"，忍不住就嘴角上扬。满会议室的人一头雾水，这总经理前一秒还在教训人下一秒就笑得如沐春风，是哪条神经搭错了，还是又有人要遭殃了？

出了会议室，赵泛舟打开周筱的短信——亲爱的，等你有空收拾我的时候就找不到我了哦。

他笑着回复：你试试看躲到天涯海角去。

等了一会儿她没回，估计是闹脾气了，最近他忙得天昏地暗的，总是没时间陪她。她前两天在他那里瞎折腾，其实他一点都没生气，每天回家可以看到她，他一整天工作下来累积的疲劳和烦躁在看到她笑盈盈的脸时都消失殆尽了。

想到这里，他再给她发了条短信——搬来和我一起住好吗？

他等了很久都没有回信，打电话过去提示关机。他有点着急，想了一下，估计她需要点时间考虑，也就由得她去了，反正她也跑不掉。

赵泛舟发现这两天打电话给周筱都是关机，他心里隐隐约约有些不安，却又不敢去深思，下班后就直接开车到她公司楼下等她，但等到公司大楼的灯都灭了，也没有见到她的影子。

他匆匆赶到她家，开门的是袁阮阮，她一看到他就笑，笑得满脸尴尬和心虚。

"阮阮，周筱呢？"赵泛舟边往周筱的房间冲边问。

"她不在。"袁阮阮跟在他后面说。

"去哪儿了？"他发现房间没人，突然转过身来问袁阮阮。

"不知道。"袁阮阮紧急刹住脚步。

"不知道？"赵泛舟反问一句，脸已经沉了下来。

袁阮阮摇头，赵泛舟一个眼神射过去，她就自动举起手说："我真的不知道啦，她叫我跟你说她出国了，她说不能告诉我她去哪里了，以及什么时候回来，不然会被你问出来。"

赵泛舟在周筱的房间里搜索蛛丝马迹，她带的衣服不多，但都是她喜欢的，其他的东西没怎么动过，也就是说她还会回来？还是说她什么都不想带，准备一切重新开始？

赵泛舟像个陀螺一样在她房间转来转去，越转就越心慌。最后他瘫倒在她的床上，被子上浓浓的都是她的味道，但是，她到底去了哪里？

凌晨四点多，袁阮阮起床上厕所，发现周筱的房间还亮着灯，她轻轻转开门，看到赵泛舟背对着门站在窗口，听到门声迅速转过头来，眼睛里先是一闪而过的狂喜，然后是浓浓的失望。

"学长，早点回去吧，学姐会回来的，她只是去旅游了。"袁阮阮劝了一句，把门关上，睡觉去。

第二天一早，袁阮阮起床上班的时候，发现赵泛舟坐在客厅，她吓了一跳，心想：要死了，学姐再不回来会不会出人命啊？

"学长，你一晚没睡吗？"袁阮阮看了看手表，离上班时间还有一个小时，她就大发慈悲地抽二十分钟出来关心一下失魂落魄的男人好了。

"睡了一会儿。"他淡淡地说。

"学姐说要让你急一下，她说是逗你玩而已，所以没什么事的，你真的不用担心。"她说。

赵泛舟抬眼："她连你都不联系了，不是吗？"

袁阮阮被他布满血丝的眼睛吓了一跳，这人一夜间就成了吸血鬼了？

"是没联系啦，但是应该没事吧？"袁阮阮其实也说不准。

"没事，你去上班吧，等下我会帮你锁门的，我也快去上班了。"他说。

"哦。"袁阮阮不敢再说什么，起身去上班。

赵泛舟自己一个人在客厅里坐了十多分钟才缓缓起身去上班。

上有天堂，下有苏杭。

周筱在这个天堂般的地方过得简直是乐不思蜀，她来的时间不是旅游高峰期，所以游客不是特别多，她每天从旅馆出发，在苏州老城里晃来荡去，拿着个相机到处乱拍，拍累了就坐公交车去参观园林。她总算是见到了小学课本上的苏州园林，那个激动啊，拿着相机就不知道该对着哪个地方按。青瓦白墙，环树绕水，长长的回廊，在一个个不经意的地方回转，总让人觉得下一秒就会有一个挽着髻儿的千金大小姐带着活泼的小丫鬟从某个拐弯的地方绕出来。园林里的桥也是奇特的存在，常常走着走着就出其不意地遇到一座桥，或者是小木桥，或者是石板桥，或者是小竹桥，有时是横的桥梁，有时是半圆的拱桥。看到每座桥周筱都忍不住会想当一下白娘子演一下断桥会，可惜许仙被她丢在公司加班了。

正值春天，园林里开满了不知名的花儿，什么颜色都有，蓝的、紫的、红的、粉的……五颜六色的花没有让园林艳丽起来，反而好像水墨画上的朱砂红，把园林点缀得更加清淡风雅。

周筱常常在园林里一待就是一天，有时研究一下园林里各个地方的名称，每个地方的名字都很有诗意，古人的确是才华横溢，像是什么远香堂、留听阁、曲溪楼、待云庵、真趣亭、冠云台、揖峰轩……很普通的三个字一组合就有了一种不可多得的韵味。

但更多的时候她只是待在园里看看书、拍拍照、听听音乐、发发呆，生活要多惬意有多惬意。苏州大大小小的园林有无数个，她每天待一个，等她待到第八个的时候才意识到她的假期只剩两天了，只得忍痛割爱，向最后的目的地——周庄出发。

周庄不愧为中国的水乡，到处都是潺潺的流水，连空气都是湿的，早上起来，到处蒙着一层蒙蒙的雾，路上的石砖也是半湿不干的，靠水的石砖上面还会有一层层青苔，人走在上面仿佛就感受到了历史的厚重、岁月的累积。每个地方都是一幅水墨山水画，每个角落都可以制成一张精美的明信片。

赵泛舟快疯了，可能知道她行踪的人他都问过了，她可能会去的地方他也都找过了，就差没去调查出入境记录而已。他每天疯狂地拨打周筱的手机，但每次都只能听到一句冷冰冰的"对不起，你所拨打的电话已关机"。他都不知道给她发了多少短信了，每次只要一有时间他就发短信，所以最近他们公司的人都看到总经理神经兮兮地拿着个手机不停地按，上班按、休息按、连开会都在按。

赵泛舟现在下班都不回自己的家，得到袁阮阮的同意后他一有时间就守在周筱的房间里。他不知道她为什么要走，不知道她去了哪里，不知道她什么时候回来，不知道她会不会回来……他这才知道，爱情里最让人无力的无奈就是等待，无边无际的等待就像是慢性毒药，一点一滴融入你的血液，一寸一寸侵蚀你的骨髓……

这时的赵泛舟才正在切身体会到当时他给予周筱的是怎样刻骨铭

心的痛，有时只有亲身经历，才会明白"切身之痛"这四个字。

周筱下了飞机，拉着行李上了出租车。唉，她回来了，赵泛舟应该是气炸了，她还是把皮绷紧一点吧。说起赵泛舟她才想起自己已经十天没开过手机了，于是把手机从包包的最深处掏出来，开机。叮咚不停的短信差点没把她的手机轰炸了，她一条一条地翻开。

第一条，赵泛舟：搬来和我一起住好吗？

第二条，赵泛舟：干吗关机？开了给我个电话。

第三条，赵泛舟：看到了短信给我个消息。

第四条，赵泛舟：我知道了，不搬就不搬，闹什么脾气？

第五条，赵泛舟：给我电话，我很担心。

第六条，赵泛舟：周筱，你找死是不是，再不回我短信你就死定了。

第七条，赵泛舟：你去了哪里？我找不到你。

第八条，赵泛舟：你什么时候回来？

第九条，赵泛舟：我知道错了，你不要不理我。

第十条，赵泛舟：回来好不好？

第十一条，赵泛舟：等了你五天，我觉得好像过了五年，那我让你前前后后等了三年呢？我突然觉得我不配爱你了。

第十二条，赵泛舟：你真的觉得我不配爱你了吗？为什么不给我消息？

第十三条，赵泛舟：不管你怎么想，我都等你。

第十四条，赵泛舟：我在你的房间拉了网线，你回来不要骂我。

第十五条，赵泛舟：现在是晚上三点，我白天的文件没看完，最近老是出神。

第十六条，赵泛舟：我昨天差点出车祸了，眼花。

第十七条，赵泛舟：你的被子上都是你的味道，我睡不着。

第十八条，袁阮阮：学姐，你再不回来就出人命啦，我不要每天看到一个尸体一样的人待在家里，你快点回来啦！

第十九条，赵泛舟：今天我在餐厅遇到了蔡亚斯，他问我你好不好。

第二十条，赵泛舟：我最近觉得饭都很难吃，想喝你熬的汤。

第二十一条，赵泛舟：我最近老想抽烟，果然烟不好戒。

第二十二条，赵泛舟：真的不回来？不回来我就在你这里住下了。

第二十三条，赵泛舟：你回来我每天陪你吃饭。

第二十四条，赵泛舟：我想你了。

周筱看着看着眼眶就湿了，她本来只是想开个无伤大雅的玩笑，没想到会让他这么不安，她说了原谅他就是真的原谅他了，即使心有不甘她也只想跟他好好地过。她让司机掉头开到赵泛舟公司楼下，站在他公司门口给他打电话。

"喂？"他的声音小心翼翼的，"周筱，是你吗？"

"嗯。"她的声音有点沙哑，"对不起。"

"你现在在哪里？"他着急地问。

"你们公司楼下。"

"等我，不要动。"

周筱从电话里可以听到急促的脚步声和奇奇怪怪的沙沙声。

"你不要挂。"赵泛舟边跑还边对着手机说，"我马上下来。"

"你慢慢来，我等你。"周筱安抚他。

赵泛舟气喘吁吁地在她面前停下，身上虽然西装革履，但是扣子和领带都扯开了，头发也因为奔跑而显得有点乱。周筱对着他笑："你看起来好傻啊，一点都不像精英。"

他没有回话，两只眼睛直勾勾地盯着她，她被看得心虚，自己伸过手去拉他的手："生气了？对不起嘛，我逗你玩的。"

他抓住她伸过来的手用力一扯，她整个人被压入他的怀中。她不敢动，安静地听着他的心跳和呼吸。

"你去了哪里？"过了好久她才听到他的声音闷闷地从头顶上传来。

"苏州。"她说，想抬起头来看他，他用力把她的头压回去。

"我只是去旅游。"她的声音因为脸被他压在胸口而变得闷闷的，"你别生气。"

"好。"他只是这么说。

"那我们现在算不算扯平了？"周筱还努力想缓和气氛。

"不算。"他放开她，拉着她往停车场走去。

"喂，你拉着我去哪里？"她一边叫着一边被他塞入车子，"不要杀我，我下次不敢了。"

他不理她的大呼小叫，开车直接把她送到楼下，拎着她就上了楼。她两脚腾空地鬼叫着："不要送佛送到西的，送到楼梯口就可以了，我们家没人，不可以让男人进门。"周筱扒在门口不肯开门。赵泛舟瞥了她一眼，从兜里拿出钥匙开门。

"你怎么会有我家的钥匙？"她问。

"袁阮阮给我的。"他径自走进她的房间。

"好啊，趁我不在你跟阮阮好上了是吧？"她屁颠屁颠地跟在后面。

"少废话，收东西。"他瞪她一眼。

"收什么东西？"

"你今天就搬到我那边去。"

"不要。"她尖叫，"我才不要。"

"给你两个选择，要不今天搬，要不今天洞房。"他一脸严肃地说完，周筱愣了一下就喷笑了："你变幽默了呀。"

"你可以试试看我是不是在开玩笑。"他打开衣柜门随手拿了几件衣服丢在床上，"快点收。"

周筱发现他是说真的，她看看他再看看床，然后从床底下抽出一个大箱子，往里面丢衣服："我要睡那间大的客房。"

"随便你。"他已经在动手拆她的电脑了。

于是周筱同学就这样被拐去同居了。

第二十三章

（一）关于洗碗看电视

"赵泛舟，你说你会洗碗的。"周筱指着洗碗槽里堆着的碗碟大叫。

"知道了。"还在看球赛的某人随口应她。

"赵泛舟，现在就过来洗。"她忍无可忍，这家伙每天都这样敷衍她。

"我先把球赛看完。"某人完全没有感受到她的怒气。

"好，你慢慢看。"周筱咬牙切齿地道。

一个小时过去了，房子里安静得不可思议，赵泛舟到厨房一看，到处都收拾得干干净净。他这才意识到，事情大条了，他叹了口气，敲敲她紧闭的房门："周筱，我进去了哦？"没有得到响应，于是他推了门进去。

周筱坐在电脑前，瞄都不瞄他一眼。

"你在生什么气？"赵泛舟站在她背后问。

"你嫌我烦了对不对？"她对着电脑面无表情地道。

"哪有啊？"他哭笑不得地靠过去搂住她的脖子，她什么时候变得这么感性了，"你胡思乱想什么？"

周筱拉下他的手："算了，我现在不想跟你说话，你出去。"

"好好好，不就是洗碗吗？我都洗，我洗一整个月，行了吧？"他的手不死心地圈上她的脖子，讨好地说。

"你觉得只是洗碗的问题吗？"她淡淡地说。

"好，我知道了，以后地也是我拖，行了吧？"赵泛舟很无奈地说。

周筱眼珠子一转，头一偏，在他脸颊上亲了一口："这还差不多，好了，你可以出去看电视了，别吵着我上网。看完电视记得拖地。"她挥挥手，跟赶苍蝇似的。

赵泛舟笑着收紧圈住她脖子的手臂："用苦肉计是吧？"

"咳，咳……我不能呼吸了啦。"周筱扯着他的手臂。

他松开了她的脖子，却一把把她从椅子上拖起来，扛在肩上，走向客厅。

"放我下来啦。"周筱的胃被硌在他的肩膀上，一颠一颠的，都快吐出来了。

赵泛舟把她往沙发上一丢："你给我坐好。"

"干吗啊？"周筱真的就乖乖坐好，看他想搞什么鬼。

他躺下，把头枕在她大腿上，顺手把遥控递给她："枕头，转台。"

"喂，不要太过分哦。"她拿遥控敲他的脑袋，"谁是枕头啊？"

"你啊，快转台。"他催。

周筱翻了个白眼，按遥控器。

"上一台。"赵泛舟抬高头，用脑袋敲了她大腿一下。

周筱按住他的脑袋，手接着转台："管你要看哪个，我不要看篮球。"她按啊按啊，总算在某个台停下来，偶像剧《××××》。

"什么鬼东西，我不要看，那名字就够恶心了。"赵泛舟要抢遥控，周筱不给。

"你很烦，不要看就去拖地。"她自顾自地津津有味地看了起来，说起来，这女主角的嘴唇也太黑了吧？

赵泛舟不动，谁要去拖地啊！什么鬼东西，那男的脸也太白了吧？

270

"喂，他们的对话很无聊。"赵泛舟抗议道，"那女的也太笨了吧，这么笨怎么可能养得大？"

"你闭嘴。"周筱捂住他的嘴不让他说话。

赵泛舟安静了五秒，突然周筱尖叫起来，甩着刚刚捂着他嘴的手，叫："你好恶心啊！我手上都是口水啦。"说着她把手心往他身上的衣服上擦，"死变态。"

"我还可以再变态一点，你要不要试试看？"他笑得特淫荡。

"不用了，谢谢。"

"怎么这么客气呢？不如试试看嘛。"他热情地邀约。

"你真是个好人啊。"周筱讽刺道。

"那是您不嫌弃。"他痞痞地说。

半个小时后，周筱摇一摇腿上的赵泛舟："别睡了，小心感冒，回去房里睡。"

"不要，我在看电视。"他撑开眼睛，干脆翻个身，手圈住她的腰，把脸往她肚子上埋。

"大哥，你背对着电视。"周筱拍拍他后脑勺。

"别吵，我在听电视。"他哼了一声，又沉沉睡去。

周筱无奈地随他去，最近某人有返老还童的趋势。

（二）关于拖地

某个周末，拖地拖到一半的赵泛舟把拖把往地上一扔，去某人房间里找某人的晦气。

"我已经拖了两个星期的地了，我不干了。"他对躺在床上看漫画的周筱说。

"是你自己答应的。"周筱从床上跃起，站在床上两手叉腰居高临下地看着他。

"我没答应每天都要拖。"他也跳上她的床，跟她理论。

"你需要锻炼。"她很严肃地说。

"你是在嫌我体力不好吗？要不要证明一下给你看？"赵泛舟逼近她。

"好啊。"周筱毫不客气，腾的一下跃上他的背，"走咯，试试看你能不能背着我拖地。"

"下来，谁说要这样证明体力的？"他作势要抖下她。

"我说的，快点快点，去拖地。"她死死地勒紧他的脖子，说什么也不下来。

"拖干净点，那块地没拖到。"周筱趴在赵泛舟背后乱叫一通。

可怜的赵泛舟一手托着某人，一手拿着拖把在地上画大字。

"拖不干净你自己下来拖。"他托着她的手一收，她差点滑了下来，又勒着他的脖子鬼叫："不要不要。"

"我是瞎了，你以前的贤良淑德都是装出来骗我的。"他手又回去托住她。

周筱挠挠脑袋，她什么时候贤良淑德过了？他会不会记错人了啊？

（三）关于沐浴乳洗发水洗衣液

某天，谢逸星的秘书拿文件过来给赵泛舟签，签完之后突然笑着冒出一句："赵总，你家的沐浴乳是水蜜桃味儿的？"

赵泛舟愣了好几秒都不知道要怎么回答。

等到谢逸星的秘书拿着文件出去了之后，赵泛舟翻开自己的衣领闻闻，浓浓的水蜜桃味，难怪他这两天老是觉得周筱就在附近，原来他身上跟她一个味道了。

下班回家，他在屋子里转了一圈，沐浴乳是水蜜桃味的，洗发水是柠檬味的，洗衣液也是水蜜桃味的。他把东西都拎到客厅的茶几上放着，等待下班不回家，硬要去逛街的女人回来。

周筱蹦蹦跳跳地回到家，就看到某人板着个脸坐在客厅的沙发上，面前摆着沐浴乳、洗发水、洗衣液。

"你干吗？"她奇怪地坐下，把手上的战利品往沙发上一堆，大半个沙发被占据了。

"你自己看。"

"看什么？"她一头雾水，"你该不会要我帮你挑喝哪个自杀比较好吧？"

"你倒是挺想我死的啊？"他瞪她一眼。

"话也不这么说啦，但是如果你非得喝的话，我觉得选洗衣液比较好，感觉比较有可能死掉，而且还是水蜜桃味的。"周筱把洗衣液挪近他。

"你知道是水蜜桃味的就好，我不要用水果味的。"赵泛舟弹了一下她的脑袋。

"不是吧，你自杀还真的要挑口味啊？"她捂着脑袋问。

"去超市。"他懒得跟她瞎扯，拉起她说。

"不要啦，我今天逛街好累，你自己去。"周筱不肯动，"反正我喜欢水果味的。"

"不要逼我用扛的。"他阴森森地说。

"你真的很麻烦哎。"周筱被拖着走，很不情愿。

超市里。

"你挑的味道都很臭，以后你用你的，我用我的。"周筱跟在后面碎碎念，"没有嗅觉的人。"

赵泛舟懒得接她的话，这女人啰唆起来没完没了的。

"我要买零食。"周筱在零食区停下，堵住赵泛舟推的购物车不让他走。

"不行。"他把她丢进去的薯片又放回架上去，"你等下胖了或者长痘痘又要鬼吼鬼叫了。"

"你嫌我胖对不对？"周筱重新把薯片丢回去。

"随便你，到时你不要来吵我就好了。"

第二天周筱爆了一颗痘痘，对着镜子惨叫。

（四）关于晚归

某个周六晚上，周筱去原来住的地方找袁阮阮聊天，聊得兴起，赵泛舟打了好几个电话过来催，她都随口敷衍着说马上回去。

等到她回家的时候，已经是晚上十二点多，周筱心惊胆战地打开门，赵泛舟果然就坐在客厅等她，她果然被他臭骂了一顿。她有错在先，于是不敢顶嘴地任他骂个痛快，反正她也习惯了，左耳进右耳出的技能她已修炼到登峰造极。

过了两天，赵泛舟应酬去了，过了十二点还没回来，周筱在家里犹豫了一会儿要不要给他打电话，但想起妈妈说要让男人在外面有面子，于是就没打，刷完牙后就睡觉去了。

凌晨两点，睡得迷迷糊糊的周筱被摇醒，床头站着一脸怒气的赵泛舟。

"你回来了啊。"周筱翻个身嘟囔了一声又要睡着。

赵泛舟掀起她被子的一角，躺了进去，把她捞进自己怀里。

"居然不给我打电话也不等门。"他在她耳边小声地抱怨。

周筱早已沉沉睡去。

第二天一早，周筱被旁边躺着的人吓了一跳，甚是不满："你给我起来，你昨晚儿点才回来的？"

"两点。"他下意识地回答。

"两点？反了啊你！"周筱用力拧了他耳朵一下，"居然混到两点才回来！"

"谁让你一直不给我打电话。"被拧醒的人哼了一声，掀开被子下床。

周筱看着他走出房门的背影，很是郁闷，这年头给他面子还要被嫌弃，真是什么人都有。话说回来，他为什么会在她床上？

袁阮阮给了周筱两张画展的票，据说是当年她那个长得比毕加索的画还抽象的男朋友开画展了，怕没人去看，给每个认识的人都送了一堆票。袁阮阮就分了两张给周筱，让她和赵泛舟去看。

周筱回家的时候跟赵泛舟说了一下，赵泛舟表示愿意陪她去无聊一下，于是周六的中午两人吃完午饭就去了那个画展。哇，那个冷清啊，画展里总共就三个人，周筱、赵泛舟、保安。

"感觉我们好像包下了一家画展。"一进门周筱就对赵泛舟说。

"没事干谁会去包下画展？"赵泛舟随口应道。

"对哦，跟你讲，这家伙是袁阮阮的前男友，他好像帮她画过裸画，不知道这次会不会展出来。"她神秘兮兮地扯着他的袖子说。

"听起来蛮吸引人的，不过估计没有展。"他说。

"你这个色狼，你怎么知道没展？"她好奇地问。

"有裸女的画展不会这么少人的。"赵泛舟推了推她的脑袋，"要是有展的话，你觉得袁阮阮会给你票来让你来看她的裸体画？"

"谁说的，连以前我们学校的画展上都有裸女，人也是很少啊。不过后面那句还是挺有道理。"周筱点点头，"你还蛮聪明的。"

两个人在画廊里逛来逛去，不时停下来进行一些无聊的对话，像是"这画的是猫还是狗啊""这个人为什么没有眼睛""这桃子看起来很不新鲜"之类。

周筱在一幅画前驻足了一分多钟，一直研究不出个所以然来，最后终于忍不住拉了一下旁边人的手说："你说啊，这画会不会挂反了？"

旁边的人久久不讲话，周筱奇怪地抬头看了他一眼，吓了一跳，脸唰一下红了，赶紧把手缩回来，连声道歉："不好意思，不好意思。"

"没关系。"对方笑着说，又加了一句，"没有挂反。"

周筱的脸更红了，干笑一声后说："没有啦，我开玩笑的。"

刚走开去接电话的赵泛舟回来就看到周筱和一个陌生男子有说有笑的，难道是画家？他收好电话走了过去。

"周筱，这位是？"赵泛舟走到周筱身边问。

"啊？你去哪儿了？我也……"她被突然出现的赵泛舟弄得一愣一愣的，"……不知道。"

"你好。"陌生男子伸出手，"周天宁，画廊的负责人。"

"你好，赵泛舟。"赵泛舟和他握了一下手。

周天宁把手又伸向周筱："这位小姐？"

"周筱。"她也伸出手来，和他握了一下。

"那我们算是本家哦。"他笑着说。

"啊？"周筱不解地看着他。

"都姓周啊。"

"哦，对哦，呵呵。"周筱只得负责扮演傻笑的角色。

"周小姐觉得这次画展办得怎么样呢？我非常需要你们的意见。"周天宁问。

"还……"她本来想说不错的，但左右看了一下，实在说不出违心之言，"……还真清静。"

"哈哈，你真幽默。"他大笑起来。

赵泛舟被晾在旁边半天十分不爽，于是他走近周筱，手搭上她的腰，俯在她耳边小声地说："你少给我招蜂引蝶。"

周筱无辜地看着他，哪里有啊？

赵泛舟笑着跟周天宁说："我们有事，得先离开了，很高兴认识你。"

"很高兴认识你们。"周天宁笑着说，眼睛却是看着周筱，"再见。"

"再见。"周筱也笑眯眯地说。

赵泛舟拖着周筱出了画廊。周筱心里倒是喜滋滋的，都多久没见到某人吃醋的嘴脸了呢？

"去哪里啊？"周筱晃晃他牵着她的手。

"回家。"他说。

"回家？为什么？还有那么多幅画没看呢。"她故意抱怨。

"你最好是真的看得懂。"他哼了一声，突然想起什么似的，"你妈前两天问我们什么时候结婚。"

"哦。"她两眼望天，催他，"快走吧，我突然想回去看韩剧。"

"你少给我岔开话题。"他拉住她，"结婚的事怎么说？"

"唉，以后再说吧，你这么年轻，我不想绑住你，等下你后悔了怎么办？"她一副很好心的样子。

"我们都住在一起了，你还在怕些什么？"他黑下脸，"跟我结婚有那么难为你吗？"

"话也不是这么说啦，我只是还没准备好而已。"她抱住他的胳膊，讨好地说。

"你还要准备什么？我们都住在一起了。"他掰下她的手，口气有点凶，"现在不是什么都稳定了，为什么不能结婚？你还要拖到什么时候？"

"你凶什么凶？住一起怎么了？住一起我就得嫁给你啊，你都没

276

有求婚。"周筱讲完自己往前走去，爱跟不跟，气死人了！

她走了一段路，发现后面根本就没有跟上来的脚步声，好啊，现在翅膀长硬了是吧？她火大地加快步伐回家，回到家，发现赵泛舟早已在客厅看电视了，她那个气啊！恨不得把他捏碎了做成南瓜饼。

赵泛舟只是抬头冷淡地看了她一眼，然后继续看电视。

周筱和赵泛舟正式进入了冷战的冰河时代，两人可以一天下来一句话都不说。周筱也很争气地自己坐了三天公交车上下班，晚上做饭也只做自己的份，拖地只拖自己的房间，洗衣服只洗自己的衣服。

以往他们也吵过架，但是坚持不了多久总会有一方先求和，而且求和的往往都是赵泛舟，但这次他好像吃了秤砣死了心似的，完全没有软化的意思。

周筱的气其实早就消了，但看他那死样子心里也委屈啊，他要结婚好歹也求个婚吧，哪有人结婚是顺水推舟的啊？

冷战第四天，周筱下班回家，还没开门就听到家里人声鼎沸，还传出阵阵饭菜的香味。她开门进去，被坐在沙发上的爸爸和弟弟吓了一跳，怎么回事啊这是？

"爸，你们怎么在这里？"周筱连鞋都忘了脱。

"泛舟让我们来玩啊。"爸爸翻了一下手里的报纸，"去换拖鞋。"

"哦。"周筱愣愣地去换拖鞋。

"周筱回来了啊？"赵妈妈从厨房走出来，"你妈妈在炖你最爱喝的鸡汤呢。"

"阿姨好。"周筱一肚子的狐疑，现在是家庭大联欢吗？

周筱往厨房的方向走，走到一半赵泛舟就开门进来了，手里提着一堆东西。这时周筱也忘了他们还在冷战，拖着他到一旁问："怎么回事啊？怎么大家都来了？"

"我请他们来玩的啊。"他放下手里的东西，"不行吗？"

"行啊。"周筱有点赌气，"反正你也没把我放在眼里。"

"爸妈都来了，你就别闹脾气了。"他说完又把放在地上的东西提起来，向厨房走去。

怎么就成她在闹脾气了？到底之前是谁在闹脾气啊？

吃饭的时候，一桌子的菜都是周筱最爱吃的，赵泛舟也很殷勤地替她夹菜，大家都笑逐颜开的样子，但周筱就是嗅到了阴谋的味道。

果不其然，吃到一半，她妈妈突然开口说话了："你们结婚的事准备得怎么样了？一些礼数方面的东西你们年轻人不懂，能省则省，总之抽空先登记了再说，不然这么名不正言不顺地住在一起也不是个办法。"

"是啊，泛舟这孩子太不懂事了，怎么能这么委屈周筱呢？"赵妈妈也跟着说。

周筱本来还在咬着筷子想看好戏，听到这里她赶紧解释："我们都是分房睡的。"

三个大人的眼睛齐刷刷地看向赵泛舟，眼神里全是担忧，这孩子该不会是有什么难以启齿的毛病吧？

赵泛舟站起来，很严肃地对着周爸爸周妈妈说："叔叔，阿姨，我希望你们能够同意我和周筱的婚事。我一定会好好疼她、爱她，用我的一辈子来给她幸福。"

周筱瞥了他一眼，小样儿，这么煽情的话亏你说得出口！

"有你这句话我就放心了，回头我们挑个良辰吉日把事情办了。"周妈妈和周爸爸对看一眼后说。

"太好了，那我们以后就是亲家了。"赵妈妈握着周妈妈的手说。

"妈……"周筱想反对。

"周筱。"赵泛舟突然单膝跪下，手里端着一个红色的戒指盒，"嫁给我好吗？"

周筱的话噎在喉咙中，呆呆地不知道该怎么响应。

倒是周筱她妈跑了过去把赵泛舟拉起来："傻孩子，我们不兴这一套，这样不好看。"

赵泛舟笑着说："没关系，这是我的诚意。"

他又单膝跪下，一手牵住周筱的手："我在你我最重要的人面前给你我的一辈子，你要吗？"

周筱的泪水开始泛上眼眶，她双手抓住他的肩膀想扯他起来：

"你起来嘛。"

"不起，你答应了先。"他的眼眶也有点湿润。

周筱用力眨眨眼，伸出一只手到他面前，他呆呆地看着她："干吗？"

"你是白痴啊，帮我戴戒指啦。"她气得跺了一下脚。

他恍然大悟："可是婚戒要戴左手啊。"

周筱很糗地把右手缩回来，换左手。

他手上的戒指缓缓地套入她的左手无名指，停下来的那一刻两人对视一眼，尽在不言中。

接下来是烦不胜烦的婚礼筹备，周筱都快怀疑当时她听到的婚事一切从简是不是幻觉了。也不知道哪里来的那么多繁文缛节，她和赵泛舟光是合时辰八字和占卜婚礼的日子就折腾了好几次，还有什么定亲、送聘、拟请帖之类的东西，赵泛舟当时很尊重地说一切遵循潮汕规则，现在把自己整得焦头烂额，周筱看了都挺于心不忍的。

总算到了婚礼这天，周筱已经好几天没见着赵泛舟了，她被赶去酒店住了好几天，据说是结婚前新娘和新郎不能见面。

大清早的周筱就被妈妈从被窝里挖出来，然后一票不知道从哪里冒出来的造型师开始帮她化妆，做发型。

她像个洋娃娃似的被操控着，先是跪下来给爸爸妈妈敬茶拜别，然后她在噼里啪啦的鞭炮声中稀里糊涂地被塞进了门口一排车子的第一辆里，她被塞进车子后才发现爸爸也在车子里，她笑着跟爸爸打了声招呼，爸爸眼眶突然一红，转头看向窗外。她一愣，看向车外，妈妈端着一盆水，对着车子泼水，嘴里还念念有词："钵水泼上轿，新娘变新样……"她看到妈妈眼角一闪而过的泪光，她心里一酸，突然眼泪就像溃堤的洪水，哗啦啦地往下流。

车还是缓慢地驶离了酒店，看着车窗玻璃上一行一行往下滑的水珠，还有爸爸背对着她僵硬的身子和妈妈越来越远的身影，周筱泣不成声。

经过一天的折腾，赵泛舟总算可以安静下来看看他那哭得眼睛红红的新娘了，不过，这新娘的情绪好像有点不是很对劲。

周筱傻傻地坐在床沿，眼睛痛，喉咙痛，头痛。原来结婚是这么痛苦的事，这么多的繁文缛节估计就是要让人不敢轻易离婚吧？

"先去洗个澡吧。"赵泛舟推推发呆的周筱。

"你先去洗吧，我不想动。"周筱干脆整个人瘫在床上装死尸。

赵泛舟伸手脱下周筱的鞋子丢在地上，拍拍她的脸说："那我先去洗，你不要睡着。"

"嗯。"她挥开他的手，"好累啊，我以后再也不要结婚了。"

"笨蛋。"赵泛舟摇摇头笑着走开了，临关上浴室门前还强调了一句，"不要睡着。"

浴室门被打开，赵泛舟趿着拖鞋走了出来，身上热腾腾地冒着热气。

"周筱，去洗澡。"他边擦头发边说。

瘫在床上的人一动不动，又睡死过去了？赵泛舟叹了口气，都叫她不要睡着了，还睡！他踢掉脚上的拖鞋，放轻脚步去打开柜子，找她的换洗衣物，拉开放内衣裤的抽屉时他愣了一下，拿了一套内衣裤，想一想，不知道什么时候瞄过她的女性杂志上说穿内衣睡觉不好，于是又把内衣放了回去。

他回到浴室，把衣服放好，又绕出浴室，回到床边。她的眼睛还真肿，妆也哭得乱七八糟的，但是他还是觉得她很漂亮，可能新娘都是漂亮的吧。

他到梳妆台那里找她的那些瓶瓶罐罐，一瓶一瓶地看上面的标签，总算找到了传说中的卸妆水和卸妆棉。他拿着东西坐到床上，轻轻地把她的头挪到大腿上靠着，犹豫了几秒钟，还真不知道这卸妆要从何卸起？他倒了点卸妆水在卸妆棉上，知会了她一声："周筱，我要帮你卸妆了。"

"嗯。"她呢喃了一句，也不知道醒了没醒。

他轻轻擦她的脸，一抹就是一层厚厚的粉在化妆棉上。这化妆师也太狠了吧，把她的脸当墙在刷啊？

周筱被他弄醒了，眨着眼睛看赵泛舟："你干吗？"

"醒了啊，醒了就起来卸妆洗澡。"他托起她来，把化妆水和卸妆棉塞给她，"快点卸妆，我去帮你放洗澡水。"

"哦。"周筱乖乖地挪到梳妆台那里去卸妆。

"好了没？好了去洗澡。衣服我放里面了。"十分钟后赵泛舟从浴室出来。

"好了。"周筱站起来，走进浴室。

周筱慢慢地在浴缸里躺下，热热的水漫上她的身体，她舒服地叹了一口气，好想睡啊……

十分钟后。

浴室的门叩叩地响了两声，传来赵泛舟的声音："你不要在里面给我睡着，不然我要进去捞人了。"

"没有睡着啦。"周筱用力撑开眼睛，"我就出去了，你不要进来。"

周筱把衣服从架子上拿下来，把衣服抖了半天都没找到内衣，刚想开口叫赵泛舟，猛然意识到今晚是他们的洞房花烛夜，她的心不禁跳得飞快。

她慢吞吞地走出浴室，期望看到赵泛舟已经睡了，可是没有，他靠在床头看书，看得挺认真的样子。

赵泛舟见周筱从浴室出来，放下书招招手："过来，我帮你吹干头发。"她数着步子慢悠悠地走过去，坐在床沿。赵泛舟从床头柜里拿出吹风机，插好插头，靠近她。

周筱的背一僵，一动不动的。热热的风吹着她的头发，他的手指在她的发丝中穿梭，有时会碰到她的脖子，或者掠过她的耳朵。她忍不住就想缩，一缩，差点就滑下床。

他无奈地捞起她，往自己的腿上按："躺好，别乱动，困就睡吧。"

她惊喜地看着他，一脸"我可以睡吗"的样子。

"要睡就睡，不然等下我们做点别的。"他撩起她的头发，接着吹。

"啊，好累，我睡了。"周筱迅速闭上眼。

果然，不到十分钟她就真的沉沉睡去了，真的是累坏了吧，赵泛舟用手指梳开她的头发，大概再吹个两分钟就干了吧？

她稍微侧转了一下身，某个柔软的地方蹭过他的大腿。他拿着吹风筒的手一抖，眼神忍不住飘向她的胸口，姿势的问题让她的上衣的领口微微敞开，隐隐约约可以看到雪白的肌肤。嗯……他刚刚没给她拿内衣……所以她睡衣底下是……空的……

他用力咽下一口水，深吸了一口气，轻轻把她的头从他的腿挪下，移好她的位置，再撑起她的头，垫上枕头、盖上被子。

赵泛舟把吹风机收好，关灯，掀开被子躺进去，望着天花板，唉，他们的洞房花烛夜也太对不起观众了吧？

周筱做了一个很长很长的梦，梦到她和赵泛舟结婚了，好累好累的婚礼，然后不知怎么就躺在床上了，然后赵泛舟压在她身上亲着她。

她闭着眼转着眼珠子，不对啊？他压在她身上？亲她？

睁开眼！他的头悬在她眼前，对她一笑："嗨，醒了？"

"呃……醒了。"她呆呆地回答。

趁着她开口说话的瞬间，他的唇就堵了上来，手也从她的衣服下摆伸进去，往上摸……往上摸……啊……他的舌头硬是撬开她的齿，钻进去……他的手罩上她胸前……他把头抬起来对她又是一笑："深藏不露，我好像赚到了。"

她一愣，好一会儿才反应过来他的意思，脸刹那间红到可以煎鸡蛋。

他在她发呆的时间内已经脱下自己的上衣丢到地下，手正朝着她的扣子进军……

周筱揪紧自己胸前衣服的扣子："你要干什么？"

"解扣子。"他看着她那誓死捍卫贞操的样子失笑，直接从衣服下端的扣子开始解。

"不是……等一等啦。"周筱发现揪住胸前扣子的方法失效，改去拍他的手，"现在是白天啦。"

"那是谁在洞房花烛夜睡得跟猪一样啊？"他停下手，半撑在她身上瞪她。

"可是……"她委委屈屈的，"好亮啊。"

他翻了个白眼，把踢到床尾的被子拉上来，蒙住两人："现在不亮了吧。"

只听偌大的房间内，不时传来模模糊糊的男女对话。

女："可是……"

男："没有可是！"

女："等一下啦。"

男："不等。"

女："喂！会痛。"

男："忍一下。"

女："神经病，为什么是我忍？"

男："……"

女："我讨厌你。"

男："……"

周筱再一次醒过来的时候已经是中午，赵泛舟早已不知所终，她蹑手蹑脚地打开房门，发现他在厨房里鼓捣着什么东西，传出一阵阵奇怪的味道。

她从背后环住他的腰问："你在干吗？"

"给我老婆做饭。"他拿着勺子搅动着一锅颜色古怪的东西。

她从他背后探出头去看："什么东西？你不是新婚第一天就想毒死老婆吧？"

他拍回她探出的小脑袋："这位新鲜出炉的赵太太，我还不舍得毒死你，拿两个碗去饭桌那儿坐好。"

"哦。"周筱乖乖拿了两个碗去饭桌前坐好，扮演嗷嗷待哺的角色。

赵泛舟端着一个锅出来，放在饭桌上，接过周筱的碗，边往里面舀汤边说："刚刚妈妈打电话过来了，他们还在酒店，等下我们去找他们吃午饭。"

"哦。"周筱喝了一口汤，虽然颜色怪了点，但还是挺好喝的，"这到底是什么汤啊？"

"不知道。"赵泛舟也喝了一口，"前几天妈给我一大包材料，说混着骨头熬就可以喝了。"

"哦。"她懒得再追问，一口气喝下一碗汤。

午餐。

餐厅门口，周筱松开两人一直牵着的手，拉拉衣服走进餐厅。赵泛舟在后面好笑地看着她那欲盖弥彰的正经样，跟着走进去。

"阿姨。""爸、妈。"两人同时开口。不同的是周筱的一句"阿姨"让一桌子人面面相觑，赵泛舟的一句"爸妈"却让在场的长辈笑开了颜。

周筱干笑两声，重新叫过："妈。"赵妈妈笑着牵过她的手说："乖，下次再叫我阿姨就不行了哦。"

周筱红了脸，手在桌子底下扯了一下赵泛舟的衣服。赵泛舟拿起菜单问："爸，点菜了吗？"

周爸爸笑着回答："还没，在等你们呢。"

"呵呵，我睡过头了。"周筱没心没肺地回了一句。

现场三个大人交换了一个暧昧的眼神。

"姐，你都当人老婆了还睡这么晚。"被安排在角落里的弟弟说。

"小孩子懂什么。"周妈妈敲了一下他的脑袋。

周筱才意识到，她是新媳妇，怎么能让婆婆知道她懒惰的本质，赶紧弥补说："其实我平时没那么晚醒的。"

"我明白。"赵妈妈安抚地拍拍她的手，笑得特欢喜，"年轻人嘛。"

"我以前真的很早起的，对吧？"傻乎乎的周筱看向赵泛舟，想寻求一点支持。

"是，你很早。"一直置身事外的赵泛舟无奈地放下菜单，站起来给每个人倒茶，最后倒到周筱的时候他小声地说了一句："别说了，越描越黑。"

"为什么？"周筱也小声地问。

"你说我们一早做了些什么？"他给她一个"你真的是笨到没救

284

了"的眼神。

她一下子会过意来，全身的血液都往脸上冲，大有脸红致死的趋势。

大家都笑盈盈地看着新婚的小两口，新婚真好，真是如胶似漆啊，连倒个茶都要说两句悄悄话。

吃得肚子鼓鼓的周筱在走出家人的视线后笑眯眯地挽住赵泛舟的手："好饱啊，我们去散步吧。"

"等下没走两步你又叫累了。"他低头看了她一眼。

"我才不会呢。"她不服气，"我要多运动，不然会胖的。"

"我给你推荐点别的运动怎么样？"他好心地提议。

"什么？"

"回家，到床上我教你。"他不怀好意地笑。

"去你的，你这个色狼。"她掐了他手臂一把，"你很烦哎。"

赵泛舟哈哈大笑："你想到哪里去了？我说的是瑜伽。"

卧室的门关上，传来断断续续的男女对话：

女："你骗人。"

男："哪有？"

女："你说教我瑜伽的。"

男："明天再说。"

女："喂，不要扯我衣服，会破的。"

男："破了给你买新的。"

女："好吧，尽管扯。"

男："……"

周筱软软地趴在赵泛舟的胸膛上，用手戳他的胸口："你根本就不会瑜伽对吧？"他笑着拉住她捣乱的小手送到嘴边轻咬："我练那个干吗？"

她缩回被咬的手，没好气地说："我以后都不要相信你了，小人！"

二十分钟后，周筱沉沉地进入梦乡。

睡不着的赵泛舟看了下时间，才十一点，再看看周筱在被窝中微微露出的柔白香肩，随着她的呼吸，规律地起伏着……

他从背后圈住周筱的腰，温温热热的唇贴上她的颈项，轻轻咬住她的耳朵："老婆。"

"嗯？"她睡得迷迷糊糊的，被他折腾得微微喘息着，"干吗啦？"

"你好香。"他把唇游移到她的背，"你为什么那么香，嗯？"

"因为我用的是水蜜桃味的沐浴乳。"半梦半醒之间的周筱很认真地回答。

他被她的答案逗笑了，稍微用了一点力把她翻过来，吻上她的唇。

筋疲力尽的周筱用尽全身最后一点力气狠狠地瞪赵泛舟一眼："你色欲攻心！"

他心情很好地回她："对，你怎么知道的？"手顺势扣上她的腰，把她捞入怀中。

"你离我远点。"她提高了一点点音量。

"不要。"他一手盖上她的眼睛，"乖，睡觉。"

她的眼睛被他的手盖着，想瞪他也瞪不了，况且是真的累了，她又一次沉沉地睡去，临睡前还咕哝了一句："不准再碰我。"

他放下盖在她眼睛上的手，轻轻在她头顶落下一个吻，也跟着沉沉睡去。

番外
广告的故事

　　某年某月的某一天，周筱同学和她家老公瘫在沙发上看电视，她用力甩了两下手上的遥控，这遥控是越来越不灵敏了，按半天都转不了台，气得她！

　　"喂，明天去买个遥控。"周筱用手肘撞了一下躺在她身后的赵泛舟。

　　"自己去买。"他把手圈在周筱腰上，脚也缠在她身上，像只八爪鱼一样扒在她身上。

　　周筱火大，拿遥控去敲他脑袋："买不买？买不买？"

　　啧啧啧……这遥控是怎么坏的大家知道了吧？

　　赵泛舟连眉头都没皱一下，任她去敲，反正把他敲挂后守寡的人是她。

　　她敲累了，手一打滑，遥控就滑到沙发底下去了，她又用手肘去撞赵泛舟："遥控掉下去了，你去捡。"

　　"明明你比较近。"赵泛舟完全不配合，连手指头都不动一下，手还是圈着她的腰。

　　"那你放开我的腰。"周筱要掰开他的手，但使了半天劲都掰不开，"你不放开我怎么去捡。"

"不要捡了，看这台就好。"赵泛舟用力收紧手臂，让她整个背都贴在他身上。

周筱满头黑线地看向电视，购物台……正播放着广告，一个穿得……呃……别有洞天的女人（她身上的衣服好多洞啊，若隐若现的），手上托着××牌减肥药，笑得淫而不荡地说："女人，用你的锁骨征服男人。"

周筱的嘴角抽搐了一下，这句话的意思是说要把锁骨抽出来鞭打男人吗？她的手缓缓地摸上自己的肩膀一带，寻找传说中的锁骨，呃……好像肉把它保护得很好，她拗了肩膀半天才摸到那害羞的锁骨，她叹了口气，身后传来赵泛舟低低的笑声，她恼羞成怒地扭过头去瞪他，转过去扯开他衣服的领口。两条锁骨清晰地横在肩膀上！

"赵太太，你是有多饥渴？"赵泛舟笑着说，"你再这样我要叫咯。"

"闭嘴啦。"周筱气馁了，"连你都有锁骨。"

"你也有啊。"他忍俊不禁，"只是不显山不露水而已。"

没人性，她都这么难过了还要损她几句，她决定了，她要减肥，要轰轰烈烈地减肥。

于是这几天的吃饭时间就成了赵泛舟人生最痛苦的时间……

"赵太太，我们已经吃了两天青菜了，可以换点别的吗？"他的筷子停在空中，不知道该夹哪一盘：菠菜、生菜、大白菜。

"我每天都有换菜。"昨天是空心菜、小白菜，前天是生菜、萝卜……周筱看着桌上的菜，自己也不想吃，"好啦，你出去吃，我不吃了。"她丢下筷子，走开，闹脾气了……

赵泛舟无奈地放下筷子，跟在她后面："好，我吃。"

"不用勉强了，我也不想吃。"她走进房间，倒在床上。

"那就不要吃啊，我们出去吃好吃的。"他伸手去拉着她坐起来，"乖，我们去你最喜欢的餐厅。"

"不要，我要减肥。"她说。

"吃饱了才有力气减肥。"他蹲下来和她平视，笑着说。

她瞪了他一眼，没好气："你嘲笑我。"

他笑，凑上去，亲她一口："哪有？"

她勉强地扯了一下嘴角，算是笑一下："我想睡觉，你自己去吃吧。"

他突然把她打横抱起，往外面走。

"干吗啦，我不去啦。"她挣扎着跳下地，"都说了我不去。"

"那陪我去吃。"他拉着她往外走。

本报记者讯 今日晚餐时间，一名气宇轩昂的男子携同一名珠圆玉润的女子进入了本地有名的××餐厅。该女子用饭期间一直埋头吃饭，场面犹如风卷残云、蝗虫过境，吓得该店店主三魂不见七魄，让人不得不感叹朱门酒肉臭路有冻死骨啊……（编者按，该记者念书时成语没学好，望见谅。）

两人腆着肚子瘫在沙发上，再次上演乱转电视台的戏码，只不过这次拿着遥控的人换成了赵泛舟。

"喂，不要在购物台停下。"周筱伸脚踹了踹沙发另一头的赵泛舟一下。购物台正在播放一个拖把的广告，一个婀娜多姿的女子，握着拖把在拖地，她身穿浅蓝色 T 恤，领口是开到肚脐眼附近的深 V，她那小蛮腰一弯，世界就开始波涛汹涌……广告词大概就是什么高科技研制而成的纳米拖把让你的家焕然一新之类的，这年头连拖把都是纳米的……不对，重点是，这个电视台前两天才重重地伤害了她，她不要看这个台！

"拖把有什么好看的，我不要看。"她抗议道。

"遥控失灵。"他抓住她的脚踝，用力一拖，把她拖到腿上坐着，圈住她的腰，头搁在她肩膀上，将遥控塞到她怀里，"转得到台你就转。"

周筱拿着遥控对着电视按了半天就是转不到台，她一生气，把遥控往沙发上一丢："叫你去买遥控你又不去买。"

"我明天去买，行了吧？"赵泛舟咬了一下她的耳垂，抱怨道，"脾气真差。"

周筱缩了一下脖子，躲开他的嘴，反过去要咬他："你脾气也没多好。"

两人嬉闹间，电视突然传出慷慨激昂的声音："你曾经为胸部不够傲人而悲伤难过吗？你曾经为走路不能昂首挺胸而自卑失落吗？你曾经为……××牌丰胸霜，让你实现二次发育，让你的双峰含蓄坚挺，让女人更自信！"

　　豆大的汗珠从脑门滑下，俩人对视一眼，彻底无语……"含蓄坚挺"？中文系毕业的周筱彻彻底底地为这个词所折服了。

　　沉默了十秒后，赵泛舟的视线飘向她的胸口，幽幽地说："老婆，不如你还是别减肥了吧，至少……你含蓄。"

The Sweet
L♥ve Story

番外
报应情人节

情人节……

周筱和赵泛舟还没正正经经一起过过情人节，于是赵泛舟计划了一个俗却浪漫的情人节行程。

但是，这个本该浪漫的甜蜜约会一出门就遇到了小小的考验。

赵泛舟在客厅等了周筱快半个小时的梳妆打扮，好不容易等到她走出来，那一刻，他是由衷地相信"不是不报，时候未到"这句话的，看，他的报应到了。

"你干吗那个表情？不好看吗？"周筱拉着身上的藕色裙子，"这不是你买给我的吗？我好不容易才找到的。"

"没有，很好看。"他扯出一个微笑，"你要不要换一件，我怕你会冷。"

"不冷啊。"周筱笑眯眯地说，挽住他的手。他只得赔笑，果然，天网恢恢疏而不漏。

赵泛舟带着周筱来到了网上推荐的××情人餐厅，餐厅在××大楼的顶层，往下看可以看到城市闪烁的夜景。

两人一餐饭下来都甜甜蜜蜜的，你喂我，我喂你，不时停下来偷亲个小嘴，要是换在平时，两人脸皮都薄，实在不好意思在公众地方做这么亲密的事，但这个餐厅太剽悍了，到处都是卿卿我我的情侣，空气中都散发着甜腻腻的味道，搞得他俩春心荡漾，好像不来个你侬我侬都对不起父老乡亲。

出了餐厅门，刚巧就遇上了蔡亚斯，身旁跟着一个高挑美艳的女孩子，四人随意寒暄了几句。蔡亚斯忍不住损了周筱两句："你穿的这什么衣服啊，好歹洗干净了再穿出来吧。"

蔡亚斯一离开，周筱就狠狠地瞪着赵泛舟："我以后再也不让你给我挑衣服了。"

他识相地举起双手："好，我以后只负责付钱，行了吧？"

他再一次感叹，天网恢恢疏而不漏。

接下来，赵泛舟带着周筱去看很红的电影《海角七号》，情人节这种节日电影票还真是一票难寻，他俩在售票窗口排了半个来小时的队才买到票。

进场前周筱吵着要吃爆米花，赵泛舟让她先进去，自己去买零食，买零食的时候前面一对情侣在吵架，为了买什么口味的果汁吵个没完，那女的特凶悍，呼了那男的一巴掌之后气呼呼地走了，那男的傻了两秒之后才追上去。

赵泛舟拿着爆米花和饮料进到电影院，电影已经开始了，周筱接过他手里的东西，小声地问："怎么去了那么久？"

"买东西的时候遇到情侣闹场。"他坐下后小声说。

"哦。"周筱把两杯饮料的吸管都插好，问他，"你要可乐还是橙汁？"

"随便。"他说。

"我两个都想喝哎，不然我喝一半跟你换好不好？"她问。

"咳咳咳。"后面传来不爽的咳嗽声。

周筱不好意思地缩缩脑袋，随便递了杯饮料给他，然后安静地看电影。

赵泛舟其实对这种文艺型的电影没什么兴趣，所以有一搭没一搭地看着，偶尔看看周筱随着电影情节变换的表情，这家伙爱咬吸管的毛病还是没改，每次都把吸管咬得扁扁的，都是口水。

周筱不经意地转过去看赵泛舟，发现他正盯着她看，她给他一个甜甜的笑，把两人手中的饮料换过来，然后又忙着看电影去了。

赵泛舟看着手里的饮料，吸管果然被咬得扁扁的，真不知道吸管有什么好咬的？他吸了一口可乐，抬头看电影。

电影到了尾声，男主角要冲上台开演唱会时，女主角突然拉住他，说："今天晚上表演结束，我就要和日本唱片公司的人一起回日本。"

男主角匆忙地说了一句"留下来，或者我跟你走"就上台了。

赵泛舟太阳穴一紧，这"天网恢恢疏而不漏"也太狠了吧？他小心翼翼地瞄了一眼周筱，果然，她眉头皱得厉害，眼眶中蓄满了泪水。他吓了一跳，握住她的手，在她转过来看他时他立马露出讨好的笑。

随着人潮走出电影院，赵泛舟的手紧紧地攥着周筱的，生怕被人群挤散。周筱的眼神有点涣散，随着他浑浑噩噩地走出了电影院。

他本来还计划了要带她去买礼物的，但看她的样子，估计也没戏了。

两人在车上，赵泛舟一手握方向盘，一手握她的手，她的手冰凉冰凉的，让他特忐忑不安。

周筱的确是被那句对白震得好半天没回过神来，多年以来的怨念一下子累积到某个极点，恨不得把这厮磨碎了泡成水喝掉。

但看着他小心翼翼的可怜模样，她的心又软了下来，不过死罪可免，活罪难逃，姐姐嫁给你就是要好好折腾你一辈子！

回到家，周筱马上上网把《海角七号》中范逸臣唱的那首《国境之南》下载了下来，一听，乐了，歌的最后有独白，正是电影中男女主角的那段对话。

她坐在电脑前把自己蜷曲成虾米的姿势，茫然地望着电脑屏幕，然后一遍一遍地播《国境之南》，声音开得奇大。

赵泛舟来来回回进了房间十几次，周筱连看都没看他一眼，就盯着屏幕发呆。折腾了大半个晚上，他实在没办法了，咬咬牙，进去，啪一下把音响关掉，转过她的椅子，蹲下来，握住她的手说："你别这样，我很难受。"

她淡淡地看了他一眼："吵到你了吗？我关小声点。"

"你知道我在说什么！"他有点挫败地说。

"不知道啊，你要不要说给我听听？"她勉强笑了一下，"没有吵到你的话，我就接着听了哦，这歌挺好听的。"

"……"赵泛舟啪的一下关掉电脑电源，"去洗澡，睡觉。"

换作平时，周筱早就一蹦老高地跟他大呼小叫了，但今天她只是耸耸肩，移开椅子去准备洗澡。

等着被狠削一顿的赵泛舟蹲在地上，听着浴室里传来的水声，心里空落落的，百般滋味。

周筱洗完澡出来没见赵泛舟在房里，打开门一看，他在看球赛呢，手指中间夹着一支烟。他烟是戒了，但是老习惯很难改，一有什么烦心事手里就习惯性地夹支烟。

周筱轻轻带上门，蒙头睡觉去，最近她动不动就想睡，也不知道是怎么回事。

赵泛舟转开门，周筱已经睡了，用被子把自己从头到尾都裹得严严实实的，也不怕闷着。他轻手轻脚地拿了衣服进浴室洗澡。

洗完澡出来，赵泛舟把周筱的被子往下拉，让她的脑袋露出来，然后把被子掖好。他坐在床沿看了她一会儿，然后去客厅坐着，边擦着头发边想怎么哄她。

赵泛舟回到房里的时候已经是深夜了，他爬上床，发现他老婆又把被子卷成一团了，只得把被子从她身子下抽出来，掀开躺了进去，被窝暖烘烘的，都是她的味道。

周筱哼哼唧唧地翻了个身，无意识地挪了一下，软软地贴入他怀里。

赵泛舟在客厅待久了，全身冰凉地往外渗着寒气，睡梦中的周筱窝了一会儿，觉得不舒服，又翻了个身要挪开，赵泛舟不乐意了，紧紧地扣着她的腰，让她大半个身体都趴在他身上。

她的头发垂在他的脖子旁，痒痒刺刺的；呼出的气也是，暖暖的，都喷在他脖子上。他难受地动了一下，早知道就不搂着她了，现在她又睡过去了，小手还贴在他胸口上，温香软玉在怀，想挪开又舍不得，不挪又实在是……

他叹了口气，情人节他为什么会沦落到要禁欲的地步？

赵泛舟是被阳光晒醒的，睁开眼的时候发现床上只剩他一个人了。

"周筱。"他哑着嗓子叫了一句，没人答应。

他下了床，走出房门，四处看了一下，都不在，心就沉了下来，再抬头看看时间，九点多了，原来是上班去了，这脾气闹得，连叫他起床都不愿意了，存心让他上班迟到。

反正迟到是迟到定了的，他打了通电话回公司，然后进厨房熬粥去了。早餐一向都是他买的，所以早餐她应该没吃，真是的，再怎么闹也不能饿肚子啊。

一个小时后，赵泛舟在周筱公司楼下给她打电话："早餐吃了吗？"

"没吃。"

"下来，我在你公司楼下，给你带了早餐。"

"不了，都快可以吃午餐了，还吃什么早餐，我今天很多事要做，走不开。"周筱关掉论坛的浏览窗口，她今天闲得要死，压根儿没事做。

"听话，下来拿，不然我拿上去给你。"赵泛舟好脾气地哄着。

周筱撇撇嘴："好吧，我就下去。"

下了楼，周筱拎了保温壶就要往上走，赵泛舟拉住她："真的要和我闹脾气？"

"谁和你闹脾气了？说了我有很多事要做。"她不屑地看了他一眼，仿佛他就一游手好闲无所事事的地痞。

"好好好，你没闹，下班我来接你？"他讨好地说，揉揉她的头。

她躲开他的手："我自己坐车回去。"顿了一下，"晚上我加班。"

"我等你啊。"他放开拉着她的手,"我先回去上班了,你是故意不叫醒我的。"

走了?完全没给她拒绝的余地,而且临走还埋怨了她一句?周筱气恼地瞪着他的车绝尘而去。

周筱喝完粥之后就昏昏欲睡,对着电脑直打瞌睡,张姐进办公室的时候拍了一下她的脑袋:"可以吃午餐了。"

周筱抬头就对上了张姐圆滚滚的肚子,吓了一跳:"张姐,没事别端着你的肚子出来吓人。"

"什么端?这么难听,以后小宝贝出生了你可别赖着要他叫你阿姨。"张姐说。

"没关系,叫我姐姐就好了。"周筱笑,"不然叫我干妈也成。"

"你倒想捡便宜,自个儿生去。"张姐推推她的脑袋,"你也加紧吧,别到了人老珠黄生不出来。"

周筱无语了,她哪里像快人老珠黄的样子了?

"你们家避孕的事是谁在做?"结了婚的女人就是不一样,说话快狠准。

周筱脸红了一下,弱弱地说:"他啊。"

"那你们有什么计划?"张姐还真是打破砂锅问到底。

"没说过。"她哪里有想那么多,赵泛舟说她像个孩子,再制造一个孩子出来还得了?

"这样啊?我看你最近老犯困,该不会是有了吧?"张姐恍然大悟似的。

晴天里一声响雷,周筱被雷得焦焦的,半天吐不出一个字来。

张姐见她半天没回应,挺着大肚子走了。

周筱抖着手计算自己的生理期,半天算不出来,一心急,也忘了在和赵泛舟闹脾气,拿着手机就打给他。

"老公。"她可怜兮兮地叫着。

"怎么了?"批着文件的赵泛舟手一抖,在上面画了长长的一个道子。她平时不常叫他老公的,叫了准没好事,而且又是这么可怜兮兮的口气。

"我……生理期是不是迟了啊？"她问。

赵泛舟瞄了眼桌上的台历，奇怪地问："没啊，还有一个星期呢，怎么这么问？"

"还好。"她明显地松了口气，"都是张姐啦，吓我，说我犯困就是怀了。"

"这样啊……"赵泛舟沉思了一会儿，"保险起见，我过去带你去医院检查一下，你先请个假。"

"啊？哦好。"她又开始紧张起来。

放下电话，赵泛舟倒是笑了，他安全措施做得滴水不漏，哪能有什么差错啊？倒是她自己傻，她本来就爱睡觉，尤其是春天快到了，春困犯得比谁都厉害。但聪明如他，当然知道机不可失的道理。

从医院出来，周筱整个人虚脱地挂在赵泛舟手臂上，还好还好，有惊无险。

"没事吧？"赵泛舟很担心地看着她，"我知道你没怀上很失望，但我们还很年轻，有的是时间，别着急。"

周筱被他的话堵得死死的，哪里好说什么，总不能说我现在还一点都不想生孩子吧，显得多没母性啊。

周筱已经请了假，再回去上班也算不了全勤，干脆就让赵泛舟送她回家。赵泛舟说不如逛街去，然后两个人就真的无所事事地在百货公司里逛。

逛着逛着，周筱突然觉得不对，赵泛舟怎么拉着她就往儿童区跑，逛衣服也逛儿童服饰，逛书店也逛童话区，不然就逛什么玩具区之类的。

她看他那兴致勃勃的样子，斟酌了半天，还是忍不住说了："老公。"

"嗯？"在津津有味地看着育儿经的赵泛舟抬眼看她。

"我们可不可以……"她吞了一下口水，"可不可以过几年再要孩子，我还没准备好当妈妈。"

赵泛舟定定地看了她几秒，微不可闻地叹了口气，放下手里的书，转身牵住她的手说："你还没准备好我们就不要，现在我们去逛别的吧，你不是说想换掉餐桌，去家具区看看吧。"

周筱任他牵着乱逛，不时瞄到他露出的失望落寞的表情，但他对着她说话都是笑着的，温柔得要死。哎……这么贴心的老公，她昨天还跟他怄气，实在是太不应该了。想着，她甜甜地腻向他："我们去买菜吧，我烧饭给你吃。"

赵泛舟笑着搂过她的腰说："好。"

孟子曰，天时不如地利，地利不如人和，三里之城，七里之郭……故君子有不战，战必胜矣。

番外
女人的武器

现在是凌晨一点，赵泛舟待在客厅里，盯着门，两眼冒火，好啊，这女人反了，电话也不接，玩疯了是吧？

时间调回昨晚。

健康宝宝周筱好像有点感冒了，鼻涕流个不停，赵泛舟要带她去看医生，她死活不肯，最后他只能让她吞了颗感冒药就去睡。十一点多的时候，她的手机响个不停，他帮忙接的，说是第二天晚上他们大学同学聚会，他看她睡得沉，就跟对方说会转告。早上一早他有个会要开，就没打上照面，后来就把事情给忘了。开完会后他打电话去问她的感冒有没有好点，周筱就问起这件事，他听着她那鼻音很重就让她别去，她不乐意了，坚决认为他是知情不报，于是下班后也不回家，直接就去聚会了，害得去接她的他扑了个空。

好吧，他压下脾气给她打电话，她前前后后就接了两个，一个说我不回家吃饭了，你自己解决晚饭；一个说我今天晚点回去，你先睡。两次电话的背景声都是一片欢声笑语，气得他牙都快磨平了。

两点十三分，门传来钥匙转动的声音，周筱蹑手蹑脚地进来。

周筱在门口已经做好了心理建设，但是进门的时候还是被沙发上那尊阴森森的东西吓了一跳，她心虚地打哈哈："怎么还没睡啊？"

"你还舍得回来？"他语气平平，"为什么不接电话？"

"KTV里音乐太大声了，听不到。"她心虚地回答。

"是吗？"淡淡的语气，周筱却嗅到了山雨欲来风满楼的气息，她连忙敲了敲自己的脑袋，哀叫了一声："KTV的音乐吵得我耳朵到现在都嗡嗡叫，头好痛。"

他瞪了她一眼，"过来我看。"

"看什么？"她走到他身边。

他凑得很近，在她身上嗅了两下，眉头就皱了起来："你感冒了还喝酒？"

"我才喝了一杯。"她小声地说，鼻子用不用这么灵啊，又不是缉毒犬！

"去洗澡。"他恶狠狠地说，"水温调高点。"

"哦。"她如获大赦。

从她洗完澡到躺下，赵泛舟就没再和她说过一句话，而且他一看到她躺下，就背过身去。周筱知道这次做得过分了点，所以自发地凑过去环住他的腰，把头埋在他背上，蹭了两下说："对不起嘛。"

他拿开圈在他腰上的手，不吭声。

周筱不敢动了，乖乖地躺着，却怎么也睡不着，右边的鼻子塞得难受，她转左侧睡，右边的鼻子通了，换左边的鼻子塞了，于是又翻过右侧睡，左边的鼻子通了，右边的鼻子塞了，左翻右翻，左塞右塞……周而复始。

赵泛舟突然坐了起来，啪一下打开灯，突然射入眼睛的光线让两人的瞳孔都忍不住收缩了一下。

他掀开被子下床走了出去。周筱坐起来看着他走出房门的背影，一肚子委屈，生病加喝了点酒，泪腺一时太发达，就啪嗒啪嗒地掉起眼泪来。

赵泛舟端着水和药进来的时候就看到她哭得跟泪人儿似的，吓了一跳，连忙把水放到床头柜就去抱她："怎么哭了？哪里难受吗？"

周筱抽噎着断断续续地说："我鼻塞，很难受，睡不着，不是故意要吵你的。"

"我知道，我知道，你不要哭了。"他拍着她的背说。

"你都不理我。"她指控道。

"好，是我不好，你别哭了啊。"他抹去她的眼泪，小心地哄着，"都是我的错，别哭别哭。"

周筱抽泣了一会儿之后平静下来，这会儿才发现，一哭二闹三上吊是如此好用的伎俩，难怪古今中外的女人都奉之为真经。

赵泛舟一手轻轻拍她的背，一手伸到床头柜去拿水和药，扶好她，让她把药吃下去。

周筱就着他的手一口一口地喝着水，脑子开始在盘算待会儿怎么得寸进尺。

赵泛舟喂她喝了大半杯水，才停下来，把杯子放回床头柜上去。

"你以后不可以不理我。"周筱说。

"好。"他答应着，想想不对，"那你惹我生气怎么办？"

"那你就生气啊。"

"我生气就不想理人。"

"你不可以不理我。"

"你是不是人啊？"他没好气地瞪她一眼。

"你还骂我……"周筱一扁嘴，作势要哭。

"好啦，别演了，再演就不像了。"赵泛舟把她按到床上躺着，然后关灯，自己也躺好。

"我决定了，你以后一不理我，我就哭。"周筱做出了人生一个重大的决定。

"你还真是胸怀大志啊。"他边拉被子盖住两人边讽刺了一句。

"那你试试看。"周筱得意得要死，她总算是找到他的弱点了。

"白痴。"他把她搂进怀里，"你敢哭试试看。"

"我现在就要哭了哦。"周筱宣布了一件伟大的事。

"好啦，算我怕了你。"他妥协，心里暗骂自己没用，明知道她是装的还是舍不得。

"我好难得赢一次啊。"周筱乐滋滋的，"胜利的滋味真是美好啊。"

"哼。"赵泛舟用鼻孔回答她。

剩下的大半夜，感冒又哭过的周筱呼噜声此起彼伏，可怜的赵泛舟睁着眼等天亮。

番外
小小情敌

国庆长假。

周筱和赵泛舟一早就说好，国庆去九寨沟旅行。

国庆的第一天，周筱和赵泛舟是到了机场，却不是要去旅游，而是来接人的，接的人其实周筱特不待见，就是那个传说中强而有力的过去式情敌——贾依淳。

几年不见，这个女人更讨人厌了，一手挽着她那金发碧眼的洋鬼子老公，一手牵着一个小混血儿。她老公手里还抱着一个小生物，敢情她这几年没回国，都在国外忙着增产报国了啊。

周筱皮笑肉不笑地和他们打了声招呼，那个据说叫Mike的洋鬼子老公居然就一把把手里白花花的小生物塞到她怀里，周筱被他杀个措手不及，手忙脚乱地接着。

周筱快疯了，她手里抱着婴儿坐在车前座，赵泛舟在开车，贾依淳和她老公在后面如入无人之地似的疯狂甜蜜，他们的儿子事不关己地趴在车窗上张望着对他来说很陌生的城市。

"喂，我们的九寨沟去不成了是不？"周筱小声地问赵泛舟。

"下次再去。"赵泛舟安抚道。

"呀呀，噢噢，啊啊……"她怀里那个据说叫Tony的小孩咿咿呀呀地叫着，小手拉着周筱的头发狂扯。

　　周筱被他扯得抓狂，又不能开窗把他丢出去，丫的，你娘跟我过不去，你也跟我过不去是吧？周筱低下头，作势要咬那孩子的手，孩子眨巴着蓝色的大眼睛，咯咯直笑。

　　赵泛舟笑看周筱和那小孩闹，突然觉得，生个孩子好像也不错。

　　本来扮酷看着窗外，以四十五度角仰望天空的小孩Peter被他们的笑声吸引，趴在椅背上看他们，有点不屑地说："你们……无聊。"他的普通话挺字正腔圆的，就是很难连成一个句子。

　　"Tony，打哥哥。"周筱抓着小Tony的手，挥舞着敲Peter的头。

　　"You are so rude!" Peter大叫，"Tony, don't play with her."

　　"哼，你小洋鬼子，说不好普通话，我们不跟你玩。"周筱对他扮鬼脸，他气呼呼地扭开头双手交叉在胸前，看窗外，嘴里念念有词："普通话，我会。"

　　房间内。

　　"什么？"周筱忍不住对赵泛舟大叫，"你说他们俩要去旅游，孩子交给我们带？"

　　"是啊，不然他们干吗挑国庆来，就是想我们放假可以帮他们带孩子啊。"赵泛舟做了个手势，示意她冷静下来，"依淳希望孩子能够跟我们生活一阵子，体会一下祖国的生活。"

　　"这哪是他们的祖国呀？少胡乱攀亲戚。"周筱没好气，"哪有这样的事啊，我们还要免费当保姆，我不干！他们要旅游正好带着孩子去，让他们看看中国是多么的地大物博。"

　　"好啊，不带就不带，你去跟他们说。"赵泛舟也不反驳。

　　"说就说，谁怕谁！"

　　客厅内。

　　"Xiao, Thank you so much, you are so nice." 周筱一踏入客厅，Mike就走过来握住她的手，"We really appreciate your help."

　　"他在谢你。"赵泛舟拉过周筱被Mike抓着的手。

　　"废话，我听得懂。"

　　"依淳，周筱有话跟你们说。"赵泛舟坏心地说。

"什么？"贾依淳笑着看向她。

"呃……孩子交给我们就可以了，你们玩得开心点。"周筱吞吞吐吐地道，然后又对Mike说："Have a good trip."

嗯……讲完还真是看不起自己啊。

当天下午，贾依淳和Mike就搭飞机跑了，据说他们的第一站就是九寨沟，周筱听到他们说九寨沟的时候还恶狠狠地剜了赵泛舟一眼。

小鬼当家……

"老婆！"赵泛舟在书房叫。周筱慢吞吞地从厨房挪进书房，不爽地问："干吗？"

"把他拿走。"赵泛舟指着书桌上的Tony，"你干吗把他放在我书桌上？"

"咿咿呀呀，哦哦。"小Tony挥舞着小手小脚。

"他在抗议。"周筱说，"他说他不是东西，不能用拿的。"

"你们还真能沟通。"赵泛舟没好气地说，"我要看文件，你带走他。"

"谁理你，看什么文件，陪Tony玩，我在煮饭。"

"我怎么陪他玩？我们没法沟通！"

"抱去客厅，叫Peter教你。"Peter那小兔崽子从他爸妈跑了之后就一直不说话，一直待在客厅看电视。

"喂，我不会带孩子。"赵泛舟抗议。

"学。"周筱撂下一个字后走出房间。

十分钟后，客厅又传出赵泛舟的吼声："老婆，他拉屎了。"

"换尿布。"周筱吼回去，顺便把厨房门锁上。果然，不到十秒钟，厨房门就被砰砰砰敲响了："周筱，开门，出来给他换尿布！"

"不要！"周筱边切菜边说。

"出来！"

"不要！"

赵泛舟回到客厅，把Tony放在桌子上，一手捂着鼻子，一手脱下他的裤子，解开他的尿布……

Peter在旁边幸灾乐祸地笑。

晚上。

浴室里不时地传来周筱和Tony的笑声。和Peter在床上打扑克牌的赵泛舟很不是滋味，他都没跟自己老婆一起洗过鸳鸯浴，居然便宜了这小"无齿"之徒。

"Yeah, I win!我赢了！"Peter大叫。

浴室的门开了，周筱抱着Tony出来，两人的脸蛋都被热气熏得红红的，周筱身上的衣服还湿了，湿答答地贴在身上，勾出前凸后翘的曲线，还挺撩人。

"晚上你和Peter去书房睡，我和Tony睡。"

"不要！""不要！"赵泛舟和Peter异口同声地说。

"我不要和男的睡！"Peter说。

"好啊，那我们三个一起睡。"周筱很意外这个酷酷的小朋友居然要和她一起睡。

"那我呢？"赵泛舟问。

"你去书房睡啊。"周筱理所当然地说。

"……"赵泛舟气闷，他老婆真是大方啊，赶老公睡书房，自己陪两个小男人睡！

在书房睡了六天的赵泛舟，很高兴总算要送走这对小瘟神了，倒是周筱，到机场的路上都在依依不舍，抱着小Tony不停地亲，也不见她对他有这么热情过。

到了机场，周筱依依不舍地把Tony抱给Mike，但没想到Tony居然抱着周筱的脖子不松手，然后大哭，连Peter都抓着她的脚不让她走。

赵泛舟和贾依淳夫妇无奈地掰开他们的手脚，贾依淳和Mike一手一个，迅速地冲去办登机证。

回家的路上，周筱哭得花容失色，赵泛舟拍着她的背安慰："别哭了，不知道的人还以为你死了老公呢。"

"死了老公我干吗哭成这样？"周筱吸着鼻子，"再嫁一个就行了。"

"……"

番外
古代的老公

天亮了，鸡叫了。

周筱睁开眼的一刹那，事情大条了！这里是哪里呀？

纱帐？镂空木雕的床？

她用力闭上眼睛，这是梦！一定就是梦！

一双手横过来，搭在她的腰上，紧闭着双眼的周筱松了口气，真的是梦！她还没这么感激过赵泛舟那双毛茸茸的大手呢。她心情很好地睁开眼，映入眼帘的是赵泛舟那张帅得天理难容的脸。（情人眼里出西施，别跟她计较）

啧啧啧啧啧，看看她老公，这眉、这眼、这鼻、这嘴，真好看啊，连留了个怪怪的长发都是帅的啊。唉，好想好好调戏一下，既然如此，心动不如行动！周筱色眯眯地靠近赵泛舟，在她和他的脸距离只剩下0.1厘米的时候，周筱总算找回了一点理智，赵泛舟什么时候留了一个这么雷人的发型？

她跟弹簧似的从床上弹起来，赵泛舟（姑且这么叫之）被她这么大的动静吵醒了，皱着眉头看她："怎么了？"

周筱抖着个手指着他，他虽然被子盖了大半，但她还是可以猜到……他他他他……他没穿衣服啦……她下意识地看看自己，还好还好，衣服都在。

"你穿的是哪个地方的服饰？"赵泛舟顺着她的视线打量她的穿着。

"啊？"周筱瞠目结舌，消化了一会儿才听明白他在问什么，但她现在没空回答他的问题，她忙着打量周围的环境，圆红木桌、圆凳、油灯、纸窗，难道……难道……这是报应？在网上看霸工文看太久了，所以她得穿越一下？妈呀，曾经有给一堆文好好回复的机会放在她面前，她却没有好好珍惜，直到失去了，她才追悔莫及，如果上天再给她一次机会，她一定好好留言，如果非得给留言加个数量，她希望是……一万条。

"我在问你话。"赵泛舟加强了语气。

"这什么朝代？"周筱回过神来问。

"宋。"他居然没有觉得她的问题奇怪？

"南宋还是北宋？"她接着问。

"南宋北宋？"他总算觉得她的问题古怪了。

"算了。"他这种反应就是北宋了。

"所以我和你躺在一起，我和你结婚了吗？"根据小说的经验，她可以从这个问题推出：她是穿越到青楼还是正常人家，反正看这房间的布置不像是电视里演的皇宫，所以当深宫怨妇的可能性不大。

"结婚？"他反问了一句。

"我是说，我们是否成亲了？"周筱无奈地丢出一个文绉绉的词汇。

"娘子，是为夫让你不满意了？"他口气里带点嘲讽，但是周筱没听出来。

"娘子？你还真是我老公？"周筱忍不住呻吟一声，所以穿越到古代她还是免除不了要嫁给赵泛舟的命运？

"老公？"赵泛舟挑高眉毛，重复她最后一个词。

"哎，相公相公，烦死了，跟你没法沟通。"周筱一肚子火，她是倒了什么霉啊？穿越就算了，还要穿成已婚妇女（你有什么资格嫌弃啊？本来就是已婚妇女！），已婚妇女也就算了，老公还是同一个！真没新鲜劲儿，真没看头！等等……同一个？他不是也穿了吧？不会不会，他刚刚连结婚都听不懂，所以他真的就是古人。古人啊……要怎么沟通啊？好在他说的是普通话啊，她看穿越小说的时候最操心的就是古人说什么话，因为她记得古代汉语的老师说过，古人的语言跟现代差很多，所以上古音和现代音是完全没法沟通的。现在想想真是无聊，老天爷连穿越这种玩笑都跟她开了，还有什么事是他做不出来的，老天爷，你就是个牛哄哄的幽默大师！

赵泛舟坐起身，被子从他身上滑下，露出精壮的胸膛，然后他两手环胸，若有所思地看着她。

啧啧啧啧，他这披头散发、酥胸半露的样子还真是该死的好看，该死的妖孽啊。周筱看到有点闪神，用力捶了一下自己的脑袋才清醒过来。

"这个……事情有点复杂，我也不知道怎么跟你解释，总之，我不是你老婆……不对，我是说我不是你的娘子，我是从很远很远的地方来的，也不对，是很久很久以后，我……"周筱讲到一半就不得不停下来，因为赵泛舟在用一种看神经病的眼神看着她。

"娘子，你先歇着，我派人去请大夫。"赵泛舟下床着装，淡淡地说。

周筱发现，这个古代老公好像不是很待见她？

他着装完毕后说："你先把身上的奇装异服换下，免得待会儿让人看笑话。"讲完就头也不回地出去了。

看来她不小心穿到的这个身体跟她家夫君的关系实在是糟糕啊，毕竟没有人发现自己的老婆一大清早如此胡言乱语之后还可以这么冷淡地离开，还是说她本来就是精神有问题，所以他习惯了？她该不会穿到一个神经病的身体吧？讲到身体，她还不知道她现在长什么死样子呢，赶紧去照镜子！她快速奔向梳妆台，她也不管那梳妆台长得妖里妖气的了，先看看自己长成什么样再说。一看，还好，还是原来的样子，就是这铜镜把她照得皮肤蜡黄而已。她傻乎乎地在床沿坐下，也是哦，她连衣服都跟着穿了过来，当然长得还是原来的样子了。

"少夫人？"门外传来年轻女孩的声音。

"进来。"周筱有气无力地说，少夫人应该指的就是她吧？

一个十五六岁的女孩推门进来，进门就嚷嚷着："少夫人，少爷让我来替你更衣。"那女孩看到周筱身上的衣服一愣，"少夫人，你身上的是？"

"不是要换衣服吗，快点换吧。"周筱没好气地说。

片刻后，周筱就被衣服捆得严严实实的，这天气挺热，她穿成这样不会汗流成河吗？

"少夫人，少爷说，大夫过会儿就来，让你别出门。"女孩边帮她梳头发边说。

"嗯。"周筱应了一句，她现在心情很郁闷，想回家，想赵泛舟。

"少夫人，大夫进来的时候你可别乱说话。"女孩说。

周筱抬眼看她，看来女孩和她是同一国的，那就勉强问问名字吧："呃……小……你几岁了？"她把"小"后面那个字含糊了一下。

"回少夫人，小桃今年十四。"

"哦，十四很好。"她问出名字了就随便敷衍小桃。

她的头发被小桃盘来盘去的，盘成了一坨比较不雅的形状，近看像老树盘根，远看像……大便。

周筱趁着小桃去端早餐，偷偷溜出了门，难得来古代一回，怎么也得看个够本。老实说，到现在她都觉得自己应该是在做梦，如果真的是在做梦就趁机长长见识也好。（没听过做梦也能长见识的）

大街上人不少，长得都挺惊天动地的。估计是还没进化好，毕竟跟猿人的时代靠得比较近，之前她不知道在哪里看到光绪和溥仪的皇后妃子，那尊容真的是……啊！清朝的人尚且没长好，何况是宋朝的呢。当时她看到还大惊小怪地叫赵泛舟来看，赵泛舟还说了一句："老婆，我发现你比皇后美。"唉……如果不是做梦，是真的穿越的话，她是不是就再也见不到她的贱嘴老公了？

在街上晃了两圈，实在是无聊，觉得这跟古装剧上的也差不了多少，除了人比较丑。她想回去了，回去床上躺躺，说不定一觉起来就回到赵泛舟身边了。

呃……问题是……她不认得回去的路了。这下好了，连问路都不知道该怎么问。于是周筱小朋友就在马路上晃啊晃啊晃啊，不时避避人、躲躲马。

"夫人。"一个清脆的女声从她身后传来。

周筱迅速转头，阳光下，美丽的小桃姑娘踏着凌波微步，轻盈地朝她走来。在一群牛鬼蛇神的衬托下，更是显得惊为天人。

"小桃……"周筱有种总算找到了组织的感觉。

"夫人，总算找到你了，少爷都快把府里翻了过来，我们快点回去吧。"小桃扯着她的手就跑。周筱一手被扯，一手拎着裙摆，这衣服真不适合运动。

"等等！"周筱在门前停下，"小桃，少爷不打人的吧？"她总不能跑来古代被人打吧。

"少爷温文尔雅，怎么会做如此不堪之事？"小桃义正词严。

"好好好，不会就好。"周筱放心了。

小桃骗人！

周筱一进门一个巴掌就朝她呼过来，幸好她闪得快，她转身抬头，哪来的老女人？居然打人！

"娘。"赵泛舟拉过周筱，把她藏在身后，"交给我处理。"

"今天我非好好教训她不可！"老女人大呼小叫。

"大哥，这女人早就该好好管管了。"突然身后传来一个女声，周筱掉过头去看，哈！女版赵泛舟！不行了，她好想笑啊。

"紫欣，你闭嘴！"赵泛舟的口气很严厉！

紫欣？紫心番薯？

"大哥！"紫欣用力跺了一下脚，跑到老女人面前："娘，你看大哥还护着她！"

不护着我难道护着你啊，你又没陪他睡觉！周筱心里暗自想着。

"有什么事进去说。"赵泛舟不着痕迹地把她护在身前，往屋子里带。

好精彩啊。周筱坐在椅子上，兴高采烈地看他们吵架，尤其是那个紫心番薯小妹妹，脸红脖子粗的，都快成为红心番薯了。也不知道可不可以叫小桃上碟花生米，看戏还是要吃点东西才比较快乐的。

"大哥，这种不守妇道的女人早就该休了。"紫心番薯对着赵泛舟说。

周筱瞥赵泛舟一眼，原来你老婆给你戴绿帽啊？难怪你看起来心情这么不好。

"当初就不该让她进门。"赵泛舟她娘哼了一声，"两年了，连蛋都没下一颗！存心要我们家断子绝孙。"

赵泛舟黑着脸不讲话。

"呃……那个，我是人，不会下蛋。"周筱唯恐天下不乱地说了一句，反正她也不是她家媳妇，充其量只能算路过。

"看她说的什么话！"赵泛舟他娘一拍桌子就要朝她冲过来，周筱赶紧从椅子上蹦起来，绕到椅子后面，大叫："你有完没完！我可不是让你打着好玩的。"

"你坐下！"赵泛舟对着周筱呵斥。

"毛病啊你，你叫我坐就坐？真以为你是我老公啊，告诉你，老娘不玩了，我要回去！"周筱说完就往外冲，她要回家！

一股很强大的力量卷住她的腰，她被拉回到椅子上。

"别惹恼我！"赵泛舟阴鸷地说。

周筱愣了一下，突然意识到，这人真的不是她的赵泛舟，在他面前是不能放肆的。她冷静下来，在椅子上坐好。

"你现在就给我休了她！"赵泛舟他娘恶狠狠地说，"满嘴的神神鬼鬼的东西，哪里像个大家闺秀？"

"我昨天还看到她和她那个表哥在后院卿卿我我。"紫心番薯在一旁添油加醋。

"你表哥昨天来了？"赵泛舟阴沉地问。

"不知道。"

"你说是不说？"他提高音量。

"说了不知道。"周筱也跟着提高音量。

赵泛舟抓住她的手腕，用力捏紧："我再问你一次，有没有？"

"放开我，很痛！"周筱都快哭了，她就是不知道她哪里来的表哥啊，这么恶心的剧情都有？她要回家啦……

"大哥，你跟这种女人废话这么多干吗！"紫心番薯凑上前来，突然推了周筱一把，她重心不稳，赵泛舟居然顺势放开了她的手，她身子一偏，撞向茶几，眼前一黑，晕了过去。

"周筱，周筱，你没事吧？"赵泛舟的声音远远出来。

周筱努力睁开眼睛，哇的一声哭了："老公——"

"怎么了？撞到哪里了？"赵泛舟心疼地揉着她的额头，"都多大的人了，睡个觉还能掉下床。"

"他让我撞茶几的。"周筱边哭边说。

"谁啊？"赵泛舟一头雾水。

"我古代的老公。"她说。

"什么？再说一遍？"赵泛舟揉着她额头的手使了点劲儿。

"痛啦。"周筱叫起来，"我也不知道怎么回事啦……"

"我躺在你隔壁，你还给我发春梦？"赵泛舟一脸愤慨。

"谁发春梦了？那人长得跟你一样，还打我。"周筱挣扎着坐起来。

"打你？"赵泛舟拉起她，让她坐在床上，"为什么打你？"

"我也不知道啦。都是你啦，长成你这样的都没什么好东西。"迁怒也是周筱的拿手好戏。

"我对你不好吗？做噩梦还要让我当坏人。"赵泛舟没好气地说。

"都说了是我古代的老公！"

"你古代老公也是我！"

"说了不是！"

"你自己说跟我长得一样的，不是我是谁？"

"长得一样也不是你！性格不一样！"

"管你啊，你古代的老公也只能是我。"赵泛舟自己下了结论，"你的老公只能是我。"

"神经病，去做早餐。"周筱懒得跟他讲。

"为什么是我？"

"因为你打我了！"她推推他。

"你刚刚不是说不是我。"

"你刚刚不是说只能是你。"

"……算你狠！"赵泛舟把脚套进拖鞋，"吃什么？"

"你也只会煮粥。"周筱嫌弃地看了他一眼，"问什么问，好像自己多厉害似的。"

"……"赵泛舟剜了她一眼，往外走，走到门口又转过头来跟她说，"刚刚撞到的地方搽点红花油。"

"哦。"周筱随口应，又要往床上倒。

"我等下没闻到药油味，你就给我试试看！"他带上门走了出去。

周筱不情不愿地从床上挣扎着起来，到梳妆台那边去找药油。

周筱对着镜子轻轻搽着药油，突然觉得手有点不对劲。她停下手，仔细端详，发现手腕上有一圈淡淡的青紫色，她吓了一跳，反射性地回头看床，突然觉得床好像一个黑乎乎的时光黑洞，要把她卷进去似的，她突然大叫："老公！"

"怎么了？"赵泛舟跑进房间。

"我的手。"她把手举到他面前，泫然欲泣。

"怎么弄到的？"他皱着眉头问。

"梦里的那个老公，他用力捏我的手。"周筱搂住他的腰。

他安抚地拍拍她的背："别胡思乱想，做梦而已。"

"是真的啦。"周筱仰起头，"好恐怖。我要是突然不见了怎么办？"

"白痴，那手估计是我们昨晚太……呃……激情的时候弄到的。"他顺着她的头发轻抚。

"不是啦，我不管，我以后不要睡这张床了。"她还是很害怕。

"好啊，我早就想换个地方了。"他笑得奸诈，周筱却不知道他在笑什么，捶了他一拳说："我都快吓死了，你还笑，你是不是巴不得我不见啊？"

"你要是不见了，天涯海角我都去找。"他笑着说。

"那要是不在天涯海角，而是在另一个时空呢？"

"那我就去另一个时空找你。"

"要是你来不了呢？"

"笨蛋，你能去，我为什么不能？"

"我怎么知道啊，你就是不能。"

"我能。"他亲了一下她的额头，"一定能。"

"真的？"

"真的。"他皱着个脸说。

"你皱着个脸干吗？"周筱捏捏他的脸。

"你的额头上有红花油。"

"哈哈，白痴。"周筱开心地笑起来，"再亲一个吧。"

"不要。"他牵起她，"我们出去吧，煮粥去。"

"好。"

随着门合上，远远传来对话声：

"你连米都没淘好啊。"

"我才下米，你就大呼小叫了啊。"

"我才没有大呼小叫呢，我真的不要睡那张床了。"

"不要就不要，待会儿让人来把它换了。"

"你说的啊。钱你付哦。"

"你什么时候付过钱？"

"好像也没有。"

"……"

声音越来越远，直到听不见，突然，床单上紫色的小碎花扭曲了一下，出现了一个模糊的漩涡，一秒钟后消失不见，快到让人觉得是不是眼花了。

【The end】